LOCUS

LOCUS

LOCUS

LOCUS

to

fiction

to 45

落日的召喚

L'APPEL DU COUCHANT

作者：賈梅爾·吉丹尼（Gamal Ghitany）

譯者：嚴慧瑩

責任編輯：莊琬華

法律顧問：全理法律事務所董安丹律師

出版者：大塊文化出版股份有限公司

台北市105南京東路四段25號11樓

www.locuspublishing.com

讀者服務專線：**0800-006689**

TEL：(02) 87123898　FAX：(02) 87123897

郵撥帳號：18955675　戶名：大塊文化出版股份有限公司

總經銷：大和書報圖書股份有限公司

地址：台北縣五股工業區五工五路2號

TEL：(02) 89902588　FAX：(02) 22901628

排版：天翼電腦排版印刷有限公司　製版：源耕印刷事業有限公司

初版一刷：2007 年 5 月

定價：新台幣 350 元

Printed in Taiwan

L'appel du Couchant
落日的召喚

Gamal Ghitany 著
嚴慧瑩 譯

日落之國的秘書長珈瑪．阿部達蘭如此描述：

毫無疑問，他是由東方而來。在我們這個國度裡，從未見過任何一個從西方來的人，倘若有一天眞的發生了，將是世界上最令人驚異之事。我們國家三面緊鄰沙漠，一面靠著廣大海洋，黑暗之海，從來沒有人到過海的對岸又返回，得以敍述在海洋對岸的所見所聞。雖然……冒險出發探尋未知的大有人在。

譬如說那七個兄弟吧，據四下傳聞，他們親手打造一艘堅固的船，裝滿存糧，準備出發開始一趟到目前爲止無人能比的長途旅行。旅途到底多長，大家莫衷一是：有人說是六個月，有人說一年，當然也沒有人確切知道爲什麼這七兄弟要做這趟旅行！但是他們的勇氣留存在眾人記憶裡。在他們出發前不久，大家曾看到一些神秘的男人出現……沒人知道他們從哪裡來。這些人圍聚在七兄弟身邊，擁抱他們，在他們耳邊說一些神秘的話語，等待出發時刻來臨。當船帆揚起，船頭轉向西方，這些人就消失不見了。

大家稱那些人爲「沙漠男子」，因爲他們就像來時一樣，又回到沙漠裡去，儘管沒有人能確定事實眞是如此。至於七兄弟，他們的命運仍然是一個謎，沒有人再看見過他們。經過這些世代以來，他們已死的事實還需要存疑嗎？然而街談巷語都預言他們有一天終究會回來，而且當他們從西方回來的那一天，將會發生天翻地覆的事。當然這都是私下耳語，誰敢在大庭廣眾下大聲說出來，將會遭到嚴厲處罰，因爲主子爺認爲這種說法有違宗教教義。

七兄弟的失蹤還被人們編成了諺語，提到某件不可能的事時，我們會說：「還不如等那七個莽撞的年輕人回來吧。」或是「等七兄弟回來再說吧。」

雖然今日已經沒有人知道這些諺語的來源典故了，它們還通用在日常生活裡。

還有一則伊巴辛・阿哈吉告訴我的故事，他是我們這個地區最資深的船長，浪中蛟龍，熟知經緯，觀星象便知方向，他說航行在黑暗之海的水手，都會在某個固定的地點回航，在那個地點，從海深處的基石上豎立著一座銅像。是誰想出的主意？是誰雕塑的？是誰把它運到這個地點豎立起來？無人知曉。如此巨大，如此奇異的一座銅像，所有人都相信是人力之外的傑作。那是座站立的人像，一手高舉，五根指頭大張，塑像上有一句以地球上所有語言刻出的警語：

「無人能越此界。」

阿哈吉還告訴我，某些夜晚，可以聽到似乎是從四面八方傳來的一個聲音，重複上面那一句警語。

他自己親眼看到過那座塑像嗎？「沒有。」阿哈吉回答。

他曾聽見親眼看過那座塑像的人親口描述嗎？「人人都知道，」阿哈吉回答我：「所有的船長都會避開那座雕像。」

我之所以提到這兩個故事，只爲了證明他不可能是從西方抵達我們國家的，打破有些人說他是渡海而來的謠言。不必懷疑，他來自太陽升起的方向，何況他自己也這麼說。他不可能打南方來——他不是沙漠裡的人，他也不可能打北方來——他看起來一點也不像外國人。

咱們這裡的人都沒看見他進到首都城裡，首都位於居住地的邊緣，日落之國蘇丹所在的城垛，智慧的寶庫，忠誠勇士的堡壘，求職者自薦的朝廷，有志之士的停泊港，遠遊者的休憩地，充滿希望的心都在此停息。啊，願主保佑主子爺，朝廷的主子與守衛者……我們的朋友就是由首都過來的，他出現在城中心大清眞寺對面的市場那一區，滿身疲憊，身旁圍著孩子和看熱鬧的閒漢。一個調皮孩子正作勢朝他丟石頭時，突然響起一聲恐怖的聲音，一個人人都聽過而且敬畏的聲音：清眞寺門前的階梯上方，宗教長阿卡巴契直挺挺站著，我國的大隱士，願主垂憐他！

我們的朋友朝他投去一個疲倦、哀求的眼神，交織著希望與對回憶的恐懼。他背著身上的小布包朝清眞寺走去，這是他隨身所有的行李，布包裡是七本古書，這我們稍後會再提到。此時四下靜肅，人群都安靜下來，靠攏往前，直到一個隱形的邊界時，所有人都停下不再動，只有我們的朋友繼續向前，踏上階梯，到了宗教長面前的兩階梯時，他停下腳步。此時，所有人都聽見阿卡巴契說了以下的話：

「那麼，你來了！」

「我來了，」我們的朋友回答。

「你帶來什麼那些兄弟的消息呢？」

「他們的靈魂將回到你這裡。」

「那麼，若主許可，他們將會找到避風港。」宗教長以平靜堅定的聲音說。

他打個手勢請他繼續往上走，進入清眞寺裡，我們的朋友顯得畏怯，宗教長撫摸他的額頭，用手掌輕輕擦過他的頭巾，之後宗教長轉身朝向人群，眾人立刻四散，低著頭，滿心惶恐！

阿卡巴契是隱士中的隱士——全國敬畏的重要人士，堅定如磐石，情操高貴，人人敬仰——他從不聽令於任何主子，不管對方的權勢再大，都是他叫人傳對方來，對方則誠惶誠恐來到他跟前，不管對方年齡、職位大小他都可以訓斥，種種原因加起來，讓大家替他起了「蘇丹」這個稱號。當大家說「蘇丹」的時候，指的是他，雖然這個稱號通常是對國家最高元首、身負王國所有事務的唯一主子的稱謂。因爲如此，一年之前，主子爺只得順應情勢甘願讓賢，改稱號爲「瓦力」(wali)，將「蘇丹」這個稱號讓給阿卡巴契。

阿卡巴契最讓人崇拜的是他變身的功夫，忽而變成猛獅，忽而蛻變爲脆弱的蝴蝶，忽而變成空中高掛的一朵雲，下一瞬間又變成穿破黑暗的光……或者幻化成岩石上的一朵花，迎風搖擺。

大家也知道他喜歡觀星象，對遠方的星體研究透徹，能洞察神秘現象、字體中的象徵意義，對所有航行於黑暗之海，向西方出發一去不返的冒險家歷史瞭若指掌，對他們後來遭到的命運了然於胸，卻從不公諸於人。

我們的朋友和阿卡巴契獨處了七天，只在祈禱儀式時才出現，他坐在最後一排，身旁放著小布包。有人和他打招呼時，他只點頭回禮，一句話也不說。一星期過去，他出現在清眞寺內庭花園裡，眼睛望向落日的方向，像在等待什麼，等待一個跡象啓示。

大家叫他「過路人」。在他舉止、坐臥、渙散的眼神中，一切都顯示他只是路過此地，有一天終會離開……往哪個方向去呢？他從不告訴任何人，包括我——隨著會面的次數，我們之間漸漸滋生友誼——然而，我似乎能夠瞭解他，他的沉默、失神似乎超越話語，對我透露許多訊息，諸多跡象也讓我窺見他秘密的生活片段。但是在我的記錄裡盡量不多作揣測，在我坐到桌前記下他的旅行回憶時，便對自己立了約束：只忠實記錄他親口明白說出的話語，不加上任何我個人的解釋演繹。

再回到主題吧，不要再說這些我自己想的亂七八糟週邊的事，以免攪亂閱讀的清晰明朗。經過一段刻意的隔離獨處之後，我們的朋友開始敘述他的遭遇，開始和大家談話，談起他所見所聞、曾經到過的國度、經過的年代、住過的國家、他不知從何而來的勇氣與力量、無法理解的無邊法力、那些遇見過的美麗女子、令他驚嘆、難以想像的奇風異俗。

他的見聞吸引整個城市的注意，甚至傳到附近鄉村，有些人大老遠前來聽他敘述旅途故事，不管信不信他的故事，大家都聽得津津有味，驚奇不已。

我們的朋友聲名大噪，每個人都在談他的事，連主子爺也派人傳喚，想親耳聽聽他的描述。他原本不想接受傳喚，於是先去問了阿卡巴契，得到允許後才前往拜見蘇丹。

他前往宮廷，在一間專屬的廳堂裡受到如同接待外國高官的禮遇。主子爺專心聽他敘述故事，三次會面之後立即傳我上堂。我來到蘇丹面前，不知他要分派我什麼任務。

「這位陌生人的到來是極爲特殊的事件，」他說：「倘若此事被人遺忘呢？倘若他的故事失傳了，像一陣微風吹過城裡的牆，不留下任何痕跡印記呢？」

主子爺停住話頭，眼睛盯著我看，手摩挲著濃密的大鬍子。

「你說該怎麼辦？」主子爺又說。

一陣沉默之後，我答道東方有位著作書寫藝術論述的學者，在書的引言裡寫著：

思緒與想法
都像是過眼微風
只有筆能抓住它們

主子爺沉吟一會兒，下令要我把陌生人的敘述完完整整記錄下來，直到他結束故事為止。一旦任務完成，我就把記錄呈交給他，他再命人重抄，使他的故事不會隨風而逝、灰飛煙滅，而能永遠保存，直到上天決定它的用途為止。

第一聲召喚

雅馬・阿德巴拉・阿德・薩拉馬・古漢尼・薩伊帝，出生於埃及開羅，眞主面前的可憐人，祈求主寬恕，盼主垂憐，如下敍述：

他在星期三從故鄉出發，五月的第九天，距今已四十五年，也許是五十五年，或是六十五年，事隔許久，他的記憶已模糊，何能確定，何能準確知道？

他可以準確說出哪一天出發——第九天，但是中間隔了多少年呢？如此久遠了！有時他覺得是昨天才出發，有時又覺得已經旅行了一輩子。

現在抵達日落之國，他還淸楚記得是在破曉時分出發。

他沉默了一段時間，眼神迷惘，臉上看不出任何表情，自問著：「爲什麼死神總是在破曉時分出現，嬰兒誕生也經常是在這個時刻呢？」

他的父親嚥氣時，天際剛隱約出現一線天光，他母親也是，舅舅、姑姑，以及家族中諸多親人都是如此。他聽到許多人誕生或辭世都是在破曉時分。

爲什麼軍隊進攻，一排排朝死亡前進的士兵都選在破曉時分出發？爲什麼戰略家也偏好這個時辰呢？

他問了這個問題，卻沒有說出解答，似乎心有所感，但找不出具體解釋。我們會面的這一長段時日以來，我仔細專心聽他的敍述，他似乎就這個問題提出如下的隱約回答：「破曉代表的是開始與結束的交會：黑夜盡了，白日正要啓幕。」

我，珈瑪．阿部達蘭，加注如下：

前輩們出發旅行時，都喜歡選擇在破曉時分，這是最適合出發的時辰，因爲早晨人們的步伐比較警醒。出發，是爲了尋求知識，探索世界的徵象、美麗或奇異的景緻、山巔與海涯、各類鳥獸、奇花異草、經歷錯綜深邃的時刻，那些獨一無二的時刻，將會超越時光印記在回憶裡，追隨著旅人的一生。出發，是爲了朝聖，拜訪活著或逝去的聖者，人們希望親耳聽見聖者的啓示，也希望來到往生聖者的墓前，凝視神之子最後的休息地，尋求一些啓示，期待一些教誨，讓自己能朝更正確的道路前行，心中充滿著失去一位聖者的哀戚。如同前輩們所言，凝視智者、聖者或爲宗教獻身的藝術家，將會激勵自己效法他們，追隨他們的腳步，模仿他們的言行。出發，有時候也是爲了逃避迫害……

埃及人雅馬．阿德巴拉對我敍述的旅行，是屬於哪一種類型呢？這個問題我實在無法回答，我自己一輩子沒離開過國家，從沒旅行過，並非我不想遠遊——有多少次我想出發！——而是無法成行，事情就是如此。

他的旅行見聞挑起我無限的慾望和好奇，我完全被這個記錄任務吸引，把其他的工作都放下，將平日的事務都中斷。

現在我再回到故事的開頭——前面的敍述都是序幕而已。老實説，我們的朋友出發旅行的開端，是我這輩子從來沒聽過的一樁奇事。

雅馬・阿德巴拉非常確定，在聽到召喚那一刻突然來臨之前，完全沒有感知到任何徵兆。他不斷地在回憶裡搜尋，期望找到任何蛛絲馬跡，但毫無結果，只有一片空白，交織許多沒有任何意義的人和事，一切像融合在一起，卻又各自分隔，織成一張無法釐清謎團的網。好像召喚出現之前的一切，都不復存在，然而他明明確實生龍活虎地活著呀。那是在他即將成年的時候，受到那個看不見的人的指令，那個不知來處，無法描述，完全是個謎的人。

那一夜，他不知為什麼輾轉難眠，就在好不容易迷迷糊糊正要沉入夢鄉之時，房間裡的物體逐漸模糊，時光錯離，一些幽暗的景象如走馬燈浮過，憂傷和期待交織融合，期待明日、某些解決辦法、某些計劃，憂傷後悔今日犯的某些過錯……

就在此時……

在睡與醒兩個世界的交接處，召喚如閃電般響起，之後又密集地重複迴響！但這第一次的召喚，他永遠忘不了，如同一切的開始與結束，在他的腦海裡深深印下，之後再出現的召喚，相較之下重要性大爲減弱。

召喚從何而來？

他無法明確回答，好像是內心世界發出，像是自己的聲音，同時又像來自外界，由四面八方撲來。是他自己的聲音吧，但是我們可能在說話的時候，確切聽到自己的音調嗎？這個召喚不像是曾經聽過的音調，完全無從比較，遙遠，如此遙遠傳來的……怎能知道來處呢？毫無來處，它就是如是出現而已。

「出發吧！」

上天下達的指令，迴盪在天際與塵世，無法回答也無從對抗。他似乎在沉睡與清醒之間游移，半夢半醒無法掙扎出這一片晦黯。

「出發吧！」

不是夢，確實是一聲召喚！

他從驚嚇中清醒，獨自一人，沉思默想，眼神堅定。喉頭一緊，眼淚濛上雙眼，這個影像自此緊緊貼在他身上，在旅途中有多少人對他提起他這個影像！「你好像要哭了，奇怪的是眼淚並沒有落下……」，注意凝視他的人都會察覺到這雙濛著淚的眼。雖然他臉上永遠掛著微笑，眼中的淚還在，卻永遠不落下。

「出發吧！」

他肌肉緊繃，眼神戒備，好像在這聲召喚之後，會伴隨著一長列充滿涵義的解釋。

「去哪裡呢？」

「去太陽落下的地方。」

太陽落下的地方？可是走哪一條路，循什麼道呢？

「隨著太陽的軌跡……」

他完全清醒過來，望著四周——床、剛才頭枕的地方，房間裡充滿溫暖的氣息——此時他知道，過去安穩的生活將在此刻結束，之前種種都將改變，寧靜穩定的過往已經切斷、搗碎。之前和諧共存的一切似乎完全幻滅，墜入遺忘。這個溫馨的小屋不再屬於他，他被迫離開，深知甚至在召喚出現之前，必須出發離開的想法已根植在內心，通常他根本不相信命運的偶然無常，不相信那些神秘的現象，然而，誰能料到這個呼喚突然出現，擾亂他寧靜的心，將長久以來的堅信篤定剎那間摧毀？

顯然，一切事物尋常運行的軌道，將永遠切斷。

躺下身，在床上安然入睡……已經成為不可能的事！他漸漸搞清楚情況，知道不可能再眷戀，突然開始自怨自憐，可是除了聽令於召喚動身遠遊，沒有第二個選擇。他洗淨身體、祈禱之後，手裡拎著一個隨身小麻布包上路，迴盪耳際的召喚一再催促他往前。

他蹣跚漫步向前走，以眼神向這些牆垛、交叉路口、向這些既新奇又熟悉的地方訣別……長久以來，每走到交叉路口，他內心深處都會挑起些微的悲傷。交叉路口，代表的是一段路的終點，必須選擇一個方向，是個終點，但又是再出發的起點。他的心猛烈跳動，腦海中湧現許多影像，猶疑在忽而朦朧晦黯，忽而光明乍現的時刻之間！

啊！看著這些百姓住戶的大門，有的深鎖，有的半開，有的正要打開，開始一天的生計，心中情緒澎湃……他經過一扇扇大門，默默告別開羅，每踏一步，便和故鄉離得更遠。多少次他在記憶中回想這些建築、這些住家、清眞寺的尖塔、清眞寺的圓頂、光線的改變、咖啡的香氣、賣水果、種子、油、蠟燭的大大小小店面、那些大廣場……經常他努力回想某條小街的街口、某條小巷道，直到睡不著覺，好像一旦忘記這些，他的座標就會被抹去，就會迷失方向。

晨曦中，他凝視清眞寺豎立在黑暗裡的尖塔，氤氳著晨霧，好像窈窕女子放大的身影，朝天仰望。

商店都還關著門，但城市已經開始活動。當時看到的事物一再出現在他的回憶裡：一位老者踽僂前行、一個小孩在四合院門口酣睡、兩隻悲傷認命的驢子拉著一輛推車。

有一次他走進遠方一個國家的動物園，突然看見一隻驢子像奇珍異獸一樣，關在籠裡供遊客觀賞，他當時的回憶又立刻浮現。噴泉上雕飾的門楣一再出現回憶中，他經過這個噴泉不知多少次，之前從沒注意到它的浮雕裝飾如此精美！告別故鄉的此刻，他才發現好多以前根本沒注意到的景物和小細節！就好像決定結束過往生命的這一刻，昭示一個新的開始。他眞想滔滔不絕繼續描述故鄉景緻……

他走過聖者主子于珊①的陵寢，爲他默念可蘭經中的詩篇，希望他安息，並祈求他的幫助，哀求他、對他傾訴心中的煩惱與恐懼。之後他朝嘉陵運②河方向走去，偉大的運河工程、雄偉的阿薩宮……古悉淸眞寺和它的圓頂……沉睡中的房舍……那些小街小巷的回憶爭相浮現腦際，好像要挽留他的腳步。他轉身背向朝陽，穿過木橋。

---

①于珊：先知之孫，六八〇年受難而死，他的陵寢安放聖骨，一一五四年在陵寢處蓋了一座淸眞寺，是開羅最重要的宗教中心之一。

②嘉陵運河：嘉陵運河聯通尼羅河與紅海，法老王時代鑿建，經過多次塡平、再鑿之後，於十九世紀末被塡平至今。

好幾排駱駝蹲臥著，身上駝著重物，他停了一下，朝牠們走去，此地並不是沙漠商隊的起點，也不是休憩地，但是這一隊駱駝顯然正準備運貨上路，往哪裡去呢？他停下來，注視牠們，沉吟猶豫，不知如何是好。他就這樣害羞地站著，好像學步的幼童，遲疑踏出第一步，好像面對選擇時，不知如何下決定……商隊中似乎有人注意到他，至少他的出現還會引起好奇之心。隊中一個高大英挺的男人走上前來，帶著高貴勇猛的神情，向他走近……

「旅人嗎？」

他點點頭。

「往哪個方向？」

他本來想重複召喚所傳達的指示，但又改變了主意，只是含糊地回答：「我追隨太陽而行。」

聽到他這句話，男人被藍色面紗半罩住的臉亮了起來。

「歡迎你，貴人，貴人之子。」他張開手臂對他說。

「你認識我？」他詫異地問。

男人以神秘的音調回答：「不認識。但是我等你很久了。」

他萬分欣喜，因爲商隊正要往西方出發。如果商隊要改變旅途方向的時候，會先告知他，那時，他必須選擇繼續和商隊一起前進，或是繼續追隨太陽的走向。

「可是……你好像認識我？」

「慢慢再說吧。」男人朝西方做了個手勢。「現在該啓程了，天將破曉了。」

他們行動快速，太陽才微微探出地平線時，駱駝商隊就出發了。眾人紛紛走自己的，卻又團結一致，隊伍緩緩往前，把開羅拋在身後。一個小時前，他根本還不認識這些人，現在開始，他卻和他們分享飲食，一起前行，面對共同的命運，他也盡量幫一點小忙。那些駱駝，之前他只遠遠看過，現在卻要幫忙照料牠們。他盡量不讓自己成爲商隊的負擔，因爲他們本來根本沒料到他會加入啊。他寧可待在角落，若不小心聽到別人的談話，他會特意遠離。有時候剛巧和某個隊員並肩而行，他會加快腳步，好像趕著前去和孤獨會合！

隊友們輪流騎上駱駝，這些辛苦駝重瘦骨嶙峋的駱駝，數量是人員數目的一半，經過多年操勞，牠們的眼睛散渙無神，看牠們低頭前進，讓人覺得牠們似乎向來就這樣一直走著，從未停歇。每次隊友邀他騎上駱駝，他都拒絕，說自己還不覺得累。隊友中一個貝督因族葉門人，咧嘴而笑並向他解釋，邀他騎上駱駝不是看他累了，也並不是某種特殊的友好表示，而是全隊遵守的一項規則：大家輪流騎上駱駝。

他擔心打擾到別人，巴不得能從他們眼前消失。那個貝督因人對他說，他完全能明瞭這種感受，當你不得不出發旅行，又得和陌生人同路，剛開始時通常會這樣。

「你怎麼知道我不得不出發旅行呢？」

貝督因人露出充滿體諒與溫柔的微笑：「我不會問你到底為什麼不得不出發，也不會問你要往哪裡去，但是置身這種情況的人，一眼就可以認出。」

他又接著說，要小心緊跟上隊伍，在旅途中喪生的人不計其數，只因爲他們迷了路，被野獸襲擊或被人攻擊，捉住一個迷途旅人太容易了。是啊，路途險惡危機四伏，四處漂泊的日子在記憶裡留下的，驚險往往比快樂來的多。但是，最應該小心提防的是自己，當你開始封閉自己，沉浸在自己的思考裡，追尋一些看不見、摸不著、得不到的東西之時，就該當心了。旅途上有數不盡的偶發事件，人們可提防的僅是其中一些，還有更多我們料想不到的事，只有眞主才知道那些人們所不知道的事。

商隊拚命趕路，直到太陽開始朝地平線落下。他們經過一些小村莊，之後是田野裡零星散落的一些住戶，現在則是進到無人居住的地區了。棕櫚樹愈來愈少，只能看見遠方幾棵稀疏的小灌木，到了沃土與沙磯地的邊界了。陽光逐漸昏黃，開始在沙漠邊緣沉落，好像正要開始一段長途跋涉。他們登上一座小丘，放眼四望，所有的古金字塔一覽無遺，天氣晴朗的時候，還可看見遠處河谷中尼羅河蜿蜒。這裡是所有朝西前進的沙漠商隊的起點。走其他任何道路，都是死路一條。

一到這裡，大家朗誦吟唱咒語，在駱駝頸上掛上護身符，並虔誠祈禱真主保佑旅途平安。還有一些規矩要遵守，例如把駱駝牽到水邊，這裡是沙漠之前最後一處水源地，要讓牲口喝夠可以支援三天的水。超過三天，他們體內儲存的水不夠，那情況就糟糕了。自古以來，在這條穿越沙漠的路途上，前人指引了許多歇腳飲水的地點，若不遵守就難活命。

他永遠記得當時的景象：駱駝伸長脖子，大口咕嚕咕嚕飲水，直到喝撐了才離開水邊。他沉思默想，思考未來，默想過往，好像在這兩者的臨界點上……突然，想放棄的念頭湧上腦際，現在放棄還來得及，還可以循原路返家，趕一下路或許當天夜裡就能到家。但是召喚對他的魔力太大，迫使他繼續往前，毫無猶豫的餘地。

他想起傍晚時分，城街上一片熱鬧，人聲喧囂直到日落，天一黑就完全沉靜下來。他一點都不擔心同行的友伴會圖謀他什麼，他身無長物，還擔心失去什麼呢？老實說，旅程開始時他根本沒多注意同行的隊友們，在這種處境下，他也沒試著再和商隊隊長碰面，反正他現在已經成爲隊伍的一員，如果需要的話，隊長自然會派人找他。但是……爲什麼一直有隊長在等待他的到來這種感覺呢？是啊，當隊長看到他時顯得非常高興，而且什麼也沒問就接納他，好像知道他的故事似的。隊長戴著面紗，身材瘦長，身上罩著寶紅色鑲黃、綠色細線的羊毛毯子，騎上一隻腳沒拴綁的清瘦駱駝，駱駝身上的披件和其他駱駝的披件都不同，他就跟在貝督因人身後往前行。

至於他呢，他沉浸在自己的思緒裡。太陽再升起時，他會置身何處？在什麼地方？和誰同行？他完全不知道，只知道必須聽從召喚的指示，只知道該埋著頭朝西方前進，直到太陽隱沒的地方。

抵達目的地時，他會跟誰在一起？他看著身旁的隊友們，還能同行多久呢……？還能一起分享多少餐飯？

他們是誰？從哪裡來，又往哪裡去呢？

現在駱駝都吃飽喝足了，商隊又聚攏在一起。他們用一種他聽不懂的語言交談，談話顯得神秘……他不想打擾任何人，一直特意遠離其他隊友，但此刻，一股孤獨的感覺席捲而來，喉頭突然一陣酸楚。就在這河谷岸邊，他突然明白，他和開羅、城區、親人、聖者陵寢之間的關聯已經斷了，昨天還是最熟悉、指引他的一切，已經慢慢遠離。斷了，沒錯，當他走過小木橋，當他和商隊會合的時候，就是和過往切斷。現在他置身於另外一個世界，沙漠在面前開展，充滿未知的旅程。看著商隊肩並肩蹲聚著，他突然覺得孤單、遺世獨立，開始回想同伴們、親切友愛的親人，都離他這麼遙遠！隨著時日，只會離的愈來愈遠……天可憐見！他疲憊已極，啜泣起來。他就像人們所稱的「跑路者」，那些人通常是流亡或是避風頭，不得已隻身跑到無人居住的荒野之地，但是他呢？爲什麼必須離開？他並不是被流放，而是服從於一個命令，就像被徵召的士兵，不得已必須上路，他已經窺見自己將遭遇的困難危險。

突然，隊長出現在他面前，伸出手摸著他的頭髮，他慢慢站起身。戴著面紗的隊長以親切、同情的語調，勸他要堅忍、有耐心，告訴他所有的轉折都是艱難的。

「我不希望再看到你哭。」隊長對他說。

群聚的隊友們讓出一個位置給他，看著這些臉孔，他心情平靜下來。

我，爲雅馬．阿德巴拉旅途做記錄的珈瑪．阿部達蘭，加注如下：

漂泊的滋味是苦澀的，不管多堅強的旅人都有脆弱之時，我聽過許多流浪旅人這麼說，但是他們終究有回來的一天。至於我自己呢，因爲種種原因——健康因素、主子派負的繁重任務之類的——我從來沒離開過日落之國。然而從抵達與出發的旅人身上，我窺見路途的艱辛起伏。當有陌生旅人抵達城裡的時候，我在孤獨的斗室裡，用想像力在回憶裡旅行。你看看那些陌生人的手勢、舉止處處小心，他們謹愼害羞，受到接待時，他們不好意思伸手到盤子裡取食，咀嚼時緩慢禮貌，睡覺時不敢打鼾，也不敢亂翻轉身體，就像被收養的孤兒一樣！

我多希望能和駱駝商隊一起出發，朝東方前行，一路看遍聖廟，直抵麥加，在麥汀聖者的陵寢前朝拜，獲得精神洗滌，走他曾走過的路，看他曾看過的景物，仰望歐侯德山丘，聖者曾言：「我們珍愛此山，它也珍愛我們」。

唉，這些我想親自前往的國度，都只能在書上神遊，從別人的敘述，從聞到的香味、從那些國家的學者著作研究風俗傳統的書籍中一親芳澤。我也從沒往南方走，無垠的沙漠，通往金銀、象牙、烏木、黑人國度的神秘……至於往西呢，更不可能，那必定有去無回。

我從未遠行過，但有兩次我覺得自己從這個世界抽離了，接連兩次我必須和我的至親分離，那是我哥哥的兩個孩子——願主保佑哀憐，幼齡之時他們的父親過世，由我收養，我將他們視爲己出，把自己當作他們眞正的父親。長子在二十歲時出發朝聖，至今已二十三個年頭，我一直在等他回來。次子和水手們一起出海遠航，每隔兩、三年才回來一次，每次回來他向我敍述旅程，印度、中國、大象之國……遇到我不明白的地方，他會畫圖解釋。每次回來又匆匆走了……上次離開到現在，已過了七個冬季，毫無音訊，但我繼續等。啊！說不定……儘管年月過去，閱事愈多，心中充滿過往哀傷，我還是對重逢抱著希望。在我眼中，他們一直是小孩，牙牙學語，開始識字，探尋數字的奧秘。

何時能與他們重逢？又會是在哪裡？

能否再相見呢？

我腦中不停出現這個疑問，盤旋不去。至於我們的朋友，在他準備出發往沙漠裡去時，想的一定也是這個疑問。

我仔細觀察他，他看起來情緒激動，心中似乎起伏洶湧，好像身處在一個虛無幻境。

我不再多言了，我的任務是忠實記錄，現在應該好好繼續寫下他的敘述才對。

四兄弟

沙漠旅人雅馬・阿德巴拉，說他現在想敍述剛出發旅行的歲月，年少之時，那時他只往前看，不會回頭，其實他活過的年月不長，也不知道前面的歲月還有多久，但是他不在乎。多年以後他才體會，未來其實很近，過去卻很遙遠，而且愈來愈遠！

在商隊還沒進入沙漠時，他就和隊長結成了好朋友，隊長解他憂傷、教導他許多事。他邀他坐在自己身旁，告訴他旅行最重要的一件事，就是和旅途上的同伴好好相處，「選擇旅途之前，先選擇旅伴」，這是旅人最眞誠的忠告。隊長還和他談起他自己的故事，他生命的一些片段：

他生命的開始，第一次張開欣喜的嬰兒眼神觀察世界，是在帝尼斯，一座島中之城，離尼羅河匯入海洋的地方不遠。河水上漲時節，大量淡水注入鹹水，島上居民把淡水儲存在大桶子裡，足夠一年用量。水源的分配規定非常嚴格，人人都必須謹守，沒有人會質疑或違反。在淡水高漲的時節，海的顏色從深藍轉變爲青綠，可見海中各種豐富魚類，尤其是沙丁魚，一捕滿滿一大網，居民把沙丁魚曬乾儲存，運送到埃及每個角落。這個時節，也是沒藥樹開花季節，這種樹在其他國度都已絕跡，在島上也只剩下十多株，月圓之夜，居民前來萃取它的花香精。這個工作必須交給五個純潔無瑕的少女來做，否則樹便會乾枯，花朵凋謝，再也不能重生。這個傳統人人皆知，遠古以來被嚴謹遵守，絕無例外。香精萃取的量只能裝滿六、七個拇指大小的瓶子，小瓶用不透明玻璃製成，以免光線破壞這個珍貴香精的氣味。小小一滴就值一百個威尼斯金幣呢！萃取出來的香精全數進奉給蘇丹，收藏在寶盒裡，沒有他的允許任何人都不能打開，蘇丹將香精送給全世界的宮廷王子，作爲外交示好的禮物。這種香精的益處極大：只要小小一滴，就能使人回轉青春，像重生一樣。自從其他地方再也找不到沒藥樹之後，它成爲埃及珍寶之一，帝尼斯的沒藥樹便是國寶，埃及帝國的奇珍至寶。遠至中國、遠至那些半年是黑夜半年是白日的斯拉夫國家，都聽聞過它的神妙。一句印度諺語可不是這麼說嗎：「可會比帝尼斯的沒藥樹還罕見」？

隊長敘述他曾親眼見過這些樹，每一棵都圍著一圈堅固的牆籬，以防任何野獸、手推車靠近，以防噪音干擾！這些樹非常脆弱嬌貴，噪音對它們的傷害極大，所有島上居民都小心伺候，他們教導孩子要小心保護這些樹，就像教他們要尊敬長上、對人寬厚、祈禱佈施這些生活原則一樣。大家都記得一句古老的預言：當沒藥樹花消失的那一天，也就是帝尼斯島被水吞噬的時候。

島上的另一項珍寶是絲，無以倫比，如此細緻、輕柔、珍貴，擁有一件這種絲布裁製的衣服，是身分、階級的表徵。當蘇丹送帝尼斯絲袍給某位寵妃或是某些高官，那是極大榮寵，會被記錄在史書上。隊長自己在剛出生時就被包在帝尼斯絲的襁褓裡，並不是他們家有錢，而是因爲他父親的地位。

他吃的魚都是剛剛釣起、現烤現炸；至於帝尼斯的香米，味道是其他地方無法相比的；帝尼斯的天空，比其他地方來得開闊、貼近、湛藍。在那兒，空氣澄淨，微風輕柔像愛撫；街上的氣味令人迷醉。但自從他們父親死後，他們再也不想繼續待在帝尼斯了，他們有四兄弟，他排行老三。面對失去父親的巨大悲痛，四兄弟覺得應該離開家一陣子，一起下決心同時出發，到別的天空下冒險。

他訴說對父親的愛，那是個人人敬重的人，飽讀古書，但他最爲人尊崇的是他對一門代代相傳的特殊科學的淵博知識。在這個領域裡，他被視爲大師、權威，人們說在全伊斯蘭國土上，再也找不出第二個和他一樣的專家，唯一能和他相提並論的學者，專業知識僅及他的一半，而且是住在法蘭國的塞普路斯島上。他受人景仰的父親專門研究的，是關於候鳥的知識，在埃及，牠們的到來是在秋季。

飛過海洋和土地，從遠方來的候鳥抵達的第一站，就是帝尼斯島。他可以準確無誤預測第一隻候鳥到達的時間，隨著第一隻，大群的候鳥將緊接飛至。他知道每一種鳥抵達的日期：彩鳩、鵪鶉、鶺鳥、紫翅、鴿、夜鶯、斑鳩、鵜鶘、土耳其鳩、灰鳩、松鴉、小嘴烏鴉、雞冠鳥、藍頸、石鵲、白鶺鴒、伏翼、翠雀、蜂鳥、紅頸、痲雀、黑雲雀、佛法增、啄木鳥、黑啄木鳥……

兩百多種候鳥的叫聲他都熟悉，模仿牠們的叫聲如此傳神，彷彿可以和牠們溝通。

他經常看見父親站在窗前，面對著一隻雞冠鳥或翠雀，他按照每種鳥的喜好，準備牠們最愛吃的食物：麥粒、玉米粒、水果，還學牠們的叫聲，好像在問牠們好不好吃。有時候他幫鳥做身體檢查，鳥就乖乖伸開翅膀，讓他到處塗抹自製的藥膏；或是拿出珍藏在臥室的各種小瓶裝藥水，餵牠們喝。他從不使用暴力強捉任何一隻鳥，從不，他對鳥的一舉一動都小心注意，也不大聲說話驚嚇牠們。從小他就教導孩子對鳥要小心呵護，告訴他們該怎麼做才能和鳥相處，雖然四個兄弟謹守和鳥相處之道，對父親的學問卻只學到皮毛。

他知道每一種鳥來的方向，經過哪些冰天雪地的國度，那裡的人民得裹在皮裘裡才能抵禦寒冷，得靠狗拉著雪橇才能行動；他也知道每一隻鳥動身往南飛的正確日期。某些日子裡，他坐在屋頂上，望著地平線。

「現在斑鳩要動身了。」他低聲自語。

「喔，鴿準備高飛了。」

「松鴉、夜鶯和翠鳥就快啓程了。」

候鳥一飛好幾個星期不休息，鳥群中一半休息時，就由另一半馱著飛，這樣輪流繼續飛行，次序井然，組織完整。在毫無指標的大地上，牠們何能每年都循同樣的路線呢？這一點父親從沒明說過，但他當然知道牠們是用什麼方法找到方向。

啊！這個主題他可以再說上三天三夜……可是時間有限，沒辦法詳訴所有細節。

父親用眼睛搜尋鳥兒，他認識每一隻，不必在牠們腳上綁絲帶或戴銅環，他對每一隻鳥都記得清清楚楚，雖然同一種鳥的外型、顏色都一樣，他一眼就看出哪一隻抵達了，哪一隻還沒飛到。他們的家好像作了隱形記號，候鳥一抵達必定先到他家停息，不會搞錯也不會迷路。

候鳥飛至的時期，他突然精力百倍，仔細地觀察每一隻，牠們的叫聲、歌喉、行動、展翅的姿態，他細心記下觀察心得，把某些記錄呈交主子。有一年，保加利亞國王派來一位使者，經過開羅朝廷允許之後，來到帝尼斯島，帶來一個圓頂鳥籠，裡頭關著一隻在埃及從未見過的奇異鳥。那是一隻身型迷你的小鳥，腳像香菜梗子那麼細，羽毛深藍色，這種鳥突然出現在保加利亞國，沒有人知道牠們來自何處、是什麼原因、屬於何種鳥類、又要往哪裡去。

保加利亞國王想知道這是什麼鳥，因爲他的女兒被牠的毛色、哀傷細弱的叫聲深深吸引，像著了迷一樣，但是每次抓到了一、兩隻，關在籠裡或是任何封閉的空間，不到兩個鐘頭鳥就死了。怎樣才能抓到牠們又讓牠們存活呢？

他父親看著籠內的鳥標本，心中充滿無限溫柔，晨禱結束後，他把自己關在房裡直到中午，在草莎紙上詳細寫下所有細節：這種鳥十分罕見，幾乎快絕種了，原本棲息於中國和印度臨界的高山上，活在荒涼孤絕的山巒裡，直到大喇嘛下令在兩座山峰間建一座木橋，連通萬里長城。如此一來，百年大樹被大量砍伐，大片荒地被開發，咒語「芝麻開門」都無法移動的巨岩被搬動，人類進入這個地區，擾亂鳥的生態，在雨季來臨時，鳥群便逃到保加利亞國，定居下來，這便是牠們遷徙的原因。這種鳥珍貴異常，可以在任何荒涼險惡的環境下存活，但是絕不讓人碰觸，也不讓人太靠近，因爲牠們有一個特點，一旦不能筆直飛行時就會死亡，只要面前有障礙物出現，立刻喪生。這種鳥珍奇獨特，從未在任何其他國度出現。使者回答，請專家想個辦法，好讓國王鍾愛的女兒能豢養一隻這種鳥，哪怕僅僅一隻都好。只要他能做到，國王會滿足他所有要求。

「群鳥之王」——願眞主垂憐他——回答，無論對方貴賤，他不能對任何人說謊，他當然想得出辦法，但他向眞主發過誓，決不傷害任何一隻鳥，危害牠們的自由，更何況鳥類對他深具信心，他不能背棄。這個神聖的誓言不容違反，否則就是背叛了所有的飛禽。決不，一萬個決不，他做不到。

使者花費唇舌百般勸誘，他決心不改，很快地，兩國的關係惡化。保加利亞不再運來用以製造馬鞍、王宮貴族皮帶、蘇丹馬靴的上好皮革，埃及也不再出口羊毛、帳棚布、開羅著名的鋼淬寶刀到保加利亞，商人和中間掮客都叫苦連天。

大教主在每星期五的禱告之後，對他父親大大稱頌，壇南地區廣受人敬重懷念的薩伊·阿罕默德·巴達威聖者陵寢的教主，也爲他父親向眞主祈禱，並期許人民學習他的精神，嚴守誓言不背叛。至於長子，卻對父親相當不滿，他想倘若父親接受保加利亞國王的請求該多好，得到的金銀財寶能讓兒子、甚至孫子們一輩子都不愁吃穿！大兒子逐漸對父親冷淡。父親依舊小心照顧鳥類，研製傷藥、創造許多醫治的混合藥品。謠言開始四起，說他父親和鳥之間關係異常。別忘了，就是因爲對鳥類的認識，瞭解從每個國度每個角落每一種鳥帶來的訊息，他才能預測下次尼羅河氾濫的程度：由遙遠的北方飛來的鳥，在春天時抵達埃及，飛行的高度穿越雲層之上，能凌空測知雲層的厚度、帶雨量，因此能預測尼羅河水高漲程度。

但是謠言卻不管這些，甚至傳說他父親和鳥類結合，說他把精液捎到世界另一端和雌鳥結合產出人鳥，這種鳥具人類特徵，從不離開窩巢，據說這種雌性人鳥美麗異常，細緻柔媚。爲了在遠方孕育這種怪異的人鳥，他把精液放在帝尼斯特產的小小鐵罐裡，繫在翠鳥爪子上，人們信誓旦旦地說，他就是用這種方法生下許多半人半鳥的後代。

這個傳說如此奇異，令人起疑，但是人人競相傳訴，直傳到開羅朝廷裡。據說一個位高權大、被授與穿北極特產灰熊毛裘的特權皇親，想派一隊護衛軍把父親硬架到開羅，親自問問他傳言是否屬實。幸而大教長全力反對，說倘若有人敢以暴力對待這位從未離開帝尼斯島的鳥類之王，天將降大禍。

父親陷入沉沉的憂傷，沒有人知道原因。或許他想到他對鳥的專門知識後繼無人，兒子們都不感興趣，無法代代相傳？加上大兒子因爲他拒絕保加利亞國王的利誘，對他深懷敵意……當他突然從屋頂上消失之時，島上的人們都說他傷心過度而死，因爲他心愛的一隻北方雌鳥死了，那是隻雞冠鳥，這個殘酷的消息是悲痛的翠鳥、紫翅、卡斯迪雀鼓起勇氣傳來給父親的。

駱駝商隊隊長接著說，父親過世之後，鳥類也都飛離，再也沒有任何一隻候鳥到帝尼斯島棲息，居民們都覺得這是個惡兆。候鳥季節來臨時，只見一群一群的鳥如雲朵般飛過島上空，齊聲發出這樣的聲音，令人不寒而慄：

「向你致意，眞主保佑你！」

對四兄弟來說，島上原本無憂無慮的祥和日子，如今變得難以忍受，他們決定遠走他方，各自走各自的方向，約好記下旅途上的見聞，七年之後回到帝尼斯島重逢。決定之後，他們開始整理行李，做好一切出發的準備。出發日期訂在木星回到黃道十二宮原位的那一天，黃道吉日，在港口邊，他們紅著雙眼，互相擁抱道別……

隊長的聲音充滿溫情與激動，說他和過往的一切道別，開始另一段新的生命。大哥很早就顯露對女人的喜好，所以決定往北走，經過所有國度，嘗試各種職業，目的是要找到心目中的美人，看遍所有美麗的臉龐、窈窕身段、各種身材，擁有世界上所有的女子，這是他長久以來的夢想！

小弟是建築大師，帝尼斯島上留下他許多傑作，聖者陵寢的拱形圓頂、監察所建築、旅店……他的野心是在所有旅行的國度蓋一棟精美的建築，留傳百代。

二哥的願望，是朝拜所有的聖者陵寢和得道之人的墓塚，拜見所有活著的有道之士，在這些神之子永生之前，探求他們的睿智言語和忠告，追隨他們的理念和格言。

他自己則是很想跑遍全世界，因此加入商人的行列，把北方的貨品運送到南方國度，把遠東的商品運到西方世界的門口。

兄弟分離的傷痛讓他們幾乎想放棄原先的想法，改變先前的決定。若不是大哥決心堅定，他們可能會一輩子都生活在一起。之前，他們每餐飯都一起分享，晚上一定準時回家，從沒有一天不在家裡過夜。但是自從失去父親，島上居民稱爲「鳥類之王」的父親，繼續生活在這個家裡漸漸變得痛苦，兄弟各自封閉在自己的世界裡。

他開始實現自己的計畫，先開一間小店做小生意，開始從事第一趟旅程，而現在已經是他第四個年頭跋涉四方的商旅了，喔！若是他要詳述，可就沒完沒了！總之，他現在成了一個老練的旅人，對這條從中國通往法蘭克王國的漫長絲路瞭若指掌。他從中國運送絲布到還沒人見過絲的西方國度，也從黑人國度運送無數珍寶到東方，他的貨品炙手可熱，每回他的貨車抵達，都成了該地不容錯過的大事。他才剛進入中國首都，就被皇帝招待到宮廷安歇，房門口掛起三盞大紅燈籠，代表貴客臨門，次日萬歲爺——這是中國人對皇帝的稱謂——設宴爲他接風洗塵，共進早膳。在印度、波斯、土耳其……到處都受到如此招待。至於在夏麥國或是西方國度，他被當成自己人款待。

商隊隊長說完自己故事的開端，以及兄弟們的遭遇之後，帶著微笑對他說：

「我等你很久了。」

聽到這句話，他注視對方良久，一言不發，毫無驚訝的樣子。

「我已經猜到了。」他最後這麼說。

「老實說，你是我此趟旅途中的目標之一。」

他接著敍述，有一次，當他抵達巴爾克城時，受到該城伊斯蘭教法官十天的招待。當他到達一個地方，通常會先詢問當地聖者、賢達、藝術家、巧手工匠的消息，他會先造訪當地有名人士、虔誠教徒之墓，在墓前吟誦可蘭經詩篇，貼近他們永恆而沉默的存在。之後他會嘗試去結識那些在他之前旅途中還未見識過的奇特人士。

在巴爾克城，他聽說有一位教長，四個月前抵達該城，他一到就選定住在一棵樹下，再也不移動：這是一棵千年老樹，罕見的樹種，樹枝巨大，樹皮粗糙凹禿不平。樹身之大，得四十多個壯漢伸長手臂，手指緊密相疊，才勉強圍得住。樹上長著各種果子，每根樹枝上都生長著不同的水果：好像有稱爲芝痲的，有大如西瓜的，還有小如四季豆的一種果子，只要持續兩年每天早上空腹吃下一個，就永遠不會生病。不孕婦女只要拜倒樹前，吸吮樹皮，就會懷上男胎。旅人經過樹前，只要恭敬行禮，就保證有一天能安全歸來。因此，他當然要到樹前，對著它的樹枝、懸掛的各種果子、看不見的樹根躬身行禮，就在樹下，他遇見那位可敬的教長。教長是個瘦弱的人，神情平和，就像空靈一樣，他以眼神詢問教長諸多問題，教長也盡其所能爲他開示，面對這樣一對空靈透徹的眼睛，他何能掩飾任何事呢？當他要離開時，教長預告他，在朝西繼之朝南的旅途上，將會遇到三個男人。第一個會在開羅遇到，第二個是個無人說得出年紀的老人，將在遠方一個自古以來都維持相同數目居民的綠洲中遇到，第三個則是在黑人國度，一座覆蓋白雪的山腳下遇到。第一個會要求和他同行，他必須毫不猶豫地提供幫助，尤其是如果他在日出之前出現。第二個將會給他許多忠告，他必須謹愼遵循。第三個則爲他帶來一個口信，他必須把口信再傳下去。說完這些話，教長爲他揭露啓示，並給了他許多忠告，告訴他各種秘密……

「你，就是三個人中的第一個。」商隊隊長如此下結論。

事實上，這番話令他心情平靜，從此刻開始，他不再那麼擔憂，也比較不害羞，和進入沙漠的商隊感覺更親近了。

貝督因人

他們在夜晚星空下旅行……他從來沒看見過這麼多人一起前行，一個接著一個，隊伍綿長，跟在嚮導後面前進。他永遠忘不了那個嚮導，那個貝督因人。他是一個遊走四方永不疲憊的旅人，醉心星辰天象、氣候學，是他的啓蒙者，在他前往落日之國的各段旅途上，再也沒有遇見像他一樣的人。貝督因人能憑直覺辨淸方向，只要觀測天際任何一個移動或固定的星辰，甚至在濃雲密佈的情況下，他可以立刻知道自己所在的方位；他深知雲霧的變動，不論在有人居住的地方或是在荒寂的沙漠裡，他觀看雲霧便能計算時間，毫不猶豫知道祈禱的時辰，指出聖地麥加的方向。

貝督因人是整個商隊裡最重要的人，地位比軍隊裡指揮作戰、下令衝鋒的將軍還要崇高，商隊不能一刻沒有他這個天象家的指引。倘若少了他，商隊很可能迷途，而在沙漠中失去方向，就是死路一條。這是他自己親眼看見：有多少次他遇見渴死的人和獸的屍體，然而明明水源就在不遠之處。他甚至還看見一些巨大動物的骨骸，那些在地表已經絕跡的巨型動物，光腦殼就有十米大。

貝督因人很瘦，關節突出，身材宛如一棵棕櫚。他年紀輕輕就上了船，乘著大大小小、各種類型的船隻航行於大海，穿梭在葉門、亞比西尼、莫三比克、印度各海岸之間。

因此，沒有人比他更熟知永恆不變的方位、海上的風——季節風、陣風、突如其來的風、淺灘、礁石、或是平靜倒映著星子的海域。之後，他轉到沙烏地、非洲、亞洲的沙漠裡探險。怪異的是他還曾在努比住過一段時日，住了多久，他沒明確說，也沒解釋為什麼會到那裡，生活方式又是如何。總之，他好像非常眷戀那個國度，經常提起，比自己的祖國葉門還常提。在那裡，他看見穿梭在尼羅河上的斜桅小帆船，運送農穫、克拿的陶器、那卡達的布料、綠洲裡的椰棗、阿克明的綢緞。他乘著蘇丹的派船抵達衣索比亞，這艘船一年兩次由阿蘇安出航，載著官方郵件、鐵鍊拴著的俘虜和動物、以及各種貨品。他見識過尼羅河洶湧的景況，四處氾濫，河水淹沒群居著人的島嶼，貪婪飢渴的乾旱土地被水吞噬。一旦擠著一大家子的小船被淹沒了，不知多少昨日還住著人的房屋將被遺棄，因為所有被尼羅河吞噬的都將一去不返。在努比，有一天，一隻腳爪纖細的藍色小鳥飛到他面前，喚著他的名字，用人話對他說：另外一隻鳥要牠代爲傳訊，要他緊緊跟隨一個從帝尼斯島來的年輕人，必須在所有的旅途上引領他，陪伴他直到死亡將他們分開，並且要細心照顧他，因爲他是個正直虔誠、敬愛父親的年輕人。

說完這些話，鳥神奇地消失了。從那一刻起，他的生命完全改變。該怎麼做呢？前往帝尼斯島尋找那個年輕人嗎？還是只要等待？直到有一天——那是一個南方尋常的灼熱日子，四下一片死寂，寂靜到兩個人可以隔著大河兩岸低語交談——一艘滿載貨物的船出現在視線裡，朝著蘇丹航行。他一問之下，幾乎立刻確定這艘船的主人就是來自小鳥口中所說的帝尼斯島，他前去結識，如此他結束了在蘇丹努比的神秘生活。從此之後，他從未離開他，謹遵接到的口信，因爲他可絕不能不聽從鳥的話。

貝督因人有一種很奇特的舉止，有時會突然靜止下來，一動也不動地定住，一隻手插在腰間，一隻腳懸空著。他這個舉動雖然不常出現，但是只要他這樣靜止一段時間，眼睛凝視遠方，商隊裡所有眼睛、所有心跳都懸繫在他緊閉的眼皮和張開的下巴上。隨著他的手勢，商隊又再前進，換個方向，逃過一個死劫；有時則是循原路後退。在這種冒險旅途中，只要嚮導出個小錯，整個隊伍就注定會迷路。（往後，他也學到貝督因人這樣突然靜止、眼神戒備、搜尋某個徵兆的舉動。）

在往來航行印度洋的歲月裡，他練就而成計算時間的大師，在阿拉伯沙漠裡的多次旅行，訓練他成爲辨方位的專家，在努比的觀星經驗，更讓他技巧圓熟。看來，他到努比的原因應該就是去觀測星象，但是誰也不敢確定就是如此。星球的排列、宇宙的現象，對他來說一清二楚，儘管有些星子閃爍不定或光芒微弱，整個天象都清晰印在他腦中。甚至何時會出現彗星以及它的走向，他都說的準確無疑。白晝時，他以觀測物體形影的變化和光線的強弱度來計算時間，漆黑的夜晚，他傾耳聽風吹的方向來辨識所在位置。可惜啊！他這些智慧都沒有傳授給任何人，這些無與倫比的知識都隨著他而消逝。

他喜歡漂泊無定的生活，從不在一個地方久待，每到一個地方，只停留些許時日讓商隊採辦糧食，讓牲口休息。他四處都有相識的人，在遠方的城市裡，說著各種語言、操著各種方言的人，都會來向他請教一些神秘無解的事。倘若那人獲得他的信任，或是眞的虛心求教，他就會很樂意開示對方。

雅馬·阿德巴拉繼續說：儘管貝督因人的個性傾向孤僻、沉默寡言，對他卻總是和顏悅色，和藹可親。有幾次夜晚聊天時，他甚至說倘若不是爲了遵守諾言永不背棄帝尼斯商隊，眞想一路陪伴他同行。他並教了他一些他永記在心的知識，是的，他願意把所有這些有用的學問全部傳授給他，不要讓他的知識隨著他的死去而消失。

貝督因人浩瀚淵博的知識無人能測，沒有任何沙漠或海洋的嚮導，沒有任何冒險家能及的上。你問他某座城市的資訊嗎？他馬上告訴你它的地理位置，城裡的古蹟名勝，以及該城的聖者名號。

他教他如何區分沃土和貧瘠的土壤，如何探知水井所在地，並預知這口井的藏水量是否充沛；他告訴他世界各地的水果知識，何時該播種、發芽的季節、花開的時間、何時成熟，以及隨著地區出現的各式變種。在葉門和坦索錫安，可以看見山頂上長著冬天的水果，而山腳下卻播著夏季水果的種子。

他教他如何辨別那些看起來含著大量雨水的雲朵其實根本不會帶來雨，那些預告暴風雨來臨的閃電其實根本是假的。沙漠裡的遊牧民族習慣觀測天象：倘若閃了七十次閃電，保證隨後會下雨。他也教他關於風的知識——它的方向、變化的路徑，在正午、清晨、黃昏時風力的強弱。他教他如何找出聖地麥加的方向，不管是在有人居住的國度，或是在毫無指標的無垠沙漠裡……

我，珈瑪．阿部達蘭，加注如下：

他滔滔不絕談著這些知識的細節，我傾耳專心聽著，但爲了怕記錄太長，只好刪略。但我決心在記錄完他的旅程之後，要求他傳授一些天文學的知識，因爲天文學在西方很不發達，只有水手或居住在海岸港口的人才略知一二，且人數並不多，他們對日出的知識尤其貧乏。相對的，他們對日落的知識詳盡，其他地方的人都比不上：他們對太陽開始落下的角度和變化，每一分每一寸都瞭若指掌，直到它殞落在大洋裡。我聽說在西班牙的安達魯西亞和格勒那達，儘管時代已久，儘管阿拉伯人的統治早已結束，還留存著當年的計時漏刻，而且完好運行著。我聽到從摩洛哥回來的旅人談及斐斯城裡卡拉維尼清眞寺前那個有名的日晷，我們城裡也有幾個複製品。唉！疾病阻止我親自前往，使我無緣見到眞品。

好吧，讓我們再回到雅馬．阿德巴拉的敍述。

隨著旅途進展，他和貝督因人的關係愈來愈密切，儘管他的臉上一逕看不出表情，神情嚴肅，當貝督因人坐到他身邊時，他立刻覺得心情輕鬆，不再憂慮。他對他多麼親切，多麼關心！爲了替他解憂，他對他敍述旅行中所看見的奇人異事，老實說，也只有他們兩個人獨處的時候，貝督因人臉上才會出現親切的微笑，帶著父親般的慈祥，他說：「我所見識的你將會見識到，我走過的旅途你將會去走，你和我一樣，將成爲見證者。」又說：「我位於下坡，你則在命運的上坡處。」他則回答：「願眞主保佑你長命百歲！」

在罕見的平靜時刻，貝督因人會滔滔不絕地描述他曾去過、長著人形水果的島嶼；那些他曾經待過的奇特地方，荒涼的山頂和海灘、傾圮的神廟、長著棕櫚的綠洲、竹屋茅舍、大理石宮殿、盤旋山腰上崎嶇的羊腸小徑；還有那些他曾遇過的民族人種，說也說不完……至於前往中國的路途，據他說，算是世界上最艱難的道路之一。

他專心聆聽。那他自己呢？還要穿過哪些橋？踏過哪些國度？在哪些清眞寺裡朝麥加方向膜拜？有一天，他也會像這樣敍述旅途中的所見所聞，或是記錄下他所經歷的奇遇冒險嗎？他當然清楚自己和貝督因人不一樣，貝督因人是自願旅行，可以自由地在某地停留，只要他想，也可以遁世隱居不再前行；但是他呢？他必須聽令於那個他自己都不知道是否存在，也不知道到底是什麼的那個東西，是一個人的聲音？一聲巨響？一個回聲？一個幻象或是眞實？他什麼也不敢確定。

他只是乖乖地朝著落日方向前行，不知何時會抵達……然而，他展開旅途這段時日以來，甚至開始懷疑這到底是他親身經歷的，還是聽來的一段故事。

在遙遠的那天，剛破曉的時候，那個剛成年的年輕男孩穿過小木橋，遇見帝尼斯島人和貝督因人，確實就是他自己嗎？

貝督因人？

這個年老的嚮導，的的確確開啓了他嗎？或者他其實只是唸了他寫下的記錄？他眞的不知道。然而，這個外表嚴峻的老者，不是對他慈祥親切嗎？不是在自己眼中看見了憂傷嗎？他不是聆聽他所言，對他產生依戀了嗎……他多麼喜歡待在老者身旁，多麼喜歡看他的手勢動作！他遇到危險的時候，張開下巴全身靜止不動的樣子至今還如在眼前。多年之後，當他得知他回歸永恆的消息時，可不是哭泣良久嗎？往後的旅途上還發生了那麼多奇異的事，所有這一切，到底是眞的，還是一場夢呢？他是眞的和他相處了這麼久的時光，還是只是擦身而過的一場巧遇而已？

記錄這一段時，我，珈瑪．阿部達蘭，下筆很慢，手上拿著蘆葦筆，仔細觀察著他。他的表情，他的眼睛，超越言語可描述的境界，表達出深藏內心的感情；他臉上流露出一種我從沒見過的深沉憂傷，眼睛裡充滿我從未看過的神情。臉上那顆隱形的淚珠，像是懸在眼皮上，引發我一股陰鬱憂傷。在他的沉默裡，我似乎聽見巨大的喧囂。

還有，貝督因人的沉默，有時他會突然緊閉嘴巴，無論如何都不開口，直到他認爲適合的時候才鬆開嘴。並不是因爲他忽視別人，封閉自己，不是的，而是他在專心聽風的聲音，觀測暴風雨醞釀的徵兆——雖然沒有人察覺到任何暴風雨的前兆；或是觀察雲朵——在雲還沒成形之前——是否將帶來雨水；有時他則是在傾聽大地深處的震動，這時他會像祈禱時一樣跪下身，耳朵貼著地，之後站起來，斬釘截鐵地說：「大地在怒吼」。幾分鐘，或是一個鐘頭之後，地震爆發，自遠古以來沉寂的火山冒出火焰，大地搖擺，左右抖動，有時從地心最深處噴出岩漿和砲彈般的岩石。

倘若他突然停下腳步，整個商隊會立刻停下，因爲這就表示有不尋常的情況發生，或是有立即的危險出現了，這是只有他這個參透沙漠所有神秘的人才能測知的。

當人家問到他的名字時，他會微笑以對，事實上，他有很多名字，至於綽號就更數不清了。每到一個國度，甚至最偏遠的小荒村，他都有一個不同的名號。不過，他若是和誰建立起友誼時，會要對方稱他「貝督因人」，這讓他想起他的祖國，他的嬉戲童年，是他鄉愁嘆息的方向，在這個漫長的人生尾端，日升日落，一夜又一夜，他似乎依然呼吸著遠方故鄉的空氣。

他的小指上戴著黃色底座鑲嵌一塊紅玉的戒指——可能是瑪瑙或是鋼玉，雕成一隻小蠍子的形狀，只要戴著它，沒有任何一隻蠍子可以欺進方圓七里之內，因此整個商隊或是跟在他身後旅行的人都受到保護。在這個荒無人煙的寂靜沙漠地帶，最怕的就是神出鬼沒的蛇蠍和毒蟲，據說他擁有好多種類似的戒指，一個可以驅走兇猛的野獸，馴服老虎獅子，轉移惡獸的注意力；另一個可以免於淹死；還有一個具有殲滅兇猛飛禽的神力。這些神奇的戒指必須戴在他手指上才會發揮作用。

據商隊隊長說，貝督因人是全商隊裡最重要的人，大家都很羨慕他這麼快就成爲貝督因人的朋友。熟知沙漠的嚮導或是熟練航行大海的船長大有人在，但是他對沙漠對海洋都瞭若指掌，他所知道的知識技巧，有許多簡直是難以置信。若不是靠他，商隊很可能迷途，在廣大銀河無數星子之間找不到一個方向參考點。

一天下午，商隊停下來休息，隊長過來對他說，他很擔心貝督因人會不告而別或是突然過世，他看得出來貝督因人對他與日俱增的深厚感情，是之前從來不曾對任何人流露的，他也知道貝督因人決定把所有的知識傾囊傳授給他，倘若他學全了，之後就可以一輩子和隊長一路旅行跋涉。他們可以一起四處雲遊：到中國、到印度、到錫蘭、到黑人世界、到女人島……那些以爲世界只有一種面貌的人錯的多離譜啊！我們所不知道的世界面貌何其多，一輩子死守在一個地方是何其愚蠢的事！因此他自己決定一次又一次出發，不管是行商或是雲遊，唯一的目的其實是見識各種不同的人。

聽著隊長敍述，他也興起探索世界的渴望，往東走，向南行，朝北出發……他要前往中國，朝向地球西方的盡頭——更正確的說，地球的起點，那裡是太陽最早升起之地，當開羅還是子夜之時，那裡已經可以看見第一道曙光。隊長這時沉默了一下，帶著神秘又有點淘氣的眼神。

「至於女人呢，那更是說不完了。」

聽到這句話，他有點困窘地低下頭，至今他都尚未見識過女人——而且可能還得等一段時間呢——只道聽塗說過一些女人的事。他有過一些不值得一提的巧遇，眼神交會，不經意的愛撫之類的，但從來沒去過那些他這個年紀的男孩去的不好地方，從來沒面對面和異性接觸過——雖然只要付點錢就行了！

「東方的女人和西方的女人有什麼不一樣呢？」他這麼問。

「每一個女人都自成一個獨特的宇宙，」隊長回答：「何況是世界兩端的女人！」

他好奇地聽著，隊長口中的東方女人在他心裡激起迷惘又興奮的漣漪……那應該是另一個世界吧，那應該就是他這個年紀的男孩嚮往的快樂吧！他若是自由身的話，就可以嘗試到所有這些！

珈瑪．阿部達蘭加注如下：

我必須在這裡強調，雅馬．阿德巴拉敘述時經常停斷，臉上顯出一付吃驚的表情，這種驚訝的表情我從沒在別人身上見到過，那是一種我可以猜測出，但無法和任何其他人臉上的表情相比的一種樣子，我想很可能是因爲他周身散發一股巨大的憂傷哀愁，莫名的悔恨，這些對我來說是陌生的感覺。有時候，我看到他臉上似乎即將揚起微笑，那個他想抓住的微笑。

不管怎樣，還是繼續回到故事吧。

他跟在同伴貝督因人身後往前行，每次停歇，他傾聽他的教導，學習他的智慧，自從幾次在綠洲的休憩之後，他們成了形影不離的朋友。一路上，他見識過被風吹得處處改變的沙丘，但是最令他驚訝不已的，是那兩道泉水，埃及人口中所稱的內綠洲中，相離不遠的那兩道泉水。

一道是冷泉，水沁涼甘甜——他從來沒喝過這樣甘美的水——從地底深處湧出，注入一條居民開鑿的運河中，樹蔭夾岸，居民遵循自古以來的方式，汲取運河水澆灌棕櫚樹、無花果樹、橄欖樹、桑椹樹、蓮花，並汲水給那些奇異的候鳥飲水，商隊隊長看著這些候鳥，眼光既親切又哀傷；他從不欺進鳥身邊，不，他只是坐著，雙手捧著臉，墜入無邊的思緒裡。

緊靠著冷泉，就在幾步遠之外，湧出的是一股溫泉。這兩道泉併著流，直到幾里之外才分開：冷泉水接著流到耕種的農地上，溫泉水則注流到一個大池子哩，再經由一條條小水道流至各家各戶裡。

貝督因人跟他說，有一回，一個旅人爲了躲避別人的復仇，從山谷裡逃出，請求綠洲居民收留他。居民答應收留，但有兩個條件：其一，因爲他還是單身未娶，必須離群而居，不能和居民們住在一處；其二，他禁止在溫泉中洗浴，因爲這泉水通入各家各戶，諸多人家的處女都用這個水沐浴淨身。旅人答應這兩個條件，選定一處遠離綠洲居民的地方，以棕櫚葉爲屋頂，睡在地上，就此安身。他靠打零工過活：節日慶典時端端盤子、在住家門前灑灑水、到餐廳收盤子打掃；遇到喪禮時，則幫賓客倒倒咖啡。宗教慶典的日子，他總是第一個到最後一個走的人。日子這樣過了三、四年……他默默行事，如此低調，大家幾乎忘記他的存在。

直到有一天，一大早醒來，他實在克制不住想泡個熱水澡的慾望，這輩子能泡熱水澡的機會這麼少呀！他看看四周……都沒人嗎？他趕快脫掉衣服鑽進水池裡，漸漸地，他全身舒暖，水由毛細孔滲入，滲入周身血管，直到最小的微血管，直到隱藏在身體最深處的疲倦。他的身體鬆弛，四肢舒展，昏然欲睡。他盡量想張開眼睛，但沒辦法，眼皮不自禁地蓋下……無憂無慮的影像，未曾見過的繽紛色彩，遙遠天際傳來的迴響……他沉醉在池水酣暖的溫度裡，頭也沉進水中，周身七孔都包圍著溫熱……好像溶化了一樣，他全身放鬆順水而流，流呀流呀流到了一家住戶的澡堂裡，猛一看，原來他竟溺死了。自此之後，處女們怕懷孕，都不敢再用這泉水洗澡，但是已婚婦女呢，感覺這溫潤的水穿過手指浸濕腿間，竟有點醺醺然——一個陌生男子浸過而且還溺死的水呢！貝督因人說，至今相傳著一個古老的傳說，日出之前在這溫泉裡洗澡，在身體全乾之前和丈夫交合，不孕婦女就會懷孕……至於那個陌生男子，大家似乎都已經遺忘。

商隊不在綠洲久留，這裡是廣大無垠沙漠裡最後一個有人煙的地方，從這裡分開兩條路：一條是自古以來往南通到黑人國度的商路，另一條往西，拐向北方，之後又朝日落方向而行。傳說第二條路是亞歷山大大帝在綠洲休憩之後闖出來的新路線，這綠洲本叫阿夢綠洲，今日則改名爲西瓦綠洲，這兩條路線之間有許多條小路線可相通。離開綠洲，商隊所有的注意力都放在貝督因人身上，最微小的差錯都足以致死。

等在眼前的，是穿越完全荒蕪地區的四十天旅途，其中二十天在烈陽下行走，另外二十天在夜空下前進，因爲必須考慮到風，沙漠裡的風會把沙丘整個搬移，方位很可能會因此混淆。貝督因人邁步向前，嘴巴緊閉，望著地平線。只要一感知暴風的動靜，他就作出停步的手勢，長長的隊伍立刻停下，他下令讓所有駱駝臥下，手隨著一種奇特的韻律摸著每一隻駱駝的脖子，駱駝便埋下頭來，大家就緊靠著駱駝身軀蹲伏，不出多久，沙塵風暴便起。

雅馬・阿德巴拉說，在這段旅程中，他感受到出發以來未曾有的放逐之感，回想起那四十天，還令他顫抖害怕，似乎連對那時的回憶都帶著恐怖的陰影。完全找不到方向……超越了一個限度之後——不論是就空間或是時間上來說，整個隊伍必須隨著駱駝腳步的韻律，發出一種單調的吟唱聲。據貝督因人說，是要讓駱駝聽到人聲，不過，更重要的，是讓每個旅人聽到同伴的聲音，無限的寂寞、宇宙的沉靜、星子的神秘、未知的偶然，所有一切都是恐懼的泉源，因此，人很容易就失去方向而迷途，這是長途旅程中諸多危險之一。他們都知道，沒有太陽的指引，東方西方混淆在一起，在一片無垠的荒蕪大地上，整個世界都成了一個樣子。

在隊長的滿意眼神下，他和貝督因人的關係日益密切，和他如影隨形。喔！當貝督因人像岩石雕刻出平靜不帶表情的臉突然轉過來，朝他慈愛地投出一個微笑時，他多麼感動！多年之後，在不順利的日子，在心情惡劣的時刻，在內心充滿感傷的時候，他就會回想貝督因人對他的關愛。他多麼希望自己能對他有絲毫幫助！唉！這種時機從來沒出現過，因爲貝督因人總是最早起最晚睡下，照料一切。他總是趕著路——或是騎著駱駝或是邁步前行——觀察星辰、遠瞭地平線，有時眼睛盯著土地，用手指或樹枝在沙上推演，神情神秘無解……他曾經想一定要問他這個舉動的意義所在呢！

一步一步往前行，他覺得好像和商隊這些人同行了很久很久了，覺得已經成爲他們中間的一員。他想探索世界的渴望愈來愈大，喔！循著絲路前往中國，欣賞它的奧奇，所有這些隊長和他說過的奇聞異事，他的好奇心整個被喚醒！

經過疲憊趕路的四十天，商隊駐紮休息，牲口都開始疲乏瘦弱，必須讓牠們歇一下腳。貝督因人觀察天象，他說：「在沙漠裡這個地點，可以看見其他地區看不見的星辰，某些在別處只是光芒黯淡的星辰，在這裡卻亮得像火。」老嚮導就這樣靜靜觀望星辰良久，凝視著自從他開始拜師研究星相以來就曾聽說的那顆星子，並敍述了以下這個奇特的故事……

貝督因人的師父出生於尼羅河右岸一個叫做阿克明的小城，自小研習他們世世代代相傳下來的學問，父親教導他觀測這顆出現在西方天邊的奇特星子，揭示他們祖先傳下來的秘密，他也傳給貝督因人這個徒弟；自從他拜別師父離開阿克明城以來，就一心一意想觀測這顆星子，界定它的方位、出現的時間日子、它的移動與光芒變化。據祖先所說，這顆星子的改變預測著宇宙的大變動。

這個秘密深藏在貝督因人內心，直到這天之前都沒和任何人說起過，此時他突然覺得衰弱低沉，對雅馬・阿德巴拉吐露心事，說他很擔心自己在知識尚未傳給一個信賴的人之前就會離開人世，因爲他就像一棵未結果的樹，並沒有子嗣。他指著那些蹲在駱駝邊的男人們，他們都有伴侶和孩子在某處等著他們歸來。有些還在好幾個國家有正式的妻子，就拿商隊隊長來說吧，不下一萬個處女愛戀著他呢。他自己從不談起自己年輕時代有過的愛戀，失散多年，生命中的偶然讓他們分開……他覺得他就像自己的兒子，自己的親生骨肉一樣。

聽到這些話，他心中一陣激動，沉默不語，漸漸昏沉睡去，圍繞著悄然理不清的悲傷……開羅市中心大街的轉角、清眞寺圓頂雕刻著聖者的陵寢、對面是三大清眞寺的入口，每扇門都不同風格，他眼前似乎歷歷出現門上各式雕花和阿拉伯風格的縷空石……高聳的寺塔像纖細的身影……悲傷裡混合著想再次看到那名女子的渴望，那個蠱惑他童稚的眼睛的美麗面容。她是誰呢？那姣好的面容是屬於誰呢？他不知道，看到那個臉龐時他大概才五、六歲吧。那臉龐深印在記憶裡，成爲他之後不斷追尋的典範。

就在那半夢半醒之間，他又看見那張臉龐。他坐在她對面，凝視著她……在轉變的光線中，那張臉變成貝督因人的面孔……他正想衝口對他說，決定跟隨他行走天涯，他可以把所有天文的知識傳授下來，他要向他傾訴所有心中事，永遠不和他分開。

他陷於一陣昏亂的時刻，腦袋中的想法化作一堆雜亂的影像，這些影像由清晰轉爲陰暗，之後像狂舞的影子一樣翻動，直到清醒時才消失。清醒過來，他正要理清思緒開口說話時，突然聽見那個無法界定釐清的聲音響起：

「出發吧！」

他驚跳著醒來，張開眼，想看看那個聲音會不會揭開秘密，心跳快如亂鼓，他聽到自己血液衝上太陽穴，鼕鼕地敲。

珈瑪·阿部達蘭敘述如下：

在這個時刻，他的嗓音轉變如此之大，我忍不住抬起眼，看見他的臉罩著一股巨大的哀傷。似乎，不管時間與空間的距離，光是提到那一個遙遠的時刻，就足以令他墜入深沉的憂傷。他全身發抖，我勸他向眞主祈禱，並喝點水定安下來。我爲他倒了一杯水，他說當時貝督因人看見他恐懼地發抖時，也是爲他斟了一杯水。

雅馬·阿德巴拉說，當時他內心混沌懷疑，這是他第一次聽到，命令他踏上旅程的那個聲音嗎？

貝督因人慈愛地看著他，眼睛泛著淚光。在他安祥的眼神中，還是無法隱藏帶著一點責備又帶著悲傷的光芒。

「願眞主保佑你一路平安。」

他知道嗎？知道爲什麼他必須離開，必須繼續旅程嗎？他從來沒和任何人說起那個聲音的事，但是感覺到貝督因人好像知道，因爲他沒提任何問題，沒有顯出任何好奇的表情，也沒和商隊隊長透露任何事，他甚至還帶著催促他上路的神情。

從內心深處衝冒而出的那個聲音糾纏不去。貝督因人的身影已然遙遠，眼神堅定，手伸向太陽的方向。而他只能低著頭往前走，盡力壓抑心中如龍捲風的狂怒。

分手前貝督因人交給他一本羊皮紙書，叮囑他小心珍藏，不管旅途如何艱難都要好好保存。他把書放進隨身背包，在沙漠這深沉的夜裡，忍不住滴下眼淚，他朝著沙漠裡走，獨自一人……完全獨自一人。

沙漠之乳

雅馬・阿德巴拉，眞主面前的可憐人，沙漠旅人，敍述如下：

每一段旅程都比之前的旅程更爲艱難，但只要是有旅伴同行，再艱苦的難關都顯得容易，而獨自一個人面對的時候，就變得萬分艱辛。暴戾殘酷的君主都知道，讓囚禁者崩潰最好的方式，就是隔離他，讓他連個說話的對象都沒有。

完全遺世獨處，面對一片空曠無人煙的宇宙，會是什麼情景？經過這麼多旅途上的起伏，經過這些滄桑歲月之後，想到當時離開商隊，告別貝督因人的那一刻，還是悲傷不已。最痛苦艱難的，就是離開一起旅行的同伴，在和大夥滋生同甘苦的情感——尤其是和貝督因人——之後，又重回獨自一人的倉皇。

他以眼神詢問貝督因人是否能有重逢的一日，後者回答：「不要希冀我們可以在今年或明年再相見，重逢之日還遠，只有主知道是在什麼時候。」

除了那本書，貝督因人還送給他一個杯子，不知什麼材質，摸起來像椰子殼做的木杯。他珍藏在身邊很長一段時間了，這個杯子救他度過了許多鬼門關，但是今日如果有人眞的需要，他會慷慨奉送。

在酷熱沙漠中旅行，這個杯子是他的救命寶貝，口渴難耐的時候，把杯子對著嘴巴，喉中立刻如同喝進隱形的甘甜汁液，飢餓難忍的時候，杯子好像流出香濃的乳汁，帶著香氣……但其實杯子裡什麼乳汁液體都沒有！至今他從沒和任何人說過這杯子的奇異，從沒和同行旅伴說過，倒不是貝督因人要他保守秘密，而是他覺得要得到某個徵兆的啓示才能說出這個秘密。如今，他已經抵達日落之國，抵達大海之濱，見到了宗教長阿卡巴契——他對教長完全服從，把背包裡的書呈交給他——現在他又對人敍述旅途之事，這豈非就是那個徵兆，讓他得以全盤說出心中秘密的徵兆呢？

當他說自己單獨穿越沙漠而來，綠洲裡大部分的居民都帶著懷疑戒心，相信他其實是「敵對營地」派來的奸細。剩下小部分的善良人，則相信他不是凡人，只不過外表像人罷了。要不是「啓示者」對他的友誼與信賴，沒有人會相信他說的任何一句話。

面對著無盡的荒蕪，無垠的空曠，他自問：還有多遠的路要走？等待他的又是什麼？何時該停歇腳步？眼前毫無界線，只有一片虛空，地平線隨著前進的腳步往後延伸，但是貝督因人的臉總是如影隨形，還像在凝視遙遠天象，觀察星斗、影像，測著風吹的方向……當他遠眺天際，身影是貝督因人的樣子，當他說話時，連自己都驚訝挑用的是貝督因人的手勢，話語之間停頓時點一下頭，也完全是貝督因人的影子。

能在西行的路途上堅持下去，全靠他從貝督因人身上學到的東西，尤其在夜間行路之時。召喚之聲只催促他上路，並不會指引他路途呀。

他在開羅的年少歲月裡，要是有人跟他預測這段在沙漠中的長途旅行，他一定會把對方當成瘋子說鬼話。他在開羅活得好好的，每日走的路線、穿過的小路、常去的廣場、留連的咖啡館……是什麼神秘力量把他帶到這沙漠荒涼之地？吵雜紛亂的開羅城就像個大袍子涵蓋他的生存，怎能料想有天他會隻身一人處於沙漠全然的寂寥之中呢？

「當我們說起旅程這兩個字，」雅馬・阿德巴拉說：「很奇怪地，它注重的好像是過程，似乎和最初開始毫不相關，當然，最終和最始是兩個底端，最後又會交會重疊，形成一個圓。」

珈瑪・阿部達蘭加注如下：

他似乎想簡略帶過獨自在沙漠旅行的那段時光，提到好幾次不能再多說下去，要是所有細節都詳述，可就没完没了……而時間有限！

我問他為什麼時間有限，他詫異地看著我，未發一言……很久之後我才明白他這句話的意思，但是為何不早說出來呢？數年以前，我和一個身經百戰，以驍勇善戰出名的伊斯蘭軍人結成朋友；保衛我國的蘇丹——願主佑他長壽——命令我在軍人久病將死之前，記錄下他的生平事蹟。軍人因病只能臥床，我自己也因健康因素無法走動，不過他說起生平事來滔滔不絕，我也仔細記下他所有的話語。他喜歡引述卡列・艾瓦立③的

③ 卡列・艾瓦立（Khaled Ibn El-Walid，六四二年歿），伊斯蘭古代最著名的將領之一。

話：「我全身是刀傷箭創，現在卻要像牲畜一樣等待死亡。啊！只有膽小鬼才會因死亡而恐懼！」他告訴我在一生軍旅生涯中，好幾次都與死神擦身。有一次在和海盜的小型衝突中，他一彎腰剛好躲過颼然而至的飛箭，箭射入身旁的戰友；又一次，在一場激烈的陣仗之中，大砲穿梭，裂片火光四散，另一名軍官站上他幾秒鐘前才離開的位置，一枚大砲就剛好砸到那個點上爆裂。像這樣的事情多得說不完……剛開始還會懼怕死亡，一旦和它面對交鋒之後，恐懼就消失，再也不擔心還有多長時日可活，因爲與死神相會之後的所有時間都是撿到的，像是多得的第二條命……

我也曾聽雅馬．阿德巴拉轉述過貝督因人和以上想法相似的一句話：「在認識死亡之後，所有危險都顯得渺小可笑。」

現在再回到我們朋友的敘述吧。

所有的方位、地形起伏都看不出個所以然。這個沙丘、那個山頭後面隱藏著什麼呢？地平線那端出現了什麼徵象呢？他唯一知道的，就是朝著西方前行。白天裡還容易，依著太陽就可以，但是夜晚呢？他必須用盡從貝督因人身上學到的本事，觀察天象，依星斗的位置決定方向。若非貝督因人傳授的知識，他何能在漆黑夜色中往前行？他從貝督因人身上學到的不止如此，還有所有那些不能言傳的神秘智慧。譬如，貝督因人告訴他：「人的能量是無止境的」，這句箴言他永遠銘記在心不敢忘記……重要的是，如何激起這個能量，在最需要的關鍵時刻用上，並且和面對的挑戰相抗衡，就像準備長途旅行中的存糧一樣。智者之言不斷告訴我們，意志力能激發身體潛能，如果一個人被迫行走一個鐘頭，或許還不到一個鐘頭就筋疲力盡，相反的，如果他自己計劃走十個鐘頭的旅途，很可能在走了七、八個鐘頭之後才覺得疲累。貝督因人說：「身體屈就於意志，屈就於意志所計劃的可能範圍。」這句從老嚮導口中說出的話，他可以用自己的沙漠旅行經驗來證實，他察覺自己的適應能力無邊無際。

我，珈瑪．阿部達蘭，年輕時也曾聽過一個故事，足以證實前面的這段話。

一個男人帶著老婆和嬰兒，從山區故鄉出來，穿越沙漠往南行，不知什麼原因迷了途，長路漫漫，路途愈走愈艱難，女人支撐不住死了，男人帶著啼哭不已的嬰兒，只有當他抱直嬰兒，嘴巴貼近胸口時，嬰兒才停止嚎哭，但是一旦發現母親乳頭不再，沒有熟悉的乳香味，又哭叫得更悽慘激烈，男人又哄又搖，一點用都沒有。到了第三天中午時分，嬰兒的哭叫聲逐漸微弱，父親眼睜睜望著這個瘦骨如柴的小東西瀕臨死亡，忘卻自己本身的飢與渴，只想到兒子的苦痛。隨身所有的存糧只剩下一個他拼死都留著到最後一刻的一個小羊皮袋的水，他拿起羊皮袋，餵幾滴水在嬰兒嘴裡，擠幾滴水在自己嘴裡……他突然回頭，詫異萬分：他聽見孩子母親央求他無論如何要救孩子，讓他活下來。怎麼救呢？他已經筋疲力盡，存糧存水都已盡，時間緊迫，他卻又深陷迷宮找不到道路。他坐在地上，彎瘻著背，雙手撐著臉，心疼地看著垂死的孩子，突然間，他覺得前胸動脈處似乎一陣悸動癢痛，好像一排螞蟻在爬，渾身興起一陣異樣的顫抖，胸前像有汁液要湧出……突然間，他雙乳流出一串甘甜的乳汁，一聞到這個熟悉的乳香味，嬰兒又大哭起來，男人蹲下身，學著女人哺乳的樣子餵著嬰兒。

這個故事很多人都聽過，代代流傳。因父親的乳汁活下來的嬰兒，如今還有許多後代在尼羅河三角洲那一帶生存。

在沙漠裡獨自旅行了多久呢？

雅馬．阿德巴拉說他行走了八個禮拜。喔！倘若要說盡他這段旅程的所有事，該有多少奇聞異事可聽呢！然而他只說自己一步一步往前，確信這段孤獨的路終有一天會到盡頭。儘管筋疲力盡，他不敢休息，一停下來就是死路一條，貝督因人對他說過，停下、放棄，不管是對海上水手或沙漠旅人來說，都是最危險的一件事。他敍述自己年輕的時候，搭上一艘由阿夢海岸出發航向印度的船，在途中第一次見識到海上風暴，一點都不誇張，像山一樣高的大浪襲來，船頭被浪高高揚起又驟然墜落，他蜷曲身體害怕得全身顫抖，死命抓著欄杆，此時，一個印度小船員對他大吼，說：

「不必怕！只要船還在前行就不必怕……」

他接著對他解釋，唯一該怕的是船不再前行，這句話深印在他腦裡。往後，他經歷過無數風暴，以及其他旅程上的考驗，「風暴遲早會過去」，這也是他謹記不忘的一句話。

他一輩子都不會忘記看到遠方山丘上棕欖樹的那一刻。他停下腳步，周身四望，只有無邊無際像麵粉一樣的細沙。剛開始他還不敢相信自己的眼睛，多少次，在正午酷熱的太陽下，他看到一汪湖水閃耀！天際出現康莊大道……多少次眼前出現商隊隊伍、成群的鳥兒、大群的羚羊、以及其他旅人的身影……

他終於停下來……

現在他一點也不急，沒有開始奔跑向前，不，他靜止不動，待在原地一整天，注視著光影的轉變。沙漠旅行教會他許多原則，其中一個就是：任何事都不要急躁。這一點是他自己領悟的，並不是貝督因人教導他的；然而，若不是貝督因人傳授的所有智慧，他早就在沙漠中喪命了。

他一點也不急躁，讓心情平穩下來。仔細看著眼前所出現的景象，濃密的樹葉、棕櫚樹幹、灌木林、一條小徑……毫無疑問，他遇到了一個綠洲……

日落前一個鐘頭，他又繼續前行，平穩的腳步好像邁向一個熟悉的地方，在登上山丘之前，他停了一下，從背包裡拿出木杯，湊到嘴邊……沒有任何一滴水或乳汁。在這段旅途中，已經喝盡杯中的神奇之水了！好險啊，要是再多一天……

慈母綠洲

他緩緩登上山丘，雖然走向未知，但是心情坦然；突然間，他看到眼前站立著綠洲所有居民，男女老少全到齊了，只除了留守崗哨監視「敵對營地」的兩個壯丁之外——但這是他之後才明瞭的情況——綠洲全部居民，一百四十口人，一個都不少。居民稱他們的綠洲爲「慈母綠洲」，但是遠近任何地區或國度都沒聽過這個綠洲的名字，就算沙漠中最熟路的老嚮導都不知它的存在。

一攀上沙丘，他就被椰棗的香氣、叢生的綠草、棕櫚搖曳的聲音、野生無花果的芳香完全迷住。多年之後，當時所聞到的香味依然蠱惑，至於棕櫚樹，自此成爲他心中最珍貴的一種樹！

男人們站一側，女人孩童們站另一側，這兩側卻完全相同：人數相當，同樣高䠷的身材，同樣低垂的臉，同樣沒戴頭巾的面孔……他先望向男人這一側，之後偷眼轉向女人這一邊，卻驚訝地發現她們充滿好奇地盯著他瞧，他也就大膽地看著她們。每個女人都身材窈窕、直挺，帶著驕傲的神情，他眼光巡視，並未特別停留在某名女子身上，腦中形成一個印象，她們的五官如此姣好清楚，完美勻稱。他突然興起一陣隱約的顫抖，喔！忘不了當時的感受，就像一股神秘的泉水衝湧，在周身竄動。他突然發現內心深處連自己都不敢相信的念頭，一個慾望，渴望，不只針對一個女人……而是所有女人！

他站立不動，該做什麼？該說什麼？他先向眾人行禮問好，綠洲居民也一齊俯身回禮，聽到他們回禮的話語，他心情放鬆下來。他們說阿拉伯文迅速而且斷斷續續，他剛開始還有點聽不懂，但過一陣子就習慣了……這時一個四十來歲的女人走上前，額頭上紋著花式，下巴紋著一個三角形，手上端著陶盆，在他身前蹲下，緊包著身體的長袍顯出豐腴的腰身，一低眼就可以從領口窺見豐滿堅挺的乳房，這是個豐滿的女人，臉上皺紋已橫生。她做個手勢要他脫掉駱駝皮製的鞋子，他脫掉鞋把腳伸進溫熱的水盆裡，她的手一觸摸，他感覺自己好像也要化作水一樣，此時，他才發覺自己有多麼疲憊，可不是嗎，他一路都在把體力的極限往後推延。

一個男人走上前來，指指裝著貝督因人交給他的書和木杯的背包，他搖搖頭：不，他絕不讓背包離身。男人並沒有堅持，只是狀似神秘地點了三下頭。

據綠洲裡受人景仰的歷史學家說，本綠洲的居民已經七個世代都沒有招待過來客了，在這些歲月中，沙漠裡從來沒來過任何人，雖然幾個世紀以來都遺世獨立，居民們保存著他們的傳統，代代相傳印記在心中。

傳統就是，遇到陌生來客，一旦確定沒有惡意，他們就要全心熱誠招待。來客大多是迷途的旅人，或是中國派來的使者——中國皇帝是唯一知道這個綠洲存在的人，原因我們之後會說明。距上一次中國使者前來，已經過了三百個春天。綠洲居民從來沒有和外界接觸，與外面的世界完全隔絕，直到有一天，在西邊出現了「敵對營地」。

他們天性好客，熱情款待來者，尤其他是獨自一人的時候。為了表示歡迎，第一件事就是派一個貴族出身的女子幫來客洗腳，倘若來客騎著駱駝，還要餵之以青草。須知，水是他們最珍貴的寶貝，全綠洲只有一畦泉水，全世界獨一無二的一口泉：泉水不只能治百病，最奇特的是，泉水的溫度一天改變三次，清晨是溫的，下午變成熱的，到了晚上成為滾燙的。水的分配根據嚴格的儀式進行，好幾天之後，他才明瞭這盆由女子端來幫他洗腳的水，意義如此重大。

我，珈瑪．阿部達蘭，日落之國的秘書長，在另一個境遇之下，也親身經歷過類似的遭遇。

當我還年輕時，有一次遭到無故之殃，被扔進大牢。第一天進到陰暗的牢房，我看見一個駝背的乾癟老人。孩童時我就看過這老人在街上走來走去，叫賣右肩上扛著的埃及地毯。為了我的病，父親領著我前往各聖者陵寢祈禱，多少次在路上遇到這個老人！他成了我童年記憶中印象深刻的人物。他是個知名的地毯商，選貨眼光極佳，不知用什麼辦法從阿克明、亞列布、安地歐許等地找來最好的貨源，他當然謹守秘密，不告訴別人他用的法寶。久而久之，他成了提供宮廷用地毯的商人之一。突然有一天，他不再扛著仔細捲好的地毯叫賣，出現在商家店面門口，不修邊幅，頭髮篷亂，衣衫襤褸，選了大教堂西邊角落作為棲身地，有時候失蹤好幾個禮拜也沒人注意，要特別關心他下落的人才能在某個角落找到他。因此，我在牢房裡看見他，一點也不驚訝。他看著我……令我十分驚訝的是他竟叫出我的名字，這些年來他不是瘋瘋癲癲在街上失魂遊走嗎？他靠過來，眼睛向四周望望，然後從口袋裡掏出一小塊新鮮麵包——一塊麵餅的四分之一，朝我扔過來。我接住麵包，貪婪聞著香味。我看見他眼裡浮現一股恐懼，做手勢要我把麵包藏起來，然後拖著腳鐐走開。所有的獄犯都待在原地不動，只有他在小院子裡或牢房口來來回回走個不停。我腦中浮現他剛才恐懼的模樣，心中不解：「不就是這麼一塊麵包嘛，值得怕成這樣？」

時日一久，當我知道犯人每天的口糧，吃到那些乾巴巴帶著霉味的麵包，才明白他當時的舉動：我進牢房時他扔給我的那塊香軟新鮮麵包，是代表他對我的友誼，要我放心，在我初進監獄喪氣萎靡時給我鼓舞。

現在再回到雅馬．阿德巴拉的敍述吧。

日落時分，是綠洲人每天最重要的進餐時間，居民們以濃湯和肉來款待他，日頭西下，各家各戶煙囪飄出炊煙，空氣裡飄散著烤麵包、烤肉的香味，濕潤的空氣裡棕櫚樹搖曳著葉片。沒人問他叫什麼名字、從哪裡來、怎麼會來到這裡的，這也是慈母綠洲祖先傳下的待客規矩。持續三天，沒有人拿任何問題打擾他，只是熱忱招待，準備豐盛的餐點，奉上香味細緻的各式草茶……

直到第三天早上，綠洲酋長才傳喚他，問他來自何方，往何處去。

作客的這幾天，他睡在一個屋頂蓋著棕櫚葉、地上鋪著柔軟青草編織的屋子，屋子右牆是一張方形的布，上面畫著神秘的符號，塗著某種神秘的液體，可以驅除蚊蟲毒蛇。

綠洲居民維持著祖先傳下的好客傳統，然而已經七個世代沒有任何來客出現。上一個來到綠洲的陌生人，騎著一匹半馬半駱駝的座騎，一隻奇特的動物，慈母綠洲裡的人從來沒見過的神奇牲口。他不是迷了途，不是，而是日落之國派來的使者，傳遞東方皇帝的口信。那是個安靜憂傷的男人，但是喜歡和孩子們玩，給孩子們好多新奇的糖果，一塊塊包著金箔紙的糖——當然不是真的黃金製的紙。還教孩子們玩一種遊戲，自此在綠洲流傳：在地上畫許多大小相同的四方形，裡面放置一顆彩色的小石頭，綠洲居民從此學會這個叫做下棋的遊戲，而且一下好幾個鐘頭樂此不疲，每個都是高明的棋手。使者是怎麼來到慈母綠洲？是循著某一條路徑嗎？他從來沒透露。

反正，他對自己抵達綠洲一點都不感訝異，兩百三十年之後的今日，也沒人猜測他的到來是否預告之後「敵對營地」的出現；綠洲裡的智者都認爲這兩者毫無關聯，因爲「敵對營地」是在距今七十年之前才出現的，營地裡沒有一名士兵靠近過綠洲，駐紮軍隊和慈母綠洲也從沒過言語上的接觸，所有對「敵對營地」的認識都是靠居民的守衛觀察而來。

我，珈瑪·阿部達蘭，查遍日落之國的編年史料，沒有任何提到當時派遣使者前往東方的記錄。也翻遍動物學家嘉毅思、達迷希著作的書籍，沒有找到任何對半馬半駱駝這種動物的描述……

再回到雅馬·阿德巴拉的敍述吧。

第三天早晨，他前去拜見綠洲酋長，酋長不是老者，連年紀大都算不上……不，他的面孔平滑安祥，看來還不到五十歲。他戴著一頂綠色小圓帽，彰顯他是高貴先知後代的出身。此外，他還擁有一張羊皮紙，親手繪製的家譜。酋長問他從何處來，往何處去，他只是簡單回答想留在綠洲，說不準待多久，或許一個鐘頭，或許兩天，或許一年……他無法得知。

他完全沒提到召喚，甚至也沒說他朝西前行，只說他在沙漠裡旅行，順著太陽的方向，想增長一些見識……

綠洲居民眼睛眨也不眨地聆聽他所言。

眞難處理的問題！

這是他們從來沒遇過的情形。自古以來慈母綠洲都維持相同數量的居民，一百四十口，一個不多，一個不少。如果死了一個，同一星期裡一定會有個嬰兒出生，相同的，只要一個婦女懷孕了，就預告一個居民的死亡；儘管如此，沒有人會擔憂，或是擔憂完全不顯現出來，因爲在綠洲裡，死的不一定是年老或生病的，經常是身體健康的壯漢，一點徵兆也沒顯示就死了。

倘若他留下的話，居民人數不就多了一個嗎？話是沒錯，可是他終究不能算居民……

多了他，居民就必須消失一個嗎？還是以外來客的身分，可以避開這個自古以來的定律呢？眞難處理啊，因爲綠洲居民一代傳一代，從小時候就被教導，只要從沙漠裡的來客，尤其是隻身前來毫無惡意的旅人，無論如何都不能趕他走，要盡心款待才行。

經過一連串的諮商討論——所有成年的居民都提出自己的意見，年輕人則靜靜凝聽——眾人決定把他視作過路的客人。他自己不也說遲早會離開嗎？這麼決定之後，酋長問他是否學過、是否遵行伊斯蘭教教義，他點點頭，他知道聖地麥加的方向嗎？他毫不遲疑回答說曾拜師學過觀察天象，就算在荒蕪之地也能立刻辨別聖地方向。

酋長露出滿意的樣子：他自己每天到蓋在泉水上，綠洲唯一的清眞寺附近的陵墓，孜孜不倦教導大人孩子祈禱的規矩，對他們解釋可蘭經的章節……但是第一件重要的事，是指引他們知道麥加的方向，因爲綠洲居民對聖城只有一個模糊的概念。至於教義裡的戒條和禁止的事，他也會視情況教導他們。

酋長告訴他，綠洲居民信仰伊斯蘭教的時間還不是很長，十四個世代以前，他們還是崇拜太陽月亮的民族，以這兩個星球出現殞落的軌跡爲信仰，他們相信，這個軌跡掌握著他們的生死悲歡……以及時光的流逝。

傳說，祖先中一位智者，深知將星辰運行時間延緩的妙法，乃至於有一天讓宇宙星辰皆不動，時間完全靜止，萬物因此得永生不滅。他把布剪成各種形狀，三角形或四方形，放在小瓶子裡，瓶裡還放了沙子、動物內臟、處女的頭髮，加之咒語禱文，這些簡單的東西得以讓他達到最終的目的……但是他從來沒洩漏這些最終目的是什麼。

那位智者選中綠洲最南邊境爲棲身之處。那時候啊，放眼望去是一片無人沙漠，「敵對營地」還沒出現，也沒有任何其他人跡。他終日觀察星辰天象，搜尋那些只有他一人能解的跡象，嘴裡用各種語言大聲唸著符咒。據居民說，他幾乎快要達成目標了，眞的只差一點點，有一天卻發生了奇怪的事：他突然不能說話，眼神渙散，無法再繼續他的計畫。這也是爲什麼慈母綠洲裡四季天候如此怪異的原因。

綠洲裡，一年只分成冬夏兩個季節，每次持續多久毫無規則可循，有時候，居民等待炎熱夏日來臨時，卻是冬季驟降，或是陽光正美的夏日時分當中，突然颳起冬季寒風。夜晚會突然降臨，經常太陽正在地平線上即將升起，突然夜色籠罩；正午時分，星子卻突然亮起。居民完全沒有早晨、下午、傍晚的概念，因爲日夜的分野既清晰又模糊，因爲很可能日頭才出現，黑暗立刻包圍，白日只存在了短暫的一刻。所以他們根本無法編出年月曆，播種收割也無法隨著大自然的韻律進行。

婦女們懷孕期的長短也因人而異：有的九個月、十一個月、十個月，但是都會長於四個月就是了，只四個月就生產的還屬於罕見的例外。一個月裡就會出現兩個季節，有些夜晚持續如此久，眾人都以爲白天再也不會出現了，有的時候白晝如此短暫，日昇日落之間距離的時間還來不及喝杯水。

大家以在母親肚子裡待的時間長短稱呼：叫「懷胎七月的」、「懷胎五月的」或是「懷胎二十個月的」。傳說有個母親懷了五年胎才生產呢！孩子剛生下來牙齒都已經長全了，而且——實在是驚人的現象——立刻自己走到教長靈寢前親吻陵墓。這孩子出生的那一天，一個漂亮的七歲小女孩就過世了，一個金髮碧眼、安靜可人的女孩，她父母特別悉心保護照顧，因爲「啓示者」曾預言這孩子活不長，稱她爲「死亡之女」，但是沒人料到大家等待那麼久的孩子出世的那一天，正是她離開人世之日。眾人發現她平躺著，一動也不動，眼睛緊閉，若不是臉色和身體如此慘白無血色，眞讓人無法相信她死了，因爲全身上下既沒有咬痕也沒有叮傷。怪的是,「懷胎五年的」爲她哭泣良久,一旦感傷起來,他就拒喝駱駝奶,好像猜到是因爲自己她才會死的。同時,他心裡也埋下一個恐懼,跟隨著他一生。

雅馬・阿德巴拉接著敍述,日落之國派來的使者不再往東方繼續前行,選擇在此地留下。是因爲喜歡慈母綠洲?是收到托夢的訊息?還是因爲某個女子而牽絆住腳步?人人都知道,爲了一個女人,男人的命運可以全然改觀,對未來的計畫可以徹底改變。

不論如何,是他引領綠洲居民進入伊斯蘭教,教他們祈禱,唸可蘭經給他們聽,使居民信仰這個宗教。直到死他都沒離開綠洲,死後被埋葬在泉水高處的一塊地上,只要來到泉水邊就可以仰望他的墓,墓碑上豎立著一個圓錐體,是因爲居民無法模仿出他口中所說的清眞寺圓頂的替代物。

這是本地唯一一座陵寢,所有居民都常來造訪。女子結婚之前,會邀約閨中好友到此地飲泉水,之後在面對陵寢處盛裝著衣下水沐浴,口中唸著眞主與先知穆罕默德的箴言,因爲,就算居民們知道可蘭經裡著名的章節,每個人對章節的注解莫衷一是!甚至還聽說，一些達到生育年齡的處女，到陵寢前祈禱，希望教長現身爲她們開苞以得主恩賜；而且，居民們堅決相信，在某些情況下，爲了某些特定原因，只要有求，教長必應，他會從高約地面一公尺的陵墓中伸出手，伸向需要保護、解救的人。

雅馬·阿德巴拉說他有一天突然看到一朵雲，好像被絲一樣的線條吊掛在陵墓上空，隨之親眼看見一個神秘的人影豎立在雲上，瞬間往空中騰起，帶著雲朵往遠方高空飛去。

作客的三天過去，次晨酋長前來找他，帶他去之後將棲身的地方。綠洲居民不習慣獨居，並不是因爲道德的關係——事實上他們男女之間的關係令人訝異——而是他們認爲會獨居或是離群索居的人，只有大家必須想盡辦法醫治的病人。

酋長領著他來到綠洲南邊，可以瞭望四周的山丘上，從這裡可以看見「敵對營地」。他停在三棵棕櫚樹下，中間那棵樹下有一垛拱起的東西……發出輕微的呻吟，一種他從來沒聽過的聲音……此時他才發現，那一坨東西原來是個人。

啓示者

他從來沒遇過像這樣一位老者，之前沒有，之後也不曾。臉上留著歲月風霜的皺紋，眼神像遙望遠方的土地。老人的眉毛濃密，牙齒都是三角形，一顆顆緊密排列，像蛇牙，許多百年人瑞都會長這樣的牙，但是據綠洲居民說，他那些牙齒長得眞怪異，從沒看過，就算在很老的人嘴裡也不是這樣的牙。

他幾乎不說話，嘴只嘟噥著一些聲音，只有他家族後代的一個孫女才懂得他在說什麼。

他一看見老者，就覺得他一定超過一百歲了。到底是幾歲？老實說他猜不出。綠洲居民說老人曾參加過「先知戰役」往西前進的軍隊，甚至經歷過「先知時代」，許多人以前聽過他激動地談起那些回憶。

緊接下來的那個世紀，據說他曾接受布卡西、穆斯林、韓巴爾、達哈古尼、阿布如哈、以撒如斯賈尼、那撒依、古撒馬、賈米、阿達爾的來訪，還有其他的人呢……胡海哈④豈不是親自前來向他請益嗎？布卡西豈不是遠從東歐來到安達魯西亞，無人知道他在此待了多久年月嗎？他從東方邊境一路來到遠東，只爲了和老人討論經書中有關先知的那個篇章，因爲流傳時出了兩個版本，有兩個字時而出現在文首，時而在文末，大家莫衷一是。

他也曾參加直抵蒙古驅逐韃靼的戰役，領著一隊蘇非派教徒，一路大聲祈禱前進，著名的那吉·丁谷巴教長也在這個隊伍裡，之後在戰役中身亡，埋葬在亞洲沙漠裡。至今他的陵寢還是大眾朝聖膜拜的地方。

---

④以上這些人名都是中古世紀伊斯蘭教神學家。

據居民說，老人是最後一個死守格拉納達的人，直到卡斯提國王佔領這個地區。在與奧圖曼帝國的戰爭中，差一點死於位於亞列布北方的馬吉達貝克戰役，但是沒有人知道他當時是在薩林奧曼尼，或是在甘蘇古希的陣營裡。

直到不久前的一段時間，他還會提起這些世紀以來曾看過的事物，經歷過的事件，碰過的人物——伊斯蘭各國領袖、法學家、法力無邊雲遊四海的苦行僧、清眞寺或其他紀念建築的建築師和裝潢大師——他和這些人或許見過面，或許聽過他們的佈道，須知，在來到綠洲之前他旅行了很長的時間，行遍天下。

他怎麼會來到綠洲呢？

又怎麼會待下來呢？

沒有人知道緣由始末，也沒有人談到這個，反正，他不知多久以前就來到綠洲，據綠洲目前最年老的一個居民說，在他外祖父小的時候，老人就已經活在綠洲，而且當時已經很老了。

沒錯，毫無疑問，老者是個外來客，不是慈母綠洲土生土長，但是他在綠洲這麼久，大家都把他當作本地人。當一個嬰孩即將出世時，老者也會和所有人一樣擔心懼怕，加之，許多居民都擔心老者會辭世，因爲一個古老信仰視他爲綠洲的守護神，人們說只要他在，泉水就會淙淙永流，沙漠不會起動亂：沙漠風暴、土匪、或是不知由何方冒出來的軍隊。

自從「敵對營地」出現，老人就換了住的地方，是他自己決定的，還是綠洲居民建議的，沒人記得起來，那是很久遠的事了……反正，他在這新地方活得很愉快——遠離其他住戶的這塊地上，他就像和土地融合一起似的，這裡長著兩顆孿生棕櫚樹，就長在沙漠邊緣的陡坡上。沙漠上立著「敵對營地」，從居民輪流瞭望監視的崗哨可以肉眼看到。

至於雅馬．阿德巴拉，他被安排住在老者和他孫女附近不遠處，彼此可以看見對方。

剛開始他不知跟他們說什麼好，沒什麼交流，但很快地就和這個他完全不知從哪個時代冒出來的老人熟悉起來。

老人從不接受人家幫忙，當他跛著腿在路上慢慢移動時，只要有人想攙扶，他都會把對方的手推開。他倚著那根橄欖木製的手杖時，身子還是可以站穩，但是這根手杖他都收藏著，某些場合才會拿出來用。大家都相信這根手杖就是摩西當年那根突然變成昂頭蛇的木杖，不知什麼神秘原因讓老人得到了。

在天空星子全部點燃之前，他一動也不動，窩在他那位於兩棵雙生棕欖樹下的家裡。他只以椰棗維生，早上吃一顆，日落時分吃一顆，有時候他會吸吮孤伶伶長在綠洲最南端的第三棵棕欖的漿液。他緊抱樹身，嘴唇貼著樹皮，看上去好像和樹成為一體了。

看遍奇聞異事的雅馬．阿德巴拉那時看到一個奇異的畫面：老人像吸奶一樣吸吮著樹，靜靜吸著不發出聲音，當他喝飽時，唇上還留著像淡淡乳汁的液體，這是他在老人身上看見最令人驚異的一件事。

當老人陷入一種呆滯狀態時，他經常在旁觀察，那尤其會在日落之時發生，老者身體僵直，眼神定住一方，然後突然微笑，有時候甚至哈哈大笑起來，整張臉都變了個樣；有時候則是一動也不動，傾耳靜聽，手指指著神秘隱形的界線。

老者早上都忙著編羊毛，手拿著紡梭的兩頭，靈巧地轉動，眼睛盯著雖然細卻牢實的毛線。有的居民帶來新宰的綿羊的毛，有的捎來椰棗；椰棗有的是長形黃色，甜的像蜜，有的是圓形小椰棗，滋味清甘，還有其他品種滋味各異。老人一概收下，但全交給孫女，他自己只吃那棵他吸吮漿汁的棕欖樹上長的椰棗。

大家雖然傳說他曾參加「先知戰役」，曾在北非戰爭中出生入死，但是他不像已逝的日落之國使者一樣被居民賦予徵兆。儘管，綠洲裡有些人私底下相信兩者其實是同一個人：據他們認爲，老者正是日落之國派來的那位使者，而位於泉水旁的使者陵墓其實是空的，只是個象徵，只是爲了顯示虔誠和維持慈母綠洲的穩定而搞出來的技倆罷了。

雅馬·阿德巴拉說他很想找個有如上一說的人談談，但都找不到，他一定曾遇到過其中幾個，甚至其中大多數——綠洲居民並不是那麼多，但是因爲這個說法和全體居民相信的方向有出入，他們只好隱忍不揚。

女人們——幾乎綠洲裡所有的女人——都會前來向他尋求眞主恩澤，尤其是那些希望有子嗣卻懷不上孕的女人，以及那些和丈夫性生活不諧的女人。此時老者馬上渾身是勁：昂頭揚尾，向她們挨上去，還開著玩笑，盡量把平時嘟噥的字句說得清楚一點；倘若是充滿清新氣息的年輕女子的話，他還靠得更近，手不老實地在對方身上遊走，這一切，孫女在旁邊看著，默不作聲。

許多人相信他還有讓女人懷孕的能力，不過他目前的身體狀況實在不允許了。還別提六個世代之前的那次意外，當然一切都是據說：據說當時突然出現整片整片的昆蟲來襲，好小好小的蟲，綠洲裡從來沒看見過，簡直是前所未見的浩劫。蟲子咬遍人的皮膚，大家只好各憑本事保護周身。不幸地，一隻小蟲鑽進他褲襠叮了一口，據說整個胯部腫脹疼痛，讓他受了五十年之苦，之後雖然不再痛了，腫脹依舊，所以他兩腿總是跨得開開的，就連坐下的時候也是如此。因此，他是不可能行周公之禮的，但正因如此，女人家們被他挑起無限的好奇和遐想。

不管他身世如何，總之是個外來者，綠洲裡家世淵源的族譜學家對這一點毫無疑問；說起這位族譜學家，隨便你問起綠洲裡哪一個人，他馬上可以畫出他的家譜，好樣熟記在腦子裡一樣。

誰生了誰，誰和誰結親，誰什麼時候死的，誰又什麼時候患了病，他都瞭若指掌。但是當人問起老者的時候，他只隱晦地說：他是「啓示者」。他當然也談到老人身上的傳奇，他實在很老很老了，比我們想像的還要老，想想看，當他參加巴德、歐侯德這兩個西元624、625年的戰役時，總不會是個孩子吧，可能也不是個少年，應該是到了成年階段才對。又據說他經歷過「先知年代」的創始，曾在恭牡丹宮殿中住過兩宿；伊拉克的卡瓦那宮殿，他親眼看見奠基下椿呢。

我們稱他「啓示者」。

他是搜尋專家，綠洲居民能做的只是模仿因襲他的做法，一丁點也不敢改變，因爲他的技術實在令人稱奇。

不管是在岩石上、沙地上、乾旱或潮濕的地上，甚至經過狂風沙暴，沙丘已被轉移地點之後，他都能搜索到三個月前留下的足印。他看得出是蛇類、昆蟲或是小動物的印子，確定牠們的種類，說出牠們行經的路徑；但是他最感興趣的還是人類的足跡，運用所有的感官，目測、觸摸、傾聽……他不但有本事猜出足印的主人是男是女、膚色是深是淺，是矮個子男人還是胖女人，是個跛腿還是個處女，已經走了三天還是四天的路程，前進的腳步是匆促還是緩慢，是步履輕鬆還是已然疲憊。靠著足印的間隔、腳指頭的形狀和分散程度，他還能測知這個人心情愉快或是悲傷，快樂或是哀愁。

他的本事實在令人驚訝。但自從不再遊走四方，在慈母綠洲待下來之後，他就決定不再顯出這些本事，再說，綠洲裡也不會發生什麼需要他高明本領的大事。不過，他還是會運用聽力，告知居民是否要起暴風雨、沙塵暴，預測熱浪將來襲或是冷鋒將至。時而他孫女會跑遍綠洲，命令居民噤聲保持安靜，所有人立刻閉上嘴一聲也不敢發。

這就表示大家要靜下來，注意監視「敵對營地」行動的時候。綠洲裡大大小小的居民都屏氣凝神，直到老婦人作手勢告知可以說話爲止。老者自己從不親自和居民解釋任何事，只是有時候不經意隱晦談起……決不會明說。然而居民都確信他可以預料對面營地發生的事。

老者和其他人都保持距離，居民們也都離他遠遠的。爲什麼呢？他們可能對他抱著畏懼吧，那麼奇特的人，經歷過那麼多世代，卻還存活著，恐怕是看不見的創傷幻化成人身。這些原因都讓他特立獨行。

他孫女的說法卻和綠洲居民想的不一樣，據她說，老者是在歐巴・那非麾下作戰，晉升爲搜尋專家。一次沙漠行軍時，菁英部隊裡三名年輕官兵迷途走散了，他便出發前往搜尋這三人，怪異的是，他不但沒把三個人帶回來，連他自己也沒再回來了。

10

台北市南京東路四段25號11樓

大塊文化出版股份有限公司　收

地址：　市／縣　鄉／鎮／市／區　路／街　段　巷　弄　號　樓

姓名：

（請寫郵遞區號）

rom
vision

大塊
LOCUS
文化

to
fiction

謝謝您購買這本書！

如果您願意，請您詳細填寫本卡各欄，寄回大塊文化（免附回郵）

即可不定期收到大塊NEWS的最新出版資訊及優惠專案。

名：＿＿＿＿＿＿＿　**身分證字號：**＿＿＿＿＿＿＿　**性別：**□男　□女

生日期：＿＿＿年＿＿＿月＿＿＿日　**聯絡電話：**＿＿＿＿＿＿＿＿＿＿

址：＿＿＿＿＿＿＿＿＿＿＿＿＿＿＿＿＿＿＿＿＿＿＿＿＿＿＿＿＿＿

mail：＿＿＿＿＿＿＿＿＿＿＿＿＿＿＿＿＿＿＿＿＿＿＿＿＿＿＿＿＿

歷：1.□高中及高中以下　2.□專科與大學　3.□研究所以上

業：1.□學生　2.□資訊業　3.□工　4.□商　5.□服務業　6.□軍警公教
7.□自由業及專業　8.□其他

您所購買的書名：＿＿＿＿＿＿＿＿＿＿＿＿＿＿＿＿＿＿＿＿＿＿＿＿

從何處得知本書：1.□書店　2.□網路　3.□大塊NEWS　4.□報紙廣告5.□雜誌
6.□新聞報導　7.□他人推薦　8.□廣播節目　9.□其他

您以何種方式購書：1.逛書店購書 □連鎖書店 □一般書店　2.□網路購書
3.□郵局劃撥　4.□其他

您覺得本書的價格：1.□偏低　2.□合理　3.□偏高

您對本書的評價：(請填代號　1.非常滿意　2.滿意　3.普通　4.不滿意　5.非常不滿意)

書名＿＿＿＿　內容＿＿＿＿　封面設計＿＿＿＿　版面編排＿＿＿＿　紙張質感＿＿＿＿

讀完本書後您覺得：

1.□非常喜歡　2.□喜歡　3.□普通　4.□不喜歡　5.□非常不喜歡

對我們的建議：＿＿＿＿＿＿＿＿＿＿＿＿＿＿＿＿＿＿＿＿＿＿＿＿＿＿

＿＿＿＿＿＿＿＿＿＿＿＿＿＿＿＿＿＿＿＿＿＿＿＿＿＿＿＿＿＿＿＿＿

＿＿＿＿＿＿＿＿＿＿＿＿＿＿＿＿＿＿＿＿＿＿＿＿＿＿＿＿＿＿＿＿＿

他是遇到了沙漠風暴嗎？

還是看見了無法違抗的徵兆？

沒人知道眞正原因，老者也什麼都沒透露。

反正，他就是到了這裡。那時此地還什麼都沒有，只是一座山丘，四面圍繞著無垠沙漠。他觀察沙的顏色、折紋、以及一些只有他知道的徵象，便確定這裡有一股泉水。他聽見四面八方傳過來聲音：「不要怕，我們和你在一起！」，就開始動手挖掘泉水。一個小時之後，他已經挖了在這個時間內集百人之力都不可能挖到的深度，是神蹟顯靈。他把帶在身上的一棵椰棗核埋在土裡，種下綠洲第一棵棕櫚樹，悉心照顧之下，種子長出兩根枝芽，一根雄性，一根雌性，這就是後來他住屋旁的那棵雙生棕欖，也是綠洲繁衍出的棕欖的始祖。

綠洲居民的祖先是怎麼來到這裡的呢？誰帶領他們來的？沒有一個居民知道始末，世代流傳下來的傳說從來也沒提到。因爲藏在某處的一道符咒作祟，居民的數量永遠維持一定。據孫女說，老人還親手開鑿運河，分支渠道安排的方式，讓冷水和熱水分開流入各自的河道；不管氣候變化或是季節驟變，老者規定播種或收割的時節。

居民對老者雖然尊敬，總帶著無名的畏懼，和他的關係其實有點疏離。相反地，他們對日落之國來的使者卻是眞正全心景仰，每天經過他陵寢之前一定會停下，背誦可蘭經第一卷經文——他們唯一認識的經文也就只有這第一卷——祈求眞主保佑他安息。對那些相信老者和日落國使者其實是同一人的居民而言，經文其實就是爲老人所誦！

雅馬·阿德巴拉說他問了老者好多好多問題，老者雖然只能藉由孫女傳達，但是他的樂觀天性和頑皮心態表露無疑。

「你給我什麼好處報答我的回答啊？」「啓示者」這麼問他。

他大聲回答：「任何你要求的東西！」

老者嘻嘻笑，露出尖細的牙齒和白色的舌頭，顯得調皮又狡猾。老者訴說在綠洲以來的歲月……只有孩子們被允許靠近他，觸摸他，他對孩子也極有耐心。綠洲居民視他爲一個象徵人物，一個保護神。甚至還有一則諺語呢，你聽聽：「倘若你能告訴我老者的年紀的話，我空著手隻身就往沙漠裡去！」

他的生活起居都由孫女照料，她明白他任何一抹眼神的意思，連話都不必說，孫女了解他所有的需求喜好，有時他鬧脾氣或沒耐性的時候，她會彎下腰對他說：

「麻煩你看在以撒克的面子上！」

聽到這句話他馬上沉靜下來，眼神充滿溫柔。

誰是以撒克？沒人知道，但是他只要聽到這個名字就會安靜下來。以撒克是還活在世上的人，抑是過去世代的人呢？是曾活在綠洲裡的一個居民？還是一座遠方城市、荒僻小鎮的名字？據孫女所說，以撒克其實只是個精通香水和芳香植物的大師，他找尋最罕見的花草萃取精油。老者顯然用過他的香精，他一個鐘頭前走過的地方還纏繞神秘香氣，其實是三百多年前擦過的香精，經過這麼多年，香味依舊醉人。有時，他會勉力抬起頭，嘴裡埋怨嘟嚷著：

「唉，以撒克！以撒克的時代何時再回來呢？」

倘若有人問起這個話題，他立刻閉口不談，但是只要提起這個名字，他的神情和聲音都完全改變呢！

雅馬·阿德巴拉敍述他和「啓示者」變得形影不離，他可以好幾個鐘頭坐在老者身旁，而且很奇怪，他似乎不覺得老人有什麼古怪之處，和他相處自然地好像從打娘胎出來就在一起，不只知道他的習慣，連他的嘟嚷囈語都能猜懂。他亦步亦趨跟隨著老者，連晚上也是。老者孫女有時把老者托給他照顧，自己在綠洲裡的小徑上奔走忙碌，替各家各戶打雜：幫著烤麵包、混合牲畜糞便和草製作燒炊的燃料球、幫各家各戶打泉水、幫忙採收椰棗以便度過隨時將至的冬季。忙完回來，她小布包裡塞滿麵包、椰草製的舊鞋子、曬乾的椰棗、或是一塊麻布——麻是綠洲裡種植唯一可拿來當布料製衣服的作物，栽種在泉水附近。她坐在屋裡角落，小心把所有帶回來的東西擺在面前，既之像寶貝一樣收藏好，有時候，老者隔著緊閉的眼皮注視著她的舉動。經常，好多天都不會有人出現在他近旁，他肉體看似存在卻又像超乎時間，不，任何凡人之軀都不會想靠近他，他是那麼奇異的生存個體：無法和任何人做比較，或拿某個年代或某項特殊事件測知他的年紀——譬如說某個孩子的出生或某個親近的人的死亡。居民相信他保護綠洲免於三個危險：第一，免於泉水枯竭之險；第二，保障符咒之存在，避免綠洲被沙暴掩沒——多少城市、商隊、營地這樣消失在被風搬動的沙塵之下！第三，他幫助綠洲抵抗有可能的侵略者，也就是近數十年來最讓綠洲憂心的「敵對營地」。據占卜者之言，只要「啓示者」活在慈母綠洲一天，「敵對營地」就不會有所行動，不會攻擊或是侵擾綠洲居民。三個世代以來，位於山丘上的綠洲和對面沙漠上「敵對營地」經由長時間的互相戒備監視，兩方不是都已經取得不少資訊了嗎，何以從來不相往來？那是因爲中間有太多疑團，無法從頭說起，也不知如何解釋。

因爲「敵對營地」的故事實在太奇異了，前所未聞，値得我們停下來描述一下。

敵對營地

珈瑪·阿部達蘭，雅馬·阿德巴拉生平的記錄者，加注如下：

日落之國是伊斯蘭土地的最西境，緊鄰著大洋，這裡矗立著許多堡壘式的修道院，因爲海洋包藏了所有的危險。武士、聖者、先知國度的捍衛者，都決定隱居到這裡，一點也不想遭到海洋可能帶來的危險。他們有從遙遠國度來的——從伊拉克、東歐、中亞、伊朗，從開羅、歐賽、古斯、代斯、哈達幕、歐孟海岸、亞列布、鞏亞、古法等埃及城市來，他們準備好足夠的食物和彈藥，隱居在堡壘裡。摒棄塵世間的虛幻歡娛和短暫快樂，他們運用生命來挑戰、驅除危險。儘管太平歲月已經維持很久了，他們還是眼神戒備，心跳如鼓。

我自己也在一座堡壘修道院中度過一段年月。我幫忙籌畫組織，並擬定群體生活規範，算是介於堡壘和蘇丹之間的代言人。當我們的朋友提到「敵對營地」時，我還以爲是和堡壘修道院差不多的形式，後來知道我錯了。我會巨細靡遺記錄下他的描寫，因爲我從來沒聽到像這樣奇怪的情勢。

所有綠洲居民都避免提到「敵對營地」，雖然它就在對面，大家都可以看到。儘管不提，每個人腦袋裡都想著，但是沒有人敢靠近：只要是靠近「敵對營地」的人從來沒再回來，而且也沒有新生兒前來遞補他的數目。大家都還記得，兩個世代之前，那兩個固執的年輕人，不聽大家苦口婆心百般勸阻，一天早晨出發前往「敵對營地」探險，之後再無下文。每次有人向「啓示者」詢問這兩個年輕人的下落，他都只是用手指著「敵對營地」而已。每次諮商大會，酋長召集七位賢達，都會提起「敵對營地」的事，十四個守衛者在兩個掩蔽在棕欖枝葉下的崗哨所測知的情報，他們都謹愼討論推演。從崗哨上可以輕易看見敵方的一舉一動、那些聚集起來又立刻分散的一排排兵士、那些撐起又卸下的軍帳，當然，經年累月下來，他們蒐集的消息可不少，只可惜很多都煙消雲散，因爲慈母綠洲沒有文字記載，所有最遠古最小的細節，都是口耳相傳一代一代流傳下來的，不管是名字、姓氏，不管是天上或人間發生的奇特事件都是如此。剛開始，當他聽到兵士叫喊聲劃破黑夜裡的寂靜，以為是攻擊的信號，馬上蜷縮成一團，驚心膽寒，準備面對最恐怖的情況。自從離開開羅踏上旅程以來，從來沒聽過這樣的聲音：這種好像人聲卻又混雜前所未知的靈異聲音，像是巨大的孤寂，間雜著金屬滴答的回音，尤其當一夜與一夜之間間隔如此近，中間只夾著不到十秒鐘白日的時候，眞難以忍受，無法承受的等待。放逐的這段歲月以來還沒這麼難熬的時刻！

其實，最開始，他相信自己聽到的是人聲，來自另一個世界、一個遠方國度的人的聲音。這聲音朝他撲來，開始是近的、大聲的、響亮的、尖銳的、無法測知來處的，好像是從他自己身體深處發出，無法再被壓抑立刻要衝出。但是和召喚相反的，他能感受到這股聲音是從體內上升而爆發出來的。仔細傾聽這個聲音，可以察覺出中間的音調和微妙變化……儘管充滿威脅挑戰，這個聲音其實表現出一種懼怕，好像因為自己恐懼，硬要裝出嚇人的聲音一樣。

聲音漸行漸遠，第一夜，他分辨出十七種不同的音調：從清朗的喊叫到像一個窒息回音般的模糊低語。次夜，他分辨出三十三種，一直到連耳朵都難以聽到的聲音。這些聲音漸遠到聽不見之後，又翻轉回來。

他愈聽愈能掌握，愈觀察就愈了解情況：哪裡是區域控制的分隔線，哪裡又有新紮起的營帳。甚至，在刺眼的光線閃動下，他看見在「敵對營地」裡出現所有他腦袋裡想到的：想到曲折的運河嗎？河水立刻蜿蜒在眼前。懷念起從前看到的樹木，葉片在微風輕撫下搖擺發出窸窣的聲音嗎？眼前立刻出現，好像被他的意志力種下，樹蔭遮蓋著「敵對營地」三角形、四方型、圓形的營帳。

經過兩天不間斷的黑夜之後，突然出現早晨的陽光，他心情焦慮地想找出秘密的解答。這些詭異的聲音，四周無垠的空曠……他這個平靜的開羅市民，何能料想到這一切呢？

據老者孫女所言，那些聲音是「敵對營地」裡的兵士互相叫喊的聲音，一是爲了讓對方知道有伴，二是要嚇唬敵人……當然，也是爲了掌握人員，怕有兵士偷偷溜掉，這是曾經發生過的事。

在無止盡的夜晚，他長久豎起耳朶傾聽，這些重複的叫喊聲——簡短、有力、刺耳、充滿戒備——表示就在近旁，既近卻又那麼遙遠，有人的存在。沙漠不再空無一片，有某些人的存在讓綠洲居民戒愼恐懼。「敵對營地」從何時出現的？沒有人能準確斷定。

經過一段時間，他弄清楚這些叫喊並不是隨便發出，很顯然，它們維持一種節奏，倘若有時聽起來比較模糊，是因爲士兵們以固定的間隔排列成直線，由綠洲對面一直延伸到不知多遠處。這些本來他如此注意傾聽，令他害怕的喊聲，後來他幾乎預測、等待、期望聽到……

有的聲音聽起來很年輕，有的蒼老沙啞，但是大部分都是壯年男子的聲音。叫喊聲經常變化，每一夜的聲音似乎都不同，甚至日落時分或破曉時分的聲音都不一樣，但是來處都是同一個方向，他知道那是輪番守衛的關係。叫喊聲是一種難以辨聽的土話，根本無法聽出任何一個字，沒人可以詢問，他就自己創出一套翻譯法，用自己聽到的感覺來翻譯叫喊聲。

有時候，聽到的好像是：

「注意！」

或是：

「第一排……一切正常。」

「第二排……一切正常。」

前一句詢問是很單調的聲音，但是回答「一切正常」的語音卻抑揚變化。幾個夜晚之後，他還聽出一種金屬的聲音，敲了三或四次。可能是鐘聲，更正確說是一個東西敲在一面圓銅盾上的聲音。金屬聲都從同一個地方發出。但是爲什麼他那麼確定發出金屬聲音的是個圓形的東西呢？

白日來臨時，並不會消散叫喊聲的謎團，「敵對營地」永遠被一團白霧籠罩，有時候霧濃得把整個營地都蓋住看不見。沒有任何規定要求綠洲居民不要察看「敵對營地」，但除了在崗哨上當班監視守衛的人之外，其他居民都盡量不去看。崗哨上擔任守衛的人全出自同一家族，他們都擁有鷹一樣的銳利眼力和靈敏耳力，這個家族人口數目永遠維持不變。他們向酋長或是輔佐的七位賢人之一作詳細的守衛報告，他們永遠保持警戒狀況，一有什麼風吹草動就會立即發出警訊。祖先傳下來的說法是，「敵對營地」不會永遠這樣按兵不動，有一朝他們的旗幟會降下，營帳會收起，揚起另一種旗幟，一排排數不清的隊伍朝著慈母綠洲前進。屆時，一切都會改變。

唉！「啓示者」都不願回答他的疑問。據居民說，他可以由回音上溯到發聲或說話的那個人，確定他的年紀和性情，可以猜出那個人來自南方或北方，是沙漠裡的人還是城市居民，甚至，連消失已久的回音或聲音他都可以聽到。兩個世代之前，他還會說出感知到的事，現在卻閉口什麼都不說。儘管如此，大家都相信他的眼力、聽力、嗅覺都和以前一樣敏銳。

雅馬．阿德巴拉說，「敵對營地」成爲他腦中糾纏不去的一件事。有一次，在一個平靜的時刻，黑夜與白日交接之際，他傾身向老人懇求，看在以撒克的面子上，說出他對「敵對營地」所知道的事。老人的眼皮跳動，臉上浮起一陣顫抖，嘴唇卻頑固地緊閉。「敵對營地」出現時他不是在嗎？沒看見他們隨著時日愈來愈擴大嗎？居民視日落之國使者的陵寢爲一種保護，又相信他和老者之間必定有某些關聯。

想想，日落之國的使者和這個不知年歲的老人，很可能是同一個人。大部分的居民就算這樣想，也不敢說出口，怕被當成異端份子看待。

「敵對營地」遠至視線所不及之處，面對綠洲這邊，築起一道圍牆，當作界線，但是經常待好幾個小時監視守衛的瞭望人員，沒一個說得出這道牆是用什麼材質砌成。牆上在東邊和西邊各開了一個洞眼，但是從來沒在洞眼看見任何人的身影。牆後方約三十步遠處，開始豎立一排排營帳，先是金字塔形的，再過去是四方形營帳。中央有一個八角形的基地建築，上方像清真寺圓頂，四周圍著比較小的營帳，某些日子看著好像有七頂，有些時候像有八頂營帳，這也是「敵對營地」的謎團之一。

東邊聚集著一排又一排的兵士，數都數不清；西邊也同樣駐紮著另外的隊伍。圍牆邊有一座長方形的建築，建築的材料和營帳不同，暴風雨或沙塵起時，它也紋風不動。進去這棟建築物的人眼睛都被矇著，手被綁著，由兩個守衛架著。這是慈母綠洲居民前所未見的情況，沒有人明白這座建築物到底是什麼用途，直到老者孫女和女人們解釋之後，一傳十時傳百，群起譁然，大家都吃驚不已！

建築物一天二十四小時都由兩個守衛巡邏監視，有時他們沿著牆轉圈查巡，駝著背，好像歷盡歲月滄桑。到了固定時間，數量龐大的士兵聚集排好，站在兩個守衛架住的三個人面前。這時候中間會出現一個重要人物，神情凶惡。所有人都模仿他的手勢：舉起右手用手指觸摸額頭、腳踩著地。居民說其實他不是首領，首領永遠守在中央基地裡，只是找和他身材面貌幾乎一樣的分身，穿著不同的制服代表他出現。當然，距離這麼遠，這樣的細節根本不可能看得清楚，一切只是居民猜測，而且就算他們如此相信，也多少存著一點疑慮……

另一件事也讓他無法理解：綠洲和「敵對營地」完全沒有往來。居民告訴他絕對不可以超越瞭望崗哨前往敵方冒險之時，他才知道有一條界線存在。他必須遵守和所有居民一樣的戒律：你若想看儘管看，但只要越過雷池一步，綠洲人就有權對你做出任何嚴厲的懲處。

從沒人去過「敵對營地」，對方也從來沒有人前來。他聽過幾次語焉不詳，模糊提起曾有人超越界線的事，但沒有任何詳細細節。很顯然這是個禁忌的話題，悲傷的回憶。

在這荒瘠之地，這種互不相往來的對峙，眞得有點怪異。你能想像，跋涉一段長途孤寂的沙漠之路之後，兩個旅人相遇，卻一句話也沒交談，連招呼都不打嗎？

綠洲居民都說，「敵對營地」所在的地方，以前是一片細沙，連走都沒辦法走，今日見到營帳之間稀疏的灌木叢，都是營地裡的兵士運來的。

怎麼運來的呢？

誰也沒個準確的答案。

營地的用水又從何而來呢？

綠洲方圓好幾個月的腳程之內，都沒有泉水的蹤影；居民甚至斷定，整個世界上除了慈母綠洲之外再沒有其他泉水了，這是綠洲長久以來所確信的，直到「敵對營地」出現之後才放棄這個說法。根據酋長所言，敵方在綠洲視野望不到的帳棚內囤積糧食、飲水、以及其他生活必需品。從他們本來來的地方，以各種方法源源運送食糧軍需。但是從哪裡呢？沒有人知道。

界線雖在，雖然禁止兩方任何交流，還是發生過不容忽視的多次意外。也就是在第一次衝突之後綠洲才建了瞭望崗哨，居民從沒遇過這種情況，完全慌了手腳。說到武器，他們只知道把棕櫚樹的樹枝削尖，用來驅除沙漠中隨時可能突襲的野獸，或是抵禦隱藏在沙地中等著昂首吐信的蛇類，一不留神就把致死的毒液傾注你血管中，一但被毒液侵入，唯一的辦法就是立刻綁上止血帶，死死地把被咬的肢體和身體分開，讓肢體逐漸失血萎縮斷落……要不然就是立刻揮刀砍斷，但執行上會有點困難，因爲綠洲裡根本找不到利刃，最多只有石頭磨的老刀，只能用來解脫垂死駱駝的性命或是割斷祭獻羔羊的脖子——祭獻泉水以及日落之國的使者，這也是居民唯一能吃到肉的機會——從來沒有人把刀子用在人身上過。

就算他們擁有鋒利的武器，以這麼少的人數，何能和成隊的士兵對抗呢？就算團結一氣，也只能抵抗得了這一望無際的營帳之中區區一兩營帳的兵士吧……

居民的記憶中，綠洲從來沒有過激烈的衝突，從沒有過爭戰，倘若有什麼問題發生，大家一定當下解決，然後就煙消雲散。當然，團體生活中必定有摩擦，但很快就在日常生活中忘懷。譬如拿住在泉水這邊或那邊來說吧，住在泉水西邊的人自認爲血統純正，自稱是曾參加過「先知戰役」的「啓示者」的直系後裔，至於住在泉水東邊的人則血統不純。他們說很久很久以前，從南方來了一個旅人，皮膚黝黑，又高又瘦，骨骼突出嘴唇豐厚。他自稱來自於一個面海、綠樹蔥鬱、一條大河穿過的國家；一日，他決定出發往麥加朝聖，怎麼會一個人，就這麼單獨一個人出發呢？他預計四年之後可以抵達麥加，那怎麼會跑到這綠洲來呢？連他自己也不知道。從沒人跟他說起過這個綠洲，走著走著就碰上了。反正，他最後決定放棄旅程，愛上綠洲一個身材豐滿的年輕女子，對極了他的胃口！

他們兩個相愛，生下孩子。第一個孩子出生時，居民中一個年輕男子突然暴斃，從那一刻開始，陌生旅人被視為綠洲的一份子，他在泉水東邊定居下來，開始繁衍後代。

綠洲東邊的居民因此被視為比較低賤嗎？

的確，在綠洲西邊，房子確實比較大，棕櫚樹比較多，長的椰棗數量比較多品質也比較好，但是整體說來，東西兩邊的情況並沒有差多少。眞要仔細說，西邊房子的屋頂是用棕櫚樹的樹幹建的，東邊的則只是用樹葉搭成。東西兩邊的居民可以互相通婚，但實際的例子少之又少，這或許是因為慈母綠洲裡的女性地位優越的關係？誰知道？事實上，女人自己選擇、決定她們的命運，她們和男人負責的事務完全一樣，當出現問題或需要決定的時候，她們的意見舉足輕重。綠洲女性都沒戴面紗，多麼超俗絕美的女子啊，不管在開羅或是旅行過的國度裡，他從來沒見過這樣姣好的完美女子。她們一共有七十二人，一個不多一個不少——女人們也受到這個規定的束縛，其中三分之一是孩子，三分之一是年輕女子，剩下的三分之一是老太太，他們負責爲姊妹們接生，照顧病患——她們會研製椿杵各種獨門草藥，也負責調解家庭糾紛，照顧幼童……奇異的是，她們直到九十歲都還有月經，甚至還有到這麼高齡還生孕的記錄。不過，綠洲婦女一生之中絕對不會生超過兩個孩子。

男人對她們都滿懷敬畏，因爲她們孕育生命繁衍世代。從出生開始，便開始朝向死亡的旅程，因此，在和女性結合之前，他們都會在女性生殖器官獻上一吻。

雅馬·阿德巴拉繼續對「敵對營地」的描述：

隨著時間，「敵對營地」漸漸成爲綠洲居民日常生活的一部分，那邊任何的風吹草動都會引起綠洲的害怕或欣羨、驚訝或恐懼。拿兩個世代之前發生的情況來說吧，他們突然看見對面營帳上都揚起旗幟，中央基地上升起一面大紅旗，鼓聲敲響整整一天沒停，他們視爲不好的預兆，因爲這是從監視「敵對營地」以來，從來沒發生過的狀況。鼓聲終於停止，但是旗幟還飄揚了好一陣子。有人猜測是對方某個重要人物死了，或是某個繼承子嗣降臨，或是其他種種惡耗或喜訊的傳言，但沒有人能確切知道。

一旦掌握對方進餐時間，綠洲一切活動因此調整，尤其是晚餐時間，銀河出現天際時就開始。之前，綠洲人一天只吃兩頓簡餐，一次是在日出，一次在日落，他們調整爲和「敵對營地」同樣時間吃飯。雖然綠洲居民相信對方遲早會進攻，和他們同時間用餐，就好像可以減低這個危險的可能性……遲早會進攻，話是沒錯，但是爲什麼他們會前來駐紮在綠洲對面，卻又毫無動靜呢？他們對「敵對營地」的節日慶典也都瞭若指掌，還不只知道的巨細靡遺呢，簡直是間接參與對方的活動：一旦對面有慶典，除了「啓示者」一個人之外，男人、女人、小孩，全都聚到兩個瞭望崗哨來，有時候他們聚精會神觀望對方活動，好像自己親自加入一樣！綠洲大小其實都期待著這樣的機會，因爲對他們來說，是一成不變、枯燥生活裡的火花，可以看到新的花樣。就好像兩個陌生對立的世界產生出一種融合……你說怪不怪！

我，珈瑪．阿部達蘭，對雅馬．阿德巴拉的感想完全不感到驚訝。很顯然地，他從來沒有生活在嚴謹自守的城堡或是封閉的修道院堡壘。否則，他一定能體驗敵對兩方眞正的性質。某個時代，一位征服了我們國家北部的法蘭克國王受到海盜侵襲，讓本國陷入戰爭情況。八年爭戰，這兩方隨時偵測敵情、大小衝突不斷，有時動員千軍萬馬，有時是零星衝突。兩邊都想探知對手的意圖，弄清他們的底細：如何動員、內部活動、防守和進攻的策略、何以在這裡撤退、又爲什麼蟄伏不動、他們的語言、辯論的過程、溝通的方式、下達命令的管道。就連睡覺時都懸念著敵方的事，努力記住曾發生過的，希望知道將會發生的。隨著時日，兩方愈來愈受到對方影響，乃至於和對方的行爲、風俗愈來愈接近，就好像化敵爲友似的。

根據值得信服的說法，兩個敵對的民族，經常會產生互相滲透的影響。事實上，影響到了一個程度，某方完全引用對方的風格，模仿對方，想和對方相同，就像不用一兵一卒就被對方擄獲了。歷史提供很多這類例子，我大可以在這裡詳細談論，但是怕超出了我的任務範圍，我的任務是記錄雅馬．阿德巴拉奇妙虛幻的旅行，他所見所聞，到過的地方，走過的國度，看過的景緻，經歷過的時代，這一切全因那一聲無從反抗的召喚，召換促使他來到慈母綠洲，之後沒有再出現過。我們沒有人知道這個綠洲的存在，沒有任何循著朝聖之路前往東方的旅人曾提過這個綠洲，或留下任何描述。聽到這個綠洲的事，讓我吃驚萬分，又看見他眼睛突然閃起光芒，眉飛色舞，好像想起熱烈的回憶，更讓我好奇……一般來說，這種表情應該是和女人有關，是這樣嗎？

讓我們再回到雅馬．阿德巴拉的敘述吧。

愛的萌芽

他隨時待在「啓示者」身旁，在他神志清醒的短暫時刻接受他的眞傳，學習綠洲居民萬分景仰的各種智慧法寶。他的專注和投入讓他獲得了難以估量的學問，簡直令人無法相信！其他時間他就觀察「敵對營地」的各種狀況。但是，自從她出現之後，一切都改變了，他以前所看見的、聽到的、感受的，自此全變了個樣，好像變成全新的感知。

她的出現——這是她後來告訴他的，其實根本不是巧合。他根本沒有印象看過她這張臉，甚至連碰巧擦身而過的印象都沒有，然而，綠洲裡總共有二十四個和她年紀相當的少女，在他來到綠洲的那天就全部出現在他面前。他好像是頭一次看到她：如此突然地出現，像一陣清新氣息，如此出眾，好像從來沒有混在眾人裡生活過，從來沒和任何人有過接觸。一個特殊的個體，無法歸類，好像散發某種獨一無二的東西。

相遇的地方歷歷在目，他記得非常清楚……離泉水不遠之處。

那是酷熱的一天，接連著幾乎未間斷的兩個白日，期間只有非常短暫的黑夜，好像太陽一落下立刻又跳起來了。他在泉水邊，發現泉水極爲清澈，透明見底，他注視著水裡的一條魚，在透明的水中魚身是湛藍色的，周身氤氳著一圈黃色，像個光環。牠高貴地游著，突然間——他說不準正確的位置，魚以極爲輕巧的姿態回身，爲什麼就在這個位置突然反身回游呢？他沒料到在沙漠泉水中會出現這麼奇特的魚，牠從哪裡來呢？又要往哪兒去？才剛離開視線，他就懷疑剛才看到的魚是否是眞的，他俯身睜大眼睛注意看，差一點掉到水裡頭去。

就在這個時候，連看都還沒看到，他就感知有人在身旁，好像一陣無聲的嗡嗡響，難以察覺，他轉過身：

一個活生生的女人，可不是個幻影。

一個形體，比影子還飄邈的形體。

直到今日，當他想到她時，第一個浮現的就是這個影子。

炙熱、猛烈、像長著翅膀，她的身影裹著一層迷濛的輕紗。雖然靜止不動，她卻像水流遍綠洲四處，像天女散花，朝四面八方飛舞。身雖在眼前，捉不著摸不到，盤旋輕盈，忽焉在東忽焉在西。她細緻的面容忽而清晰忽而迷濛，眼神好像介於兩個世界的交會處：一是外在的、感官的的世界，另一個是內在的、看不見的眞實。是的，她能看見外在內在兩個宇宙。

她是持續永久的變幻，既無休也無終，不停散放奔騰的女性特質。她愈是奔放，胸部的曲線愈挺拔，整個人像要騰空飛起一般。至於她的眼睛，那可是從未見過的奇幻！

如此歡躍的生命，怎可能在這個荒瘠孤寂之地出現呢？

令人不由地讚詠那個創造她、塑造她的造物主！

不必說一句話，她就有溝通人心的巨大能力。

當她靠近過來，迂迴前進，流滛在他身上，停泊在他內心最深處。他渾身輕顫，當他眼睛停留在她身上時，顫抖就更劇烈了，她披著一襲薄如蟬翼的長袍，罩住曼妙軀體的一片輕紗，讓人可以不經意地掌握身體的曲線，若隱若現。他後來得知——傳統從何時開始已無人可知——綠洲裡的女子只有一個時候會穿這一襲衣服，就是要征服她相中的男人的時候。她穿上這襲衣服，讓他可以窺見她的骨架身幹，豐盈的大腿，直到身上每個小細節，每個高低起伏……從修長的腿，他往上瞧見豐盈的小腹、肚臍，豐滿渾圓的雙乳，再往上，她的脖子。

她超越他身前，轉過身來，他下定決心想走上前去，雖然動都沒動，感覺好像長途跋涉過後的筋疲力盡。他轉過身眼神跟隨著她，她的背影也讓他驚艷而發出呻吟：背部直挺，屁股渾圓輪廓優美，就像一個邀請。

當她消失不見時，身影已經牢牢嵌在他心上。當天晚上，「啓示者」的孫女前來找他，神情愉快，銜著他微笑眨眼，他憂心忡忡，謹愼地看著她。喔，多奇怪，她完全知道情況，好像親眼目睹了今日那一幕！事實上，他不知道的事還多著呢：她跟他解釋爲什麼少女穿著那件透明讓人一覽無遺的長袍；她不是第一次看見他，出現在他眼前是一長串準備的最後一步：她看中他之後，下定決心要和他廝守，便把心意告知家人，他外來客的身分引起了一些反對，因爲——雖然鮮少發生——每次外來客介入平靜的綠洲世界，都會引起諸多問題。這件事甚至驚動綠洲的七位賢達，最後在她的堅持之下，終於同意。反正，女人的選擇是不容反對的，她們必須採取主動，倘若眞的成功了，她們必須忠於自己的選擇，除非和選擇的男人完全決裂分離，否則不能再和其他男人有瓜葛。

開始的行動和結束都是在泉水邊進行。第一步的挑逗邀請是在泉水邊進行，倘若兩方情投意合，就在孕育綠洲生命的泉水邊結合。通常，女方會帶著自己的羊群前去，當羊群獨自回到父母家時，父母親、兄長、甚至全家人都出來，坐到屋子前面，眼睛望著泉水的方向。那裡，一對新人結合，孕育新的生命……但也預告一個生命即將結束。

然而，很奇怪的是，那個少女並沒有帶羊群，單獨一人前來。那些野生又熟悉的動物，她帶在心裡。

那麼，她的家人怎麼能知道，他們到底結合了沒有呢？

其實，整個綠洲都知情了，有些人還說她的叫聲遠傳到「敵對營地」呢，要不然，怎麼會傳來陣陣鼓聲，好像默默參與發生的事？

那天早上，他清晨就出發。他不急不徐地走，心中充滿希望，滿心期待將要發生的事，他信心滿滿，因為「啓示者」的孫女已經為他詳細解釋。「啓示者」的孫女仔細向他解釋怎麼做、必須遵守什麼規則，男女交歡的種種細節，她都不厭其煩一一揭示。儘管他有點窘，眼睛不敢直視，但是他注意到老婦人聲音微微顫抖，好像在向他解說如何辦好即將發生的事的同時，也激起自己心中慾火。她向他保證，喝下三口新鮮的駱駝奶，他就會圓滿品嘗美麗少女的滋味。

但是，所有接下來發生的，都和他聽到的、想像的不一樣。

在這一刻，我，珈瑪．阿部達蘭，看見敍述者像迷失在隱形的、穿不透的迷宮裡，無法壓抑渾身的顫抖。他緩慢而詳細地描述那天早上發生的事，突然間舌頭打結，陷入沉默。勉強努力吐出一句話，他要求我給他墨水和一卷羊皮紙，說道：「言語無法表達的，還是用寫的吧。」

我按照他的要求拿來東西，以下這些字句是他親筆寫下的，握筆的手如此疲憊，如此猶豫，字跡抖動。但是我自己一生勤練毛筆，窺知其中的巧妙，一眼便看出他是練過字的人。

神奇的經驗

我，雅馬・阿德巴拉，之前從沒見識過夏娃之奧妙。這是第一次，我的感官被喚醒，朝向一個未知的世界走去。當然，我早就感知女性的國度，知道她們存在的地位，也對她們愛慕、渴望，但是可歎啊！被召喚強迫踏上跋涉之路前，我在開羅所有對愛情的認識，帶給我的都只是悲傷和失望。我不能在此詳述細節，否則又離題太遠，但是我堅持談一談我在綠洲經歷的那段戀情，它不是入門，而是指標，如此決斷，之後所有經歷的都會被拿來對比……之後經歷各種各樣、無法料想的男歡女愛，我會在稍後提及。

但是，那些種種，何能和她相比？

直到今日，我還能感受到那天早晨的清新，甚至當時紅得像著了火的天空都歷然在目，泉水波光粼粼，棕欖樹的芳香沁人。那時對著她慣常來到的方向心懷焦急渴望，如今都還依舊，其他的卻已經漸漸褪去。經常她會由太陽升起的方向出現，但那天早上則由西方而來，腳步聲如同一陣呢喃。她超越我身前三步遠，身影搖曳，我覺得她的身軀既是一體又各成獨立，很奇怪的影像。她的激情、高眺的身材、高傲的眼神、烏黑濃密的秀髮像瀑布般流淌到炙熱、蠢蠢欲動的臀部。我腦中只想到一個形容詞，在發狂的邊緣衝口說出：「天賜的小牝馬」。

昏亂中，她好像猜到我說的話，緩緩轉過身來，優美柔雅，手裡拿著一個瓦罐，裝滿剛從駱駝乳房裡擠出的熱奶，我遵從「啓示者」孫女的話，接過瓦罐，緩緩舉到嘴邊。

當我喝著駱駝奶時，她的眼睛盯著我，大膽、挑釁、迫不及待的眼神。我把空瓦罐交還給她，她拿了轉身就要走，我擋住路，她像貓一樣弓起身，動作果決，毫不掩飾企圖，把我帶到圍著小棕欖樹的茂密林子裡，兩棵無花果樹發出醉人的香氣，在這裡我們可以窺見泉水。

長時間以來，我都記得她的熱情與美麗。之後，在逢場做戲興致缺缺時，我都會想到她；心情低落時，腦子裡就會出現她的身影，但是這樣的安慰很貧瘠，分裂成兩部分：我藉著想像力與她相見，卻更感受到我的放逐迫使我和她遠離。

我無法描述她是如何靠近我的，只察覺胸口中了一拳，她想把我打倒，自己又突然轉過身去，朝我拋了一個炙熱的眼神，半挑釁半邀請，好像在宣戰，邀請一回合肉搏戰。

我承認自己吃了一驚，她突然更猛力打了我一拳，這時我拋下老婦人的忠告指點，按著直覺行事，忘懷自己的害怕、害羞和沒經驗。不等她第三拳打來，我抓住她的手腕把雙手扳到背後，牢牢不放，她只能扭著身體掙扎。她背朝著我，彎下身，渾圓的屁股摩擦著我，突然間一股電流像火一樣燃燒著我，慾火難耐，抓著她的手更加勁，她微微呻吟起來。她疼痛的呻吟混合著我愉快的嘆息，我抱著她的腰，終於制服了她。

雖然制服了，我防著不讓她逃掉。不只如此，她還不停掙扎，用手指抓我胸口，指甲掐入我的皮膚，過了一陣子，她才安靜下來，乖乖就範，我兩眼圓睜望著她，燥熱，渴望。我自己都不知道是如何融入她的身體，但還記得聽到她低聲叫喊時的驚訝……混著呻吟。我釋放出一股巨大的精原！

第一道射出的陽光，逐漸升起的地熱，居民們開始甦醒，這些都不能讓我們的身體分開。想把自己脫離這個火熱的、呻吟的、波浪般起伏的軀體，可不是件易事。她逗的我團團轉，頭一會兒轉向泉水，一會兒轉向「敵對營地」，眼睛忽而向我直視，忽而流轉，滴溜一圈又和我四眼交接。她只要一想抽開身，我就立刻拉住，她便再貼上來與我結合，狂熱地把自己全部給我，兩具軀體之間的界線完全抹去。

我無法忘懷，在到達高潮的時候，她發出嘆息混合著呻吟的聲音，此時她好像和大地、塵土、新發的嫩芽氣味、淙淙泉水聲、日落之國使者的陵寢全部融合在一起。痙攣般的高潮之後，她的身體發燙，陷入深沉的怔憧，我有點擔心，趕快在她頸間親吻，讓她恢復意識：我知道那是她的敏感帶，交歡時她自己邀請我愛撫的地方。

她張開雙眼，如此清澈坦然的眼睛，我何能忘懷？她帶著溫柔滿足的神情看著我。不必任何話語，我們彼此明白：自今爾後，我們彼此相屬。

圓的終點

雅馬・阿德巴拉寫下這些我會珍藏的字句之後，沉默不語。察覺他思緒飄得遙遠，我也保持沉默，讓他和回憶獨處，這樣過了大約一個鐘頭……我昏沉沉地，遊走在半睡半醒之間，突然發現他盯著我瞧，面帶微笑，準備繼續敍述他的愛情故事……

他離開「啓示者」附近的住處，搬到泉水東邊她家裡，她身上果眞流著以前南方旅人的血液。她的父親和善、脾氣好又客氣，他是個靈活的人，以幫人治病、剪頭髮、修鬍子維生。他用篩過的土、蜘蛛絲、以及綠洲和左近沙漠裡摘來的植物混合，貼在傷口上療治，舉凡頭痛、不舉、四肢無力他都能治，他在棕櫚葉上用紅墨水畫下一些神秘的字，貼在患者額頭，治偏頭痛，貼在患者肚子，治下痢或增強精力。他非常高大，她高䠷的身材就是遺傳自父親，她哥哥也是，他哥哥熟知所有棕櫚樹的高度和結果數量。至於母親，死於壯年，她幾乎沒存留什麼印象；母親死的很突然，毫無徵兆，正採收椰棗回家的時候，一倒地就不起了。

她父親擁有一個世代相傳的奇怪樂器：一個古老長方形的盒子，裡外都張著弦，用兩支大木槌敲出音樂。這樂器本來是屬於日落之國使者的，死前送給他忠心的僕人，因此這樂器就留在綠洲了……他彈奏時神情悲傷，沉醉，大家都喜歡聽他彈奏，看著他臉上流露百變的情緒。

日復一日，他們倆互相影響，他現在許多動作表情都是來自於她，譬如說當他傾聽時頭的擺動，突然轉身的樣子，或是說話時點頭的動作，這都是她傳染的習慣。她想必也從他這裡傳染了某些動作表情，可惜他已無法得知了。

第一個察覺她懷孕的是「啓示者」的孫女，她每天都來探望他們，帶來她自己烤的麵包、鮮奶或是自製的麵餅。老婦人對他很有感情，有點以他作爲自己喪子的慰藉，她五個兒子都在滿十四歲那年被擄走；之後丈夫也死了，很早就成了寡婦，綠洲居民也爲她擔心。她全心全意照顧她那人人尊敬的祖父，老人年紀雖大，可以和人交談，也經常嗟嘆他的朋友以撒克，沒人知道以撒克到底是在哪個時代出現。當初，也是因爲孫女的要求，「啓示者」才把智慧法寶傳授給他。

生活幸福又美滿，對舊日開羅生活的懷念逐漸淡了，但依然存在，他心中期盼有一天能帶著妻子和將出世的孩子一起回故鄉。只有一件事令他擔心：有時候她會突然陷入冥想，搖著頭，他察覺她對「敵對營地」懷著巨大的擔憂，有時發現她獨自坐著，眼睛望著沙漠，說道：「那邊的情況値得我們警覺」。

她發現了什麼事嗎？

或許她眞知道什麼秘密？也或許，綠洲所有居民都是懷著深深的恐懼，自己都沒察覺它是如此如影隨形？他察覺到，隨著肚子漸漸隆起，她心情安定許多，她聽從「啓示者」孫女的話，不提重物，閒暇時多躺下休息，注意飲食，現在是一人吃兩人補，母親要負責新生命的飲食。按照習俗，他把妻子懷孕的消息告知七位賢達，之後傳遍綠洲，岳父欣喜若狂，接受綠洲所有居民的祝賀，爲了慶祝，他整夜彈奏音樂，居民們徹夜傾聽，連幼童們都被允許熬夜。樂聲想必驚動了「敵對營地」，是夜，傳令聲不斷，一到清晨便響起鼕鼕的鼓聲。

雖然她父親欣喜若狂，雖然綠洲所有的婦女都圍繞她身旁，代替她母親照顧她，綠洲似乎籠罩著陰影。一個新生命即將到來，豈不是宣布他們其中一人——不知是男人、女人、或是小孩——即將失去生命嗎？每次有嬰兒出生，前後幾天之內必定有人死亡，這是亙古以來的自然法則，因此慈母綠洲永遠維持同樣數量的居民。空氣裡交纏著一股矛盾的氣氛：迎接新生命的喜悅，失去生命的恐懼。久病纏身的人愈來愈擔憂，拼命增強保養，篤信命定的人則心懷恐懼。然而綠洲裡的預言家則斷言，死亡的將會是個身體強健的人。在過去，多少生龍活虎的人突然死去，多少身心健全的人突然發狂辭世？

懷孕經常會帶來許多不祥的預感，有時強烈，有時比較輕緩，愈接近生產日則愈爲強烈。全綠洲忐忑不安，不知誰會被死神帶走，一旦那個人死了，心才放鬆下來，即便是死者的親人也感到心情安祥，因爲生死對決已經結束，未知的大門從此關閉。

他現在被大家視爲綠洲的一份子，和所有人一樣遵守綠洲的風俗習慣。他不是和綠洲二十四個少女中的一個結合了嗎？他不是和大家生活在一起，謹守共同的規範，比如說要拜見「啓示者」這個儀式嗎？拿這點來說，他甚至比其他人還有資格當綠洲居民，因爲他不但和「啓示者」同起同坐，傾聽他所言，甚至受他傳授了許多智慧。而且，每天固定時刻，他可不都會去日落之國使者的陵寢前小坐，凝望著泉水嗎？他不是經常望著「敵對營地」，內心充滿擔憂嗎？

經常，在辛苦折磨的旅行當中，人家會問他在整個旅行的每個階段，最珍貴的是什麼，最讓他懷念的是什麼，他可以毫不猶豫地回答：「待在綠洲的日子。」

時光荏苒，日子過得安祥順暢，他們逐漸成爲平順老實的夫妻，他每夜枕著她的手臂，聞著她身體的香味熟睡；她也漸漸對他放心，彼此相容包涵；同時呢，很難得的，他們的愛情熱度並不減緩，她一個不一樣的眼神、一個不尋常的眉梢眼角，永遠讓他訝異沉醉。和她在一起，隨時有全新的感受。

孕期到了第七個月，居民們的擔憂更爲加劇，眾人都不多話，垂頭低眉。大家對「敵對營地」的注意更爲密切，兩個崗哨上不只是原本十四個輪班監視的人，大家都來觀察對面的情形：那些有的收折起來有的撐開的營帳，那些以前從沒出現過的旗幟，那些踢正步一行行如海浪般的士兵。鼕鼕的鼓聲愈來愈響，夾雜著其他令人顫慄的軍樂器的聲音，讓綠洲居民心驚膽寒。妻子說，一整個世代以來他們還沒像這次這麼害怕過，如此害怕的原因，是「敵對營地」突然在居民眼前消失，就像從來沒存在過，然而明明繼續聽到軍營傳令的聲音。居民嚇得不知如何是好，男人比女人還先跑去日落之國使者陵寢前祈禱，跑去哀求「啓示者」保護。

距生產的日子愈來愈近……只剩下兩個月了，他永遠忘不了當時心中交葛糾結的情緒：對新生兒的期待、對死亡的恐懼、「敵對營地」情勢的改變、「啓示者」的沉默——

現在他對任何事都不作反應，無動於衷，就連在他耳邊大喊以撒克的名字也沒用，他現在好像蜷縮成一團，完全封閉。最令人恐懼的是「啓示者」孫女，她緊閉著嘴，動也不動，眼神直視，她突然不再忙東忙西，明明她老說要親手接生嬰兒，爲他做一張無花果葉編成的小床。

是夜，入睡之前，他把手放在她的肚子上，感受孩子在母親肚子裡踢動。她熟睡後，他注視著她，這張鵝蛋臉多美啊！「敵對營地」的鼓聲已經停止，他聽著她平靜的呼吸聲，若他們在開羅多好！若在埃及多好！他們可以一起去朝拜先知家族、聖者、虔誠賢達者的陵墓。

喔，薩伊那，喔，塞特，喔，伊曼，喔，西迪散・亞畢亭⑤，願主保佑！他閉著眼睛，回想他們陵寢的樣子，四周散發的香味，在陵墓邊散步的安祥閑適之感……不，他都沒忘，對這些地方的記憶深印在腦海裡，埃及顯得如此遙遠！倘若現在能出發返鄉該

---

⑤ 以上這些都是先知家族或聖者之名。

多好！什麼時候到得了家鄉呢？倘若孩子能在故鄉出世該有多好！怎麼辦呢？誰能保佑我們？

就在此時，黑夜寂靜之中，他驚跳醒來：

「出發吧！」

珈瑪·阿部達蘭無法遺忘的愛戀情事

珈瑪·阿部達蘭敍述如下：

我們的朋友敍述的愛情故事，激起我的渴望，在我血管裡注入醺醺然的感覺，因此我大膽地向他敍述我和一個途經我國的少女之間的愛情故事。她之後離開我國，但留下的回憶從未消滅，她身已遠離，但是自此我和女人在一起時，腦中必定浮現她的影像。

之所以對他吐露這段情事，一是想向他揭露一點內心世界，二是想澄清一件事：他一定以爲我的病，我不良於行的狀況注定我無法人道，其實，以前我也和他一樣：行走跑跳，還可以縱馬奔馳，直到三十來歲時身體狀況才惡化。說到這裡，我向讀者提一下，他和我同年紀，問過他之後我又查證，錯不了的：他雖然無法確定自己的出生年月，但父母親告訴他，他是在大地震的前一年出生，那次埃及大地震震毀了好多座清眞寺高塔，我們許多同胞在那次意外中喪生，因此消息遠傳至我國。納西里⑥在著作《遠東歷史概論》中也提及那次災禍。

我因此確定他出生在哪一年，而我也是那一年出生，我相信我們是在同一個月，或許同一個禮拜，誰知道……或許同一天出生呢，我有這樣的直覺和預感。至於我自己的出生年月日，很簡單，只要查我國的户口出生登記資料就行了，其實和慈母綠洲的做法一樣，只不過他們是口傳，由酋長記住居民出生和死亡的日期，也就是說，他知道哪一個死了，哪一個出生，甚至對每個居民生活中的轉變或插曲也要記得，譬如說結婚或分開的日期，因此他的綽號之一就是「記憶庫」。

雅馬·阿德巴拉說，以前在開羅也有出生死亡户口登記——啊，開羅是他口中世界

---

⑥ 納西里（El-Nâsiri, 1835-1897），摩洛哥歷史學家，這本著作被視爲阿拉伯世界歷史上的珍寶。

的首都，宇宙的花園；但是開羅城經歷一段滄桑衰亡，自從被一個無能的蘇丹管理以來，爭亂禍端四起，這個没經驗又懦弱的蘇丹，放蕩浮濫，一整天在尼羅河上的船上躺著抽大麻。蘇丹熱愛養鴿子，全心全意放在鴿籠、養鴿子、下蛋孵小鴿這些事上，根本無心管理朝政。昏庸至極，他居然禁止清眞寺塔上宣告祈禱時間的人大聲高喊，以免驚嚇到愛鴿。他在位期間，國土內陸一片衰敗，濱海之境也亂成一團，人民連最基本的體系運作都荒廢了，譬如連出生死亡登記都不再遵守。埃及這個大國的奠基在於百年來的傳統，由諸多不可搖撼的柱石和其下完備的組織所支撐，但是它的命運卻取決於統領的那個人，那個將名留青史或遺臭萬年的統馭者。倘若是個強悍、幹練、有抱負的人掌權，國家就會情勢大好，欣欣向榮，世界各國都不敢輕心以待。但一旦落入無能君主的手中，國家立刻陷入黑暗期，一片混亂，步向衰亡。倘若治國之君是能者，埃及便成爲世界大國，倘若在位者昏庸，一切停擺，國家立即陷入憂患之秋。

這是雅馬・阿德巴拉的觀察感想——喔，這些感想非常之多，是在旅行敍述之外和我的閒聊。只要時機適當，我會插進一些他的觀感，但是現在我必須回到主題：我要毫不隱瞞地敍述我和那個印度少女的羅曼史。

一位印度國王——天知道印度有多少國王——派遣了使節團到我國來，沒人知道使節團的任務到底是什麼，有人說印度想來開拓商業交易，也有人說其實他們是來看海，計畫開發新航運路線，否則他們爲什麼一天到晚到海邊去，觀察岩石的高低起伏呢？他們不是老在黃昏時，觀察落日一寸寸沉入大海嗎？從此，我國賢達開始有不好的預感，擔心隨時會有出奇不意的危險發生。

印度使節團的到來成爲歷史上一個指標，大家會說「在印度人來以前」、「印度人在這裡的時候」、「印度人走後」，他們帶來的禮物也經常被大家提起。

帶來的禮物在蘇丹宮殿内院裡展覽了三個月，其中有我國頭一次看見的大象，我們特別爲牠們在宮廷花園裡圈出一大塊地方，四隻體型巨大的大象，身上披著宮廷蠶絲，打著香味濃郁的檀木製的遮陽傘。除此之外，還有許多象牙寶盒，精緻雕刻著宮廷生活、樹木河流；以及一個漏刻計時器、一個華麗馬鞍、小瓶子裝的香精、以及七個女奴，個個都是純潔的處女，自從她們進宮以來，已經爲蘇丹生了數個子嗣。

印度使節們一來，主子爺就命令我陪伴他們，維繫良好的關係。因爲我會說波斯語、烏爾都語，也聽得懂梵文，主子爺勉勵我多和他們交談，以增進語言能力，我當然不放棄機會，一有疑問，就向他們請教我不懂的字彙、語法或是慣用詞。

禮物都朝貢給蘇丹，連同那七個女奴，使節團裡還剩下一個優雅出眾的美麗少女，一想到她就讓我想起我國秋冬時，天空裡成群飛翔的一種細緻纖弱的小鳥……身體像手掌這麼大，羽毛色彩如彩虹，草原的綠融合花開的顏色。創造她的造物主多麼偉大啊！

她是使節團裡詩人兼秘書的女兒，任務是傳達口信，並記下所見所聞。她的臉像十三、四歲的孩子，身材發育姣好，我想應過了二十歲。她身上緊身的印度長衫，突顯她小腹、屁股和雙峰的曲線。這在我國是大膽的穿著，要是到市集上，很可能引起大騷動。

一開始我沒看到她，不，我是每次都品嚐發現她的感覺，一旦她離開我的視線，我就更感受這種探索與發現，重組她的臉龐，回想她在我面前，或是我們眼光交會時我沒注意到的每個小細節或是表情。

她隨時跟著父親，寸步不離，只除了他去拜見某位高官或是向知名的宗教長請益的時候。我呢，則是眼睛不離開她身上，就算分開的時候，滿腦子還是她的影像，一整夜想著她的樣子，充滿渴望，自己都不敢相信神魂顛倒到這個地步，因爲我向來對男歡女愛沒什麼興趣，感情上也只能算生手。

但是她和所有我遇見過或擦身而過的女人都不一樣，而且來自遠方國度，更增加了我的好奇，她十二歲就離開印度，花了一年時間才輾轉抵達我們日落之國，這段經過一個國家又一個國家，航行一個海洋又一個海洋的長途旅行，讓她成熟。

在慶典、會議、宴會這些場合，我們同時在場，我飢渴的眼睛牢牢盯著她，渴望和她眼光交會。一天，她終於察覺我的目光，奇異的事情發生了，她居然回應我的眼神，剛開始有點吃驚，露出詢問的意味，我不但沒有轉開目光逃避，反而更熱切回看，以目光愛撫她的頸間，順著脖子、胸口而下，直到她的小腹下方，當我眼光停留在她大腿上，讚美那像夢一樣完美的曲線時，我感受到她的顫抖。

我像一條火舌一樣燃燒著她，她的出現引燃我所有感官，簡直到無法隱藏，恐怕所有人都會發現的地步。我不斷自問：我渴望的是她嗎？還是經由她，渴望一個我得不到的東西？

一天早晨，我看見她在宮廷花園裡和她父親一起散步，我知道再過一會兒他就得去會見大臣，她勢必會落單，除了待在花園裡，她也沒別的事可做，花園裡鋪著石板，中央一座大理石噴泉，噴泉水柱約兩個人高，日夜不停。寂靜之中，可聽見涓涓水聲以及細水汩流的響聲。我放慢腳步，等到她落單一人時，不顧任何客套招呼問好，直接走上前靠近她。

她的眼光讓我呆愣在原地。

由眼角梢出來的矜持眉眼，最女性化的眼神，欲迎還拒，心照不宣！她坐在一張石頭長椅上，椅子由兩隻花崗石獅架著，獅子的眼注視著開闊的花園，花園呈斜坡，只能由另一端的階梯走上來。

開始我還不敢走進花園，心裡一邊想要編什麼藉口，這些精通阿拉伯文，現在又開始學會我國語言的印度人，應該很懂絃外之音才對。

她穿過四周砌著五彩拼花馬賽克的中庭，背對著筆直站立的一排衛兵，一排面容兇猛的黑人衛兵，長矛豎立，靜止不動，一付呆板模樣，任何人休想越過雷池一步的陣仗。

這時我好容易把眼睛離開她，朝花園望去，花園裡種著各種樹木——我國常見樹木、非洲世界的樹木、中國的椰子樹、埃及的無花果樹、土耳其的橡樹、黎巴嫩的雪松、歐洲的香松——以及各色奇花，其中許多種類通常只在寒帶生長。樹叢和花圃被綠草如茵的網狀小徑切割，這些小徑有的漸行漸寬闊，更多是漸行漸窄，錯綜交織。只要踏進小徑，幾公尺之後就如入無人之境，誰也看不見，我堅決相信建造這個花園的人完全知道我的心意，按照我的企圖而規劃。

我靠近她，嘴邊帶著微笑，聞著她身上的芳香，第一次如此接近，她身上的女人香令人動情，何處發出的這股香味呢？她的秀髮？有可能。她擦的珍貴香精？或許吧。她靈魂深處湧現的氣味？誰知道呢？總之這股香味縈繞我整個人。

我對她做出一個客氣的打招呼手勢，美人兒則回我一個微笑。我傾下身，朝花園中的數木花草那兒指一指，一邊擔心她不接受我的邀請，一邊擔心被別人看見，要是有人看見我這樣露骨的表示，我可是大她至少二十歲呢。幸好我的翻譯身分可以粉飾，尤其是我至今的名聲，簡直是清白以極！

她站起身來，貓著腰，我才發覺她身材比我想像的來的還要高䠷。我覺得自己神情放鬆下來，也看見她臉上的戒備逐漸減輕。我使盡全力壓抑體內一波波的情感奔流，我不是踏出了第一步嗎？現在，要做的只是把她引進樹叢，單獨兩個人……因爲我已慾火難耐！

我對花園的每個角落都再清楚不過了，一旦知道第三者的眼睛看不見我們，我再也無法按耐，縱身向前，一把摟住她的腰。她不但沒有反抗，反而緩緩貼近，心甘情願，把臉迎向我的臉。

她一派平靜……

我們躲到一個樹葉濃密的角落，她用有點驚恐又好奇的大眼睛凝視著我，眼光中可以看到那種年輕的大膽與挑釁。我看看右邊，看看左邊，看看前面，看看後面，看看上面，好像連天空有沒有人都得查看一下似的。

我靠上前去……

我輕輕把她推到一根樹幹上，感覺到自己的呼吸加速，全身像炭火焚燒。她終於在我身邊，如此靠近！我摟著她，感受她身體的溫軟清新，這股細緻的體香讓我產生永難忘懷的興奮感覺，至今依然。我緊緊抱著她，就像要她永遠在我身旁，周身都是她的香氣，我好像回到生命的根源。我先沒吻她，不，我拼命吸著她的味道，一嗅再嗅，吸進她整個生命的味道，好像要把她的美融入我每一個細胞。她興奮愉悅，品嚐至今還未曾領受的美妙感官享受。她的唇啊！濕潤——按我們這裡的形容詞，猶如花朵第一次見識到露珠，這描述女人的初吻引發多麼大的震撼，最初一次，而且就只有這麼一次，她的唇會分泌出蜂蜜的甘甜，之後，唇就會逐漸乾澀無味。我把嘴貼上她的唇，猴急地把舌頭伸進那溫熱的天堂裡，肆意遊耍。

突然，她拍拍我的肩膀。

回過神來，我看見她向我指指四周，把身體稍微抽離，我突然察覺自己被她的香味薰昏了，這香氣已經深入到我體內，再也消散不去。

「不能在這裡。」她搖著頭對我說。

她知道有什麼好地方嗎？

她領著我在小徑上前行，我眞想問她是否之前就來過這兒，但又不想打破這種醉人的魔力。她朝向一叢灌木走去，經過印度大麻和波斯巴西利，躺在一片虞美人上，這是一種罕見特殊的虞美人，通常只生長在她祖國邊境滯礙難行的高山小徑上，長在奔騰的瀑布、山頂湖泊、覆蓋植物遙遙欲墜的大岩石邊，這個天然的屏障阻礙任何侵略者的入侵。事實上，她是循著花香發現這個地方的，占卜者早就預告她：「離落日不遠的地方，在一片虞美人花上，妳這朵花將被摘折。」

她開始寬衣解帶，身上長袍滑下，露出渾圓的肩膀，看見這裸露的弧形曲線，我全身顫動。我傾聽她愉悅的呻吟，隨著身體的擺動逐漸情慾高漲，我的身體摩擦著她的身體，我整個人像著了火。在此之前與之後，我從來沒感受過這樣無法抗拒的感官反應，這樣的飢渴，與此相較，之後所有的性愛關係都顯得蒼白模糊，只是我對她記憶的遙遠回聲，藉此想重見深印腦中她的樣子罷了。

我們緊密結合，兩個肉體融成一體，氣味相混合，兩個身影成爲一個，彼此貼近，彼此吸收。她的軀體完美勻稱，她的女人香蓋過所有花朵香味、大地的味道、微風的薰香。她呻吟喘息，身體扭曲，我把她摟得緊緊的深怕她跑掉。

翻雲覆雨才結束，她突然拔腿就跑，我跟在她後頭，卻沒追上……氣喘吁吁，我在她的堡壘門口跪下。我想要探知所有的神秘，我要弄清所有的秘密。她會回頭嗎？只要她一個手勢，我會狂奔前來，像船隻初航一樣精神抖擻！

她佔據我腦海，令我醺醺飄然，我覺得她整個人近在身旁卻又遠在天邊，她代表遙遠的東方和我身處的西方，無限的距離與伸手可及的熟悉，無垠的大海與險峻的山巒。

喔，我的印度少女！喔，我的印度少女！

我渴望她，要她在我身畔。她這朵花應了命運所定，來到世界的這一端，在一片虞美人花上被摘取。

我擁有她七次，臉頰在她胸前摩挲，發出深深嘆息，完全敞開自己。我不顧一切，要她在我身邊，在我懷裡，然而我知道，她遲早會離開，會回她自己的國家。我將她緊緊壓在地上，希望她在地上留下一個永不磨滅的印子，在她身後留下種子，或許種子會發芽，長成和她一樣的花朵。

我拼命從她身上汲取，以便將來拿來治療我的孤獨。多少次她的影像出現在我眼前！多少次我發揮想像力，在腦中重新勾畫她的樣子，她的離去令我絕望，心痛無法言傳。有時我甚至要人把我抬到那一片虞美人花之前，那一片紅寶石、落日黃昏顏色的美麗花朵，我會要他們離開，獨自待在那裡，感官全部甦醒，陷入沉思，希冀察覺一些電光石火，能聞到她留下的氣味。

這個短暫卻永難忘懷的愛戀，成了我生命唯一的依靠，只有這段短暫的時光是我的避風港灣，是我的休憩天地。情緒低落的時候，她是我的淨土，我的支撐，我的安慰。時間空間絲毫沒有改變我對她的熱情慾望，我一直維持著同樣的感覺。

我請教我國的天象家印度的位置，他指出日出方向的旁邊一點，自此，我便不斷望著這個方向，天象家告訴我，在我們日出之前的十個小時那裡就天亮了。我的作息從此跟隨著印度時間，夜半出門，在黑夜星空下看見她的身影閃爍，照亮天際，我的世界的天際。

我不禁想：「此時此刻她正醒來呢。」那我也不睡，精神百倍，眼睛張得大大的，我一步一步伴著她，看著她打呵欠、伸伸懶腰，還沒全醒的模樣。年復一年，我和她生活在一起，忘卻時間改變，我腦海中的她還是原來那個樣子，冥想之際，似乎聞到她的氣息。突然之間，我想到甚至不知她是否尚在人世，自己身體狀況如此，又無法到那麼遠的國度去與她相會，想到這裡，有時我會哭得像個娘們呢！

這就是我和印度少女的愛情故事，之所以把它講出來，一來是希望能減輕我們的朋友的哀傷，當作他愛情故事的對照，也同時安慰我自己。這是頭一次我對人談起這件事，之前從來沒和任何人傾吐過。

雅馬・阿德巴拉注意傾聽我的故事，想弄得一清二楚，枝微末節都不放過。他比較我的印度少女和他心目中的女子典範，那個他如此匆促離開的愛人；他做同樣的計算，以影子的長度計算我望去的方向正不正確，得貝督因人的眞傳，他算出和天象家指的方向差半度的那一點。限於沉思之中，想著我的故事，我擔心自己會耽誤了答應做好的任務，我們的朋友雖然關懷體諒，我堅持他繼續敘述他的旅途。之前——駱駝商隊、綠洲——那些奇特的經歷已經讓我訝異不已，天知道我將記錄的事情更令人無法相信！

情勢不變

雅馬‧阿德巴拉說：「眞主掌握過去與未來的命運，所有的因始都是由祂，所有的秩序也是由祂決定。祂掌握所有，因爲祂的能力是無止境的。」

他既不能留下，也不能反抗召喚的命令，就算他想反抗好了，對方是誰呢？要挑戰的對手是何人？敵人在哪裡？命令的來處看不見，捉摸不著，猜不透。

他只有服從的分，無從選擇，只好離開綠洲，再次踏上沙漠旅途，在懷著身孕的妻子和綠洲居民醒來之前出發。所有的行李只有一個小羊皮袋、一個木杯、三本書：第一本是他從開羅帶出來的，第二本是貝督因人的贈物——與其說是書，比較像一冊筆記本，只不過……每一扉頁都是空白的，貝督因人跟他說，如果仔細看，他就會發現一些蛛絲馬跡，第三本是「啓示者」交給他的，就在「敵對營地」突然消失不見的次日——雖然對方的軍號喇叭、鼓聲和傳令聲依然傳來。書是以皮革編成，纏繞一條紅帶子，裡面寫著神秘無解的文字，「啓示者」孫女說，他有一天會看得懂裡面寫的，耐心等待就會知道結果……

他到泉水處把羊皮水袋裝滿，至於貝督因人送給他的水杯，他早就見識過它的神奇。他不知道將走向何處，也不知道有多遠的路，孤單一人，無依無靠，他只知道他必須立刻上路，往日落的方向前行：這是召喚的指示，唯有遵從的分。

從哪個方向離開綠洲他倒是可以決定，背對著東邊的「敵對營地」就對了，踏上朝向沙漠的蜿蜒小徑，在某些地點，他看見「敵對營地」的左翼，士兵都在，以不尋常的方式列隊，面對軍團，處處有戴鋼盔的人守衛著。但是不能多停留觀望對方的情況，他必須在第一道曙光出現之前離開，不知下一個休息站是哪裡。

違背自己意旨的離去多麼痛苦！更糟的是，他覺得自己被一個霸道的神秘力量玩弄於鼓掌之間，他還沒看見孩子出世呢，有朝一日他能看見這未曾相識的孩子嗎？

可以避免、不聽從嗎?他被迫不停又不停地往前行，朝向未知，朝向嶄新的經驗。

倘若旅途有一朝把他又帶回綠洲來呢?妻子會有什麼反應?孩子會認他嗎?命運之無常會允許他再回來嗎?孩子會懷念他這個父親嗎?還是只是他胡思亂想?因爲沒有共同生活的回憶，何來親子關係呢，親子之情是朝夕相處產生的呀。啊，多希望待在妻子孩子身旁!但是……別妄想吧!召喚如此清楚，命令不容反抗，不可能停下腳步，他注定要孤獨一人旅行。拋在身後的是生命中如此巨大的部分，如此重要的一段生活，他仔細記住路上所有可能的座標物，以便有一天能循路回來。細心記住慈母綠洲和日昇方向的相對角度，棕欖樹、住家、日落之國使者陵寢、「啓示者」住的地方、泉水、「敵對營地」、瞭望崗哨相對於星辰的位置，運用貝督因人傳授他的靈巧智慧，他用心在腦子裡刻下在綠洲的生活，盡可能記住所有蛛絲馬跡，希望有一天能回來和他所孕育的、他所愛的人團圓。

那一天何時會來到呢?

就算他的願望成眞，他們的反應會是怎樣呢？她會了解，會原諒他的不告而別嗎？他的離去一定會在綠洲引起議論，或許代代口耳相傳，加油添醋之後成爲一則傳說也說不定？

他想像妻子醒來發現他不在身邊時臉上的表情，她一定跳起來尋找，發現他已不在，一定會去找「啓示者」和日落之國使者尋求援助，但是這兩者都已不在，後者已死，前者雖生若死。

她如何面對綠洲居民呢？他們會怎麼說她？有些人一定會鬆一口氣，因爲他妻子生產在即，他的離去就等於取代另一個生命的消亡，每個新生命必定引起一個居民死亡的綠洲定律，這想必是第一次因爲離去而使人口數量維持原樣。

他們一定會議論很久，回想他的樣子，他說過最尋常的話也會拿出來重新解讀，說不定他們會結論說他其實是「敵對營地」的人，你想想看，他離去那天看見「敵對營地」

一排排的士兵，並沒有顯出特別的擔憂嘛。誰知道，倘若發生什麼不幸，他們還會把罪怪到他身上呢！

他不知道自己走了多遠的距離，但是顯然一天還未結束，太陽顯得好遠好遠，比在綠洲時看見的還要遠。眼前是一片平坦無垠的細沙，但是他覺得好像爬了一座怎麼爬也爬不完的沙丘那樣渾身酸痛，剛開始走的時候還算輕鬆，漸漸地愈來愈感疲憊。

他這樣到底走了多久呢？

老實說他也不知道，夜色尚未降臨，但是他覺得自己好像走了一輩子這麼久。會不會因爲他，白日突然拉長了？或是夜晚如此短促，甚至他都沒發現？還是白日一日接一日，連續不斷？時間的進程變得好怪異，好反常！然而，以他從貝督因人那兒學來的智慧，不可能測不準時間啊。

他只能繼續往前，現在還沒累到非停下來不可的時候，他察覺到天候似乎有細微的改變，一種難以形容的改變，光線變的比較柔和朦朧，空氣也比較涼。他等不及抵達一個界線，一個定點，一個指標——比如說一個山丘，一叢灌木，或是一棵植物都好，可以驅使他繼續往前，現在停下休息只會使他的飢餓感更增加。

貝督因人告訴他，有一次他隨著一艘運貨船從伊拉克南部航行到印度，在阿拉伯灣裡，海風增強，浪頭洶湧，他和另外三個新進水手待在一起，個個臉色蒼白，嚇的毫無血色，渾身顫抖。船長到甲板上來，對他們吼著：「被浪花包圍不需要擔心，只要船在往前走就沒問題的！唯一的危險就是在暴風雨中停住不前！」

「在沙漠中呢，」貝督因人接著說：「情形卻剛好相反，風暴起時，一定要立刻停下，先讓駱駝蹲下，把頭貼近地面，接著人挨著駱駝身子。」

但是他在這孑然孤獨的旅途中，可以挨著誰呢？廣闊空寂的沙漠無邊無際，他突然覺得沙漠和海洋如此相似：寂靜，遼闊。

他四周的景物光亮耀眼：金紅色的沙、澄藍的天空，甚至他身後的腳印也反射出光芒，他的腳印還要在這沙地上繼續多久呢？綠洲居民可能發現這些腳印嗎？唉！他知道自從「敵對營地」出現，居民就再也不敢離開綠洲。他想著綠洲裡的棕欖樹和其他植物，突然發現住在綠洲時從來沒注意到的一件事：棕欖和樹枝全都朝著泉水的方向長，現在離開了才突然發現。同時，他也驚覺，綠洲裡的歲月已經屬於過往，最多只能在腦海裡神遊。此時此刻，妻子一定放棄他會歸去的希望，哀怨心酸，或許正坐在泉水東側，她通常最喜歡坐在那裡，也或許正向「啓示者」哀求幫助？只有他一人能找到他的痕跡，但是老人已經很久動都不再動一下了，這一次他會破例嗎？

他現在確定光線眞的改變了，好像整個宇宙全罩上一層浮動透明的紗網，把他和太陽隔開。

現在是正午還是下午，黃昏還是早晨？他已經無法確定。

如果按照他平時的腳程來看，從出發到現在，他走的距離應該只有幾個鐘頭，但是怎麼會覺得走了好幾年呢？當他看到那些人在遠方直挺挺站立不動時，身上的血都凝固了，怎知道他們不是要加害於他呢？會不會是綠洲居民走別條路追趕他，超前在這裡攔他？但是看他們的樣子和髮型，他知道以前從來沒見過這些人，面對不認識的陌生人，腦中出現諸多可能情況，想像的情況有些會讓人害怕，有些卻又相反。

現在他們已經看到他，要躲也來不及了，更何況，他滿心好奇這些人是怎麼出現的，哪裡會想到要逃要躲？反正他面對的是人不是幽靈鬼怪，或許可以跟他們解釋一下他的情況……剛才只是在一片無垠沙漠之中突然看見這些人，想像他們等待著他，窺視著他，才會有恐懼不祥的感覺。雅馬・阿德巴拉說，雖然他有洞察先機的能力和超強的預感，但絕對預料不到接下來會發生的事！

王國

他們就這樣等待著他，也不能說是等待他——他們根本不知道來者會是誰——而是他的「到來」。事實上，他們就這樣等著，等著從日升方向來的人，雖然這個方向既不是駱駝商隊的途徑，連路徑都稱不上，也不是熱愛旅行或是探險家會走的路。現下他沒辦法詳述細節，但之後會慢慢把所有情況說個清楚。

中間站著七個男人，介於四、五十歲之間，顯出高貴的身分地位；右邊站著七個年紀比較大的男人，年紀應該在六、七十歲之間，這七人最中間是一個身材高大的老者，一把濃密的白鬍子，身穿紅色短袍，腰上繫著金絲帶，裡頭是綠色錦緞襯衫和藍色長褲；左邊則站了七個女人，三個年紀已大，另外四個則各年齡層都有，最中間那個美得像朵花。情勢如此詭異，狀況完全不明……他卻不由由自主盯著那窈窕的身態、高聳的雙峰，整個人立即愉悅醺然。

他直視著他們，之間只隔著十幾步，他再往前走近一些……好奇怪，他此時腦中浮現綠洲泉水中那條奇異的魚的影像。他不知該說什麼、做什麼，但是看見對方這樣靜止站立不動，不帶惡意地看著他，他放下心來，平靜地說：

「願眞主與你們同在……」

大家的眼睛都朝那穿短袍的男人望去，他回答他的問候，眾人也立刻跟著他做，他們說的話很清楚，但是每個字都間斷，帶著奇怪的口音。

短袍男人往前踏了幾步，左右兩邊護衛的三個男人，手上盛著一個紅色絲墊，中間蓋著一小塊黃布，上面放了一個鑲嵌紅寶石和珊瑚的金皇冠。他忙著考慮自己該有什麼樣的舉止，並沒注意到什麼時候短袍男人手上多了這個絲墊，皇冠又是怎麼出現。短袍男人拋下身旁六個護衛，再走向前，身後跟著七個長者中最老的一個，以及那個漂亮的少女，少女手中拿著一枝黑色木頭權杖，杖頭是潔白象牙製的，老者攤開一襲橙紅色的華麗短袍，短襖男人突然在他面前跪下。他眼前浮現蘇丹或埃及國王及位儀式的畫面，恍惚中他緩緩伸出手拿起皇冠，親吻之後戴在頭上。

所有人都顯出歡欣的樣子，在他身旁圍成一圈，老者爲他穿上短襖，少女把權杖交給他之後立刻跪下，老者幫他綁好領間的金絲帶之後，也立刻跪倒。他既訝異又困窘，想到這些老人跪著多累，尤其最年長的那個，膝蓋想必危危顫顫，身體應該發軟歪斜，他眞想請他站起來，但是看到所有人跪倒身前，心中不免一陣興奮。他也注意到少女，渾圓飽滿的酥胸半露在長袍之外，秀色可餐，令他怡然心動。突然間，他注意到眾人一片寂靜，好像在等待什麼命令，他以威嚴的聲音說：

「大家請起……」

就好像他邀請大家吃喝或是進入家門似的，眾人維持著侷促的表情，雖然站起身，但都低著頭，兩手交叉胸前。他驚訝地注視他們，不知道該怎麼回應他們的態度，一片迷惘，他該做什麼呢？面對這些人，他該表現出什麼形象呢？他覺得自己好像突然被扒光衣服，之前從來沒有遇過要表現主子、清眞寺教長、決定生死的法官一般權威的機會，更何況，他的情況在一瞬間有天壤之別：在這沙漠中間，忽然掌權及位，被授與權杖皇冠——放在他連看都沒看過的絲布絨墊上。此時他盡量不多思考這一切，想把它存在記憶裡，等閑下來獨自一人時，再好好溫習這奇妙的一刻。

等待他的命運是什麼呢？他完全不知道。

置身於陌生的國度，身旁圍著怪異的人，更糟的是，他們等待他做出一個手勢，一個命令，但是他不知如何對應，也不知該說什麼話。

但是無論如何他得做出反應才行，總不能讓他們永遠這樣站著等。如果要他們解釋一下，或是告訴他該怎麼做，又好像和被賦予的身分不太符合……

反正，他不會放棄的。

他繼續思考該怎麼回應這神秘的等待，抬起頭看著太陽……太陽比在綠洲時遙遠的感覺是從何而來呢？現在太陽幾乎在天空中央，他卻可以直視它。白晝的光線、影子的微妙變化、天際的顏色、大自然、甚至沙上的腳印都好像不一樣……

從此以後，他再也不需要別人告訴他日落的方向在哪裡了。

他緩緩地舉起權杖，朝著一輪太陽，獨一無二、永恆又無常的太陽。所有人都退開，好像準備離去。他一手舉著權杖，一手拎著裝有書本和木杯、永不離身的小背包，帶頭往前走去。

他前進四步之後，所有人也跟著走，短褲男人帶頭，緊跟著是所有女人，他很想轉頭看看剛才跪在他身前那個美麗少女，想想還是以後再說吧，露出這樣猴急的樣子總不太好，況且他完全不知道什麼舉動會引起眾人怎樣的反應。

現在，在他來時的腳印旁邊，又淺淺印著一排輕而模糊的腳印，是「啓示者」跟著他而來嗎？他會明白自己面臨的狀況嗎？他開始想「啓示者」，想像老人用他的絕技找到他的痕跡，在這沙漠絕地看到他的腳步，先是和許多腳步混雜在一起，之後又帶頭離開，他確信老人一定能沙盤推演得知他目前的處境……這時，「啓示者」一定會摸著唇邊的鬍子，點兩下頭。

他回想起老人跟他說過的話：每一塊土地都有它的氣味，每一個城市都有它的味道、顏色、影子、光線的變化。他只要看腳印的形狀，就算是好幾代以前留下的，就可以知道那個人的心情，多少次他看老人在岩石或沙子上觀察幾乎難辨的腳印，說：「一個悲傷的靈魂，」或是：「這傢伙興高采烈！」

他也想起商隊隊長，父親辭世前跟他說：

「我們在天上相見。」

「喔，不要等這麼久，」帝尼斯少年悲傷地懇求。

「那麼，我死後第三天會來到你夢中相見。」

然而，他直到三個月後才出現。

「爲什麼讓我等這麼久呢?」他一看見父親就問,父親回答說是爲了懲罰他太慢拿水餵一隻停在家裡窗櫺上的鳥喝。

爲什麼會突然想起這件事呢?過去與未來之間存在著某種關聯嗎?

他曾看到聽到許多諸如以下的話語:「目的地遙遠,路程艱辛,第一場戰役開始,死亡就佈下了埋伏」,或是「我已經是我自己的敵人,倘若我的朋友再擋我的路,又怎能繼續旅途呢?」

他實在弄不懂。儘管用盡他的經驗與智慧,還是無法掌握過去和現在發生在他身上這些事的意義,好像這些事不是發生在他而是在另外一個人身上,他只是個旁觀者。

突然他聽見頭上展翅的聲音:四隻野鴿在他頭上飛了三圈。他渾身顫慄,呆愣住了。是誰放的鴿子?誰訓練他們飛這樣完美的圈子?他偷偷朝後看了一眼,身後所有人都低著頭,他們有看見他剛才驚惶失措的樣子嗎?他繼續踏著堅定果斷的腳步往前,再一次偷眼轉頭看,發現那些老人走得很吃力,他作手勢要他們慢慢走,老人們躬身行禮,表達對他的感激。事實上，他逮到機會朝著女人那一群偷看，美麗少女低著頭，矜持且滿懷敬意。

他愈是屈服於這個突來的情況，愈感到徬徨迷惘，愈想一個人靜一靜，搞清楚他身上被賦予的到底是什麼樣的權力。

他是王子、國王、蘇丹、還是宗教長？反正，是個大權在握的人……但是，針對什麼人？到底有什麼權力呢？他感到一陣恐慌，還無法弄清發生在身上的事情。起因為何？是什麼神秘的力量主宰這一切？或許他只是個妖術魔法戲弄的玩具？下場會是怎樣？會到什麼地步？有一次，貝督因人和他說過大東海一個島上發生的事，島民們尊崇酋長，一看見他就跪下請安，但過了一段時間，他們就把酋長殘酷地殺了，爭先恐後撲到屍體上喝他的血，希望藉此得到他的智慧，並獲得神明的賜佑。

他決定和他們玩到底，但不減戒心。不祥的的預感如此強烈，他就像被放生的鴿子，一害怕起來開始狂亂猛撲翅膀。他繼續慢慢往前走，直到看見遠方出現一個城市為止，不知走了多久——就像他不知道離開綠洲直到碰見這些人，中間他到底走了多少天，或是多少年。時間與距離忽然變得無法測量。

首先他看見護城牆，剛開始只是模糊的一條線，每走一步就變得清晰一點，逐漸可以看見細節：圓塔、牆上凸起的裝飾、門、高揚的旗幟、一座座圓頂向遠處擴展……

現在，一排排行道樹愈來愈密，居民也漸漸出現，男人女人小孩零星站在路旁。男人們大多矮胖，肩膀寬碩，肌肉結實，塌鼻子使他們每個人看起來都很相像——至少這是他第一個印象。這些男人沒有一個高及紅短袍男人的肩膀，他後來又注意到，紅短袍男人的眼睛是深藍色的。所有人的穿著完全一模一樣，只有顏色不同：開前襟的短袍，袖子寬且長蓋住手，下身是長褲，腳穿頭又尖又翹的鞋。女人們則穿著長袍，腰間束一條金色或銀色的寬腰帶，頭戴四方形小帽。至於孩童，完全和大人的裝束一樣，只是小好幾號。

男人之中，有的胸前懸掛著一個圓形、六角形或八角形的飾物，用一條金色線綁在脖子上。帶飾物的男人通常年紀較大，身分較高，有的手上拿著手杖……當然，沒一根手杖比得上他手中的權杖！

他一走近，所有人躬身行禮，眼睛低垂上身前傾，他們好像等待了很久很久，他後來得知他們的確等了很長一段時日，整個城歡騰喜慶，天空顯得輕盈愉悅。

現在他看見士兵們，一排緊靠一排，穿著紅色粗布短上衣、黃色長褲的制服，腳束皮靴。他們配備尖細的長矛，身上斜揹著一管或兩管口徑的步槍，第一排士兵手上還拿著一把利斧，這個井然有序的社會，卻讓他感受到前所未有的奇特怪異感覺。他愈來愈覺得好像活在兩個時空裡，一個是他自己的，可以掌握的，另一個則是他所不識的時空，就好像另外一個人正在敍述他此時此刻所經歷的。

綠洲人怎麼會不知道這個龐大民族的存在？兩地之間只隔著半天的腳程啊。他想像妻子如果現在在這裡，看到他的樣子，一定會嚇得拔腿就跑！日出之時和她躺在簡陋床上的丈夫，現在卻成了這浩然國度的中心，走過之處，所有的頭都低下，沒有一雙眼敢直視他！

聽到鼓聲、銅鑼聲、護城牆上架的大砲連續射擊聲，連帶揚起漫天煙硝時，他心裡一震。

一排戴著高帽子的人整齊排在他面前，其中一個牽著一匹白馬，馬身上配著黑皮鞍轡，皮上釘著一種亮亮的金屬釘，介於金和銀之間的這種金屬他從沒見過，他後來才得知，這種金屬只產在這裡，世界上別的地區都沒有。

此時，紅短袍男人走上前，超過他，拉住馬韁檢查一下馬，滿意之後對他使個眼神。紅短袍男人後來對他透露，他那時顯現的自信滿滿，比之前的主子都有威嚴，態度如此堅定勇敢，簡直像在宮廷長大，從小就被調教要當王子。

他從來沒騎過這種動物，野馬的後代：這民族有個習慣，就是把一匹還沒被公馬接近過的牝馬帶到野馬奔騰的荒野中，把牠留在那兒一夜，第二天再帶回來，悉心照料直到牠生下小馬，這個品種的小馬會令天下所有國王、蘇丹恨不得納爲己有。

一騎上馬，他就像熟練識途似的，掉轉馬轡，一臉威嚴果敢、君臨大地的神色，朝向主城門騎去。因此他成爲「無上主」——本國人民替他封的稱號。

到底情形是如何呢？

爲了釐清狀況，我，負責記錄雅馬．阿德巴拉敍述的珈瑪．阿部達蘭，向讀者確定一下，我們的朋友突然成爲一個我們都不知道的廣大國土的君主，然而他能確實指出國度的疆界。他剛到的那個城市只是個邊塞小城，往北，國土延伸海外，甚至涵蓋七個住有居民的島嶼；往南，直到銅礦山巒；往西，直到石森林，森林裡所有的人畜鳥獸全都石化了，一動也不動，好像等待下一個動作來臨。什麼時候、什麼情況下發生的？只有萬能的眞主知道……往東，國土拓展到沙漠中心，也就是他來到的地方。

這個國度劃分爲七個省分，七十個城市，七百個鄉鎮，八個綠洲，完全屬於他們，擁有強勁的軍力，社會上各階級地位的人都有，統領階級、富人、奴隸、土人、流亡者，各式各樣的人都有。

到底是怎麼一回事呢？

想搞清楚狀況，我必須稍微提一下在他來到以前，這個國度的歷史。

雅馬．阿德巴拉敘述說，這個國家的居民保持著一個古老的習俗，世紀接世紀一代傳一代固守不改。事實上，該國的最高政權並不是某個家族或某個派系世襲掌握，當然，有關儀式的進行、風俗的保存、教育、商業穩定、居民安全、交易監管都由公務員擔任，相對的，掌握最高政權的人卻由命運的偶然來決定。當領導人辭世——或者因任何原因不見的時候，穿紅短袍的攝政就必須走到沙漠邊緣，帶著三群人——兩群男人和一群女人，都是國內最古老的家族成員，面對太陽升起的方向，站立不動，從日出到日落，就這樣等待第一個從沙漠中來到的人。他們決不會往前踏一步走進沙漠，而是在那裡站著苦等，當第一個人出現時，他們就上前迎接，並奉上統治者的權位，自此，全國聽令於他，以他的旨意爲依歸，滿足他所有的要求，他可以恣意要任何人作任何事，呼風喚雨，一切隨他高興。他們永遠不知道要等多久，五個世紀以來，他們總共花了九十年站在沙漠邊緣等待新主子，期間換了六個攝政，每當一個攝政過世，就必須替補。從東方沙漠裡前來的人很少，這不是駱駝商隊的路線或休憩站，也沒有任何人煙居住的地區，至於他之前住的綠洲，他會在稍後提到。

命運的偶然有一天爲他們帶來了一個黑人，從蘇丹鄉下來的，在位長達三十年，至今人們還談起許多小插曲，稱道他的堅忍、正直和賢能。國內第三個省分住著許多皮膚黝黑嘴唇厚實的居民，據說都是他的後代，他身體壯實，留下許多子孫，據說他性能力異於常人，一個晚上可以擁有七、八個女人呢。

那是距今三個世紀以前的事了，從他辭世以後，他們等了四十年，好不容易有一天，他們驚訝地看見從沙漠裡走來一名弱女子，長長的頭髮大大的眼睛，沒有人問她從哪裡來、爲什麼會一個人孤單單走上艱辛的沙漠路途——這是本國傳統和風俗習慣所不容的——立刻把統治者的權位奉上。她親口說自己來自位於東方一個遙遠的國家叫做烏茲別克，位在波斯國旁邊，但是從來沒對任何人提及爲什麼遠離國土，又如何踏上沙漠旅途。奇特的是，她對兵法武術很有興趣，也就是她下令在護城牆下挖掘壕溝，並在牆上築起挖了箭眼的高塔。然而，有一天她忽然像她莫名其妙前來一樣，不知何故又悄悄離開了。傳說中，有一次國家遭到西部邊境敵軍威脅，她親自率領一支強勁軍隊，配備所有她發明的武器，這些武器許多今日仍被使用，例如石油火炬、點火凹鏡、毒蛇砲、投石器、尖頭木樁等等。兩軍在獅子谷會戰，在交鋒之前，兩方按例先由雙方將領會面，於是年輕女王和敵方將領在一座立於中立地帶的帳棚裡，展開一場會談，倘若一方說服了另一方，後者就不戰而降甘爲俘虜。

據某些人所言，敵軍將領已經事先佈置好，偷偷在帳棚內噴灑香精，那種讓男人慾火高漲讓女人減低防衛的香精，因此敵軍將領方以得逞，他們的喘氣嘆息直傳到怒火對峙的兩方軍隊耳裡。雲雨過後，他們倆同時出現在帳前，一起走向敵方軍隊，次晨太陽露臉時，敵軍就向西撤退，自此從未進犯。

描述以上細節的人，當然把女首領視爲背叛者，只顧私慾，拋忘國家大事；對其他人來說，她反而是個受人尊崇的好君主，以魅力和智慧化干戈爲玉帛，不花一兵一卒就讓敵軍撤退，並保障邊界久安。

女君主之後，他們等了三年才等來一個新主子。對於這個主子，他們什麼都不說。怪異的是，國家所有最古老的事蹟都以文字記錄流傳，單單最後三居君主的事蹟無一字可尋，好像他們從來未曾存在，之前之後也從未有前人後者。因此，新來的主子自然無法知道前一位主子的事：沒有稱道也沒有批評，沒有一句評語或任何細節，連提都不會提到，會說到的頂多是時代比較久遠的君主，而且就算是這樣，說的也不多。就這一點，想要從居民口中探知消息實在難上加難，利誘威脅都不管用，因爲不能批評臆測君主是他們從小就被耳提面命的事，這一點他非常清楚，當他想探問前一位君主事跡的時候，就不知吃了多少閉門羹……

雅馬・阿德巴拉說，攝政所有呈報的事，就只有他們等待他的到來有多少天了，也就是他們站在沙漠邊緣苦苦守候，直到他的身影出現之前的這段時間。據他說，是自古以來最短的等待，區區……四十七天而已，也因爲如此，他所獲得的權位更爲重大，被吹捧的賢德與能力是連他自己都不敢想像的。

但是，如果等待的君主一直都不出現，該怎麼辦呢？攝政跟他解釋：倘若一直等不到人，國事還是得繼續，攝政必須暫代職務，參與全國各省代表集合的國商大會，但是此時所有新的建築工程都會中斷：不會造新橋、興土木、或是開築新路，同時，平時的婚喪喜慶都停止，不管添丁或送終，不能發出哭喊或喧囂，一切都在寂靜中進行。

攝政又說，他如此快的出現，被全國視爲值得慶祝的大喜事，因此，如果他允許的話，請接受包括「太陽之子」、「大地勝者」、「沙漠王子」等等的一百四十個稱號。

他簡直不敢相信自己的耳朵，最初幾天，他內心充滿幽暗的恐懼，每一次攝政出現眼前，他就擔心有什麼陷阱，雖然攝政態度恭謹，躬著腰，就算坐下也和他隔著一段距離，雙手放在膝上或交叉胸前，他卻總覺得不安。

他，何德何能擁有這些稱號？

他覺得「沙漠王子」這個稱號很對胃口，下令眾人如此稱呼他，並以此稱號作爲官方文件的抬頭。這時，攝政低聲建言，本國君主向來的官方稱號都是「王者」，世代不改……但是爲了因應他的要求，在「王者」之前再加上「沙漠」，成爲「沙漠王者」，不知是否獲其歡心。

毫無議論，他立刻接受攝政的提議，他需要他佐理朝政，需要向他學習朝廷規矩的地方還多的很呢！

學習當王子

雅馬・阿德巴拉——願真主引領他到最後的安樂港灣——談到這個轉變如此突兀而難消受，倒不是和他之前的綠洲生活，或是和在開羅的童年故土相較，而是完全超乎他能想像的範圍。一抵達國土邊境的偏宮，他已經目不暇給，這是從踏上沙漠旅途來第一次能四平八穩躺下安歇的地方。三天之後，萬騎護駕之下動身前往首都，旅途長達一個星期，所見無不令人驚訝：寬敞的大街綿長得好像無盡頭；之前從來沒見過的參天大樹，老樹根深入泥土，樹幹極粗；大圓柱撐起門面的龐大建築……皇宮大門，寬度、高度都讓人迷眩，木門上鑲包著赤銅、黃金與精雕銀飾，還嵌著藍色琺瑯，屋頂全部覆蓋著罕見的水晶，純白無瑕！

在開羅的時候，他經常聽到大人小孩說起阿布拉格宮、杜艾夏宮、哈西姆宮、羅丹島宮殿、阿布丁宮、西亞古宮、烏帕宮，還有亞歷山大城內高據河邊的宮殿，它的散步道、花園、以及來來往往的王子高官。

那時他還是個孩子，和鄰居孩童嬉戲之間，好奇地想像著蘇丹或親王的模樣……他們想必可以隻手殲滅一大群敵軍，一晚上可以做愛二十回，一口氣可以吃下整隻肚裡餡著雞的羔羊，每天早上喝下一整盅一百隻羊睪丸擠出的精液！他們還好奇，蘇丹鐵定不會和凡人一樣拉屎拉尿吧！

宮殿高聳森嚴圍牆裡的生活，神秘而無人能知，像夢境，一定和眞實生活不同。他眼前浮現當年在開羅時的景象，童年時期的小巷弄，青年時期的街景，都相隔如此遙遠！每個城鎮都有它特有的氣息味道，「啓示者」曾說，就像每個人有他獨特的氣味一樣，而他悲傷地意識到，那個城市的味道漸漸從自己的感官記憶中模糊。這個懷舊的惆悵很快就被週遭的世界取代，把他帶回目前所處的時空裡。自從他聽從召喚的指令，踏上高潮起伏的旅途以來，曾經想像過自己會碰到哪些遭遇嗎？就算擁有再豐富的想像力，也不可能料想旅途中會發生在他身上的奇事。

他用警戒審愼的眼神緩緩觀察君主的寢宮，現在他只想好好睡上一覺。寢宮兩扇厚重的大門，門前站著兩個身型和面孔完全一模一樣的士兵，就像打從同一個娘胎裡出來。這兩名士兵緊閉雙唇，除非接到命令絕不發出一聲，直挺挺站著一動也不動，就算國王光溜溜出現在他們前面，他們也不會有任何反應；但是只要有任何危險動靜，他們就會動如脫兔，死命往前衝。他們是寢宮守衛，國王的貼身侍衛，負責保衛君主睡眠或靜思時候的安全，這些守衛都是從國內一個荒僻的省分徵召來的，那裡窮鄉僻壤，以石灰和沙砌成簡陋的房屋，他們都以自己鄉裡的子弟能被徵召爲尊貴的國王侍衛爲榮。

寢宮其實只是個寬敞的房間，地上鋪著絲質地毯——這是他最初的想法，經過仔細觀察，他才發現不是絲，而是用北方國度某些鳥類的羽毛織成；牆上也都覆蓋著羽毛織的織物，但是和地上鋪的不同，這些是一種叫做「亞寧」的鳥身上的羽毛；他也發現所有的衣服都是羽毛所織，就這個話題，他還有好多要描述呢……（稍後他會再次提到這個話題，巨細靡遺詳細解說。）

屋頂的裝飾呢，就像是夜裡繁星點點，籠罩著銀河的雲朵，寢宮的裝潢就好像集合了宇宙的各種面相，從地毯的豐盈圓滿到屋頂的高挑無垠。

他不敢貿然躺在那張架得高高的大床上，先靠著床沿坐下，一心一意認爲自己被監視，連從哪個方向來的監視都還不知道：所有的未知角落、轉彎拐角、怪異的聲響、所有的神秘、房間的所有入口出口他都還不清楚。更何況，空氣中充滿一種奇特的香味，讓他陷入一種不知所以的愉快感受。

一個幾乎難以察覺的輕盈動作……牆的一角突然動了起來：原來是一扇密門，除非早知道否則怎麼也看不出來……出現一隻帶著透明手套的手……一隻左腳……一個女子出現了，身後跟著另外一個……他站起來，全身感官激動待發……她們倆墊著腳尖朝他走過來……

兩名身姿纖細的如花美少女，就像他少年時期春夢中的景象。兩名女子長得一模一樣……他看看一個又看看另一個，根本無法分別，就像無法分辨寢宮守衛一樣，但是那兩個雄糾糾氣昂昂的守衛，和眼前這柔媚的女性特質剛好南轅北轍。

她們充滿青春氣息……身上披著一覽無遺的透明薄紗，好像一襲皮膚色的影子輕輕籠罩……他恣意欣賞她們粉紅色的肚臍，胸前的輪廓，纖細的身段，臀部飽滿起伏的曲線。他不知如何是好……該造次嗎？該有什麼反應？攝政並沒有告訴他怎麼做才恰當，才符合規矩。只有告訴他絕對不可以懸掛任何鳥的塑像，不管是在門前、護城牆上、家門口、建築物門面或是公園裡都不行（的確，他注意到許多鳥類的圖案，其中大多是他不認識的，甚至，他很訝異地發現人頭鳥身的圖像）。他點點頭，對攝政表示他會遵守這個規矩。

攝政深俯下身直到地面，又再鞠躬，問他是否有任何事是萬分在意不想別人問其原因的，他毫不猶豫指著小背包，說只要他在位一天，這個小背包就不能離身，一定要放在身旁。因此，不管他走到哪裡，騎在馬背上、坐在車上、躺在柔軟的沙發上、或是置身國事政務會議上，背包一定都在他身邊。針對他這個背包，全國上下當然又不知創出多少話題故事，甚至還編進歌謠混入詩句之中呢……

他覺得很奇怪爲什麼有這麼多鳥的圖畫，不由得想到駱駝商隊隊長，想到隊長的兄弟，想到他們全心潛入鳥世界的父親。那位鳥類專家和這個國度有什麼關聯嗎？商隊隊長現在又身在何處？在絲路上的某一站吧？貝督因人呢……喔，他多想再見到他那慈祥的臉！

兩個少女現在繞著他轉……發出像寂靜午後白鴿的咕咕叫聲，介於話語與呢喃之間……她們的唇輕觸他的肩膀，輕柔地、緩緩地，完美的默契之下，她們開始幫他寬衣解帶，脫下短袍之後，其中一個開始解他的襯衫扣，他突然往後退了一步：首先，他覺得尷尬困窘，從來沒有人替他寬衣解帶，在綠洲時，妻子從不會碰他的衣服，唉，此時綠洲顯得多麼遙遠……沒錯，幼兒時期，母親會把他衣服脫了，抱進一個大銅盆裡，沖濕之後，擦肥皂用絲瓜刷他的身體，洗好了再幫他穿上衣服，但是稍微大一點之後，他每次都想辦法自己穿脫衣服，很費勁才能把手好好伸到袖子裡；其次，他爲自己身上的舊衣服感到可恥，自從離開慈母綠洲之後就沒換過，尤其破舊的襯衫髒兮兮地黏著皮膚。

他想阻止她們的動作，但是很快就棄守投降！他的眼睛無法轉開，盯著兩個柔媚少女，窈窕的身姿，散發的幽香……儘管疲倦，儘管提醒自己必須警戒，他的慾望被挑動，尤其他此時已經全身剝光，她們像白鴿一樣，側著臉拋來媚眼……他感官漸漸引爆，全身發熱……直到身體每一個角落，他投降！

他本想叫她們其中一個出去，當著一個女子的面和另一個女子交歡……這是他連想都沒想過的念頭……但是，她們可能向來同進退？他做個手勢，她們就像跳舞一樣，開始擺動身軀，把身上薄翼般的衣服一件件脫掉。他慾火難耐，把最靠近身邊的那個放平，另外那名女子則開始愛撫兩人，引起他全新的刺激感，全身浸淫在愈衝愈快的快感裡，幾乎昏過去。

這種歡愉刺激是他從未感受到的，他不禁想起綠洲妻子和他們未出生的孩子，兩相比較，就像水和火！是的，他無法掙脫心理的罪惡感，這個感覺糾纏折磨，但他經歷完全嶄新的美妙感受，就像活在另一個世界。

他沉沉睡去。什麼時候墜入夢鄉呢？又什麼時候才醒？他完全不知道，失去所有時間概念。此時是幾點鐘？是早晨還是黃昏？

他聽到輕輕敲門的聲音，聲音從哪裡來的呢？無從得知。

另一扇門打開，走出兩名少女，一看就知道是異國女子，兩隻鳳眼讓他想到中國或韃靼女子，以前在開羅市集上曾看過這種臉孔，經常是在朝聖日期前後，所有前往麥加朝聖或是朝聖完歸鄉的各色人種都會在開羅停歇。

第一個女子朝他走來，手上托著一個金盤，上面擺著一個水晶杯，裝著牛奶色液體——這是只有君主才能喝，從一種只產在國內北部高山地區像杏仁般的果子萃取出的飲品，具有強身保健、補血功用。他立刻想到商隊隊長跟他說過的沒藥樹，那珍貴的香精和延年益壽的妙用，全世界皇室王子都想盡辦法要得到幾滴。他這輩子從來沒見過沒藥樹，也不敢斷定喝的這飲料和那神奇之樹有什麼關聯。

兩名女子遠遠站著等他喝完……她們也長的一模一樣，雖然比較含蓄，不像之前兩名女子那麼惹火，但他還是能從她們身上透明衣服看透窈窕的體態。這透明衣服他本來以為是絲質，後來才知道，宮廷裡的所有人身上穿的都是鳥羽毛所織，或是鳥脖子或尾部這些最細緻部位的皮膚製成。

兩名少女幫他套上孔雀羽毛織的短袍，退後一步欣賞著他的英姿。突然，三聲敲門聲之後，大門開啓，走進來一個女人，穿著深色長袍，頭上戴著小帽，這個女人年紀約四十來歲，或者更老一點，姿態高雅，神情威嚴。她俯身行禮，頭低的幾乎碰到膝蓋，之後做個手勢請他跟在身後走出房間。她走在前面，步履精準小心，他一言不發跟在她後頭。她把他帶到一個連接寢室的廂房，裡面有沙發、靠枕、靠墊、圓形和長方形的金托盤、鳥喙束成的火炬、屋頂上懸掛著大弔燈，飾有纖細小鳥和罕見鴿子的圖案，所有圖案都是根據眞正存在的鳥類繪製，顏色也是沿用鷹、雀或鸚鵡的毛色。

總之，宮廷上下都是取材水生鳥禽，宮廷服飾來自鶉鳥——鶉鳥家族的一支變種，在埃及稱爲「查呼」，既能在天上飛翔也能在水裡游潛，因此他穿的短袍才會出現令人驚異的黝黑亮澤。他的上衣和褲子來自冠鴨，摻有爪和喙的紅色、鴨冠的白色、背上的黑色、翅膀的綠色；冠鴨非常艷麗，屬於珍貴禽鳥，悠游天上水底，冬季來臨時出現在日落之國，飛翔在大洋畔、沙漠中、高山深谷裡。冠鴨之所以珍貴的原因之一，是牠每年只在埃及出現三個月，掠過海上小島——帝尼斯島也包括其中——直到西部綠洲和南部瀑布。他的貼身內衣褲用的是駝鳥或白鶴的羽毛，鶴是一種涉禽，羽毛白淨帶點淺黃色，在埃及大湖區的巴達威、曼撒拉、非巫、馬瑞巫等處終年可見，在西沙漠裡綠洲水源處也時有所見。至於宮廷裡的家具，全都覆罩著一層綠色摻雜深紅色的羽毛所織的薄紗，那是來自一種小型鴨，牠的名稱隨著地區而不同：在本國稱爲「哈達夫」，在埃及稱爲「莎兒喜」，在東方則稱爲「哈德哈夫」。只要想知道某種鳥某種禽的確切資料，他只消詢問「鳥類研究部」的首長們，這是全國最重要的一個行政機關，職務就是密切觀察鳥禽的牽徙、各種鳥類的變種分支、了解牠們的生態習慣，最重要的是孜孜不倦創新以他們的羽毛或皮膚織製成各種布料的方法，以便拿來製作鞋子、包包、衣服、韁繩、馬鞍、武器，沒錯——甚至是武器，他就親眼看過好幾件。至於用禽鳥烹調出的珍饈和飲品，更是琳瑯滿目無法詳述。

皇室高層、達官貴人以及各省省長們的衣飾、地毯、門簾帷幔、布料則來自兩種鳥類：第一種是山鶉，從東方到日落之國都見得到，大小如鴿子，鳥喙和腳爪都是紅色，起飛的衝力之強，好像彈弓射出的石頭；山鶉有兩種，一種是棕欖色羽毛，爪子鮮紅，另一種羽毛夾雜著白色和綠色。還有一種優雅的金翅鳥，遠西國度稱爲「阿布寒山」，東方則稱牠「阿步查丫卡」，這種鳥羽毛瑰麗，紅、黃、黑、藍、綠、白色相間，拿來做貴太太的服飾。

至於平常百姓，用的是野鴿或家鴿的羽毛，當然，這兩類鴿又有諸多分支：灰褐野鴿、斑點斑鳩、漢米野鴿、跟斗鴿、傳信鴿——這種鴿子的特性是可以由千里外飛返牠的巢——以及諸多其他分支……

君主的上朝龍袍和慶典服則是金鶇鳥的羽毛製成，羽毛是鮮麗的黃和黑，雌鳥的話夾雜著綠色斑點，這種鳥叫聲悅耳清脆，喜歡棲在專為牠們栽種的桑樹高高的枝葉中，居民們也習慣到桑樹下散步，聽悅耳的鳥鳴。國境內棲息的鳥不知凡幾，一年到頭都能看到牠們的身影，據說，鳥類們是被一個古老的魔咒吸引，讓牠們盤旋在此。經年累月下來，本國居民熟知各種鳥類，知道所有其他國度的人都不知的鳥的各種秘密。幾種特別的鳥類還被建了廟塔供奉，百姓們前來祈求牠們庇護；一些古老的高堂大殿，世代精心保護下來，供奉著某些鳥的骸骨，讓百姓前來觀瞻，大家都相信其實供奉的骸骨都是活生生的，事實上，這些地表上都絕跡的古代鳥類的確不會靜止不動，一振翅，轉眼就飛走了呢。

啊！倘若要仔細敍述各種鳥類的地位和受到的尊崇，以及牠們所有的用途，再多紙張都寫不下呢。唯有一個問題不停出現在他腦際：這個國度和帝尼斯島的鳥類專家之間是否有什麼關係呢？這一點他遲早會探聽出個結果。（稍後他會再提到這個話題）

他走進聯通寢室的廂房，攝政在房間正中央等著他，身上穿著紅色短袍，這短袍是由山鶉的鳥喙精心製成，這種巧織技術是只有上供宮廷布匹或達官貴人衣飾的工匠才知道，方法自不外傳。攝政的鬍子似乎比早上見到的時候來得長一點，此時是什麼時候呢？他剛才睡了多久呢？廂房和寢宮一樣，瀰漫著一種不知從而所來的神秘光線——壁燈、弔燈、火炬，通通還沒引燃。

是清晨還是黃昏？剛才只是小睡片刻，還是不知不覺中睡了好幾個鐘頭？醒來之後，不知身在何處，也不知自己是誰。以前也有過這樣的感覺，但通常只持續幾秒鐘，現在這種怔忡的感覺雖然類似，卻又像從未經歷的狀況。攝政俯身行禮，坐在他對面稍微低下的位置，開始訴說國內為了歡迎他到來將舉辦的各種慶典活動，信鴿已向國內四面八方發出他到來的消息，各處都舉辦祈禱祝聖活動，祈求在他的統治下，從未在敵軍面前示弱的本國，將會更繁榮興盛。

攝政的聲音平穩單調，一點都沒有音調起伏，他咬字清楚，語意簡明，遇到困窘的話題時便會眨眨右眼。

這就是和攝政的第一次會談，在他隔離的這段期間，攝政每天都會前來會談，目的就是告知本國的傳統、風俗習慣、宗教儀式，以及本國的歷史與未來。

登基掌權

雅馬．阿德巴拉——願真主保佑他旅途平順——說，從第一次會面，我就弄清楚攝政的工作就是輔佐我，告知一切我該知道的事，所以我只好乖乖聽他的話。要不然，該如何認識這個誤打誤撞抵達的國度呢？據攝政所言，我是個聖者，體內有一股神靈之氣，我自己呢，覺得我只是個被迫流浪瞎走到這個地方的陌生人。

在此之前，我從來沒有過下達命令的機會或能力，甚至娶妻之事也不是我自己的籌畫，一切按照綠洲的規矩行事，唉，我一心一意只想回綠洲，回到孩子的娘身邊，和她過著幸福日子。

才剛剛被賦予呼風喚雨的君主角色，我就決定要循原路返回綠洲，和妻兒重逢，然而命運將我的計畫大大延誤。攝政告訴我，按本國規定我必須待在宮廷內經過四十個日出之後才能出宮廷，我把心裡的打算告訴他。他一聽顯得非常吃驚：這方圓一個月腳程的四周沙漠每顆沙粒他都知道，根本毫無人煙，既沒人跡，也沒牲口，連鬼怪都沒有，怎麼會僅有離君主出現的地方幾個鐘頭的腳程外會有個綠洲，而他毫無所知呢？

聽到他這話，我臉沉下來：他竟敢懷疑我說的話？綠洲當然存在，我不但住過，還在那裡留下妻子和她肚裡的孩子，我的骨肉。還有「敵對營地」，任何動靜我都熟悉，風吹草動都在我的觀察之下。我怎麼能相信他說的，連我在慈母綠洲的歲月一筆勾消呢？

他顯出遺憾的樣子，連連鞠躬，但我覺得他的態度不無做作的成分，他請求我耐心等待隔離的時日過去，在這段時間裡，我要弄清楚本國所有的秘密，閒暇時可以在宮廷花園中散步，或是擁有我想要的任何女子或青春的處女。

攝政說，偉大的君主，沙漠王者王子，可以擁有國度裡所有一切，天上飛的水裡游的路上走的都歸他所有，女子當然不例外，所有的女子都屬於他，他可以登堂入室，探尋她們最珍貴的秘密花園，她們就像圍著他轉的衛星，只需一個眼神，他的要求就會實現，只消一句話，所有女子都會拜倒在他腳下。國內有幾個地區的女子特別標緻，比世上其他地方的女人都生得美，她們水靈剔透，輕盈地像影子一樣。各地區的省長們大方上貢各種禮物，其中也包括一批批年輕處女，他若寵幸其中一個女子，都被視爲天大恩賜，她和全家族都身價百倍。就算無福伺候君主，光在他面前行禮，感受他的眼神，看見他高貴的神威就是一種恩賜，只有出身貴族的女子才能有這種特權。

儘管他喋喋不休、拐彎抹角訴說有關這話題的各種小細節，我知道他要說的是我剛進寢宮就撲上兩個美麗宮女那椿風流事。那兩個麗人當時的確讓我目眩神迷，但看了那麼多美麗佳人之後，自己懊惱當時不該那麼猴急，爲此二女浪費精力。攝政所言我體內有一股神靈之氣的事，也讓我思量再三，照著鏡子左看右看。但是我依然沒放棄，重申想回綠洲的決定，攝政聽了俯身稱是，回說我所有的希望都會照辦。

然而，隨著時日，我發現自己愈來愈少想起慈母綠洲和它的居民，心中充滿罪惡感。心中一陣激動，我告訴攝政：我的決心不但毫無動搖，正好相反，我對妻兒的思念日益加深。我對自己低語：離開埃及，捨棄熟悉的人事，難道還不夠殘忍嗎？此時，舊日的傷口突然重新流血陣痛，多麼想在故鄉熟悉的街道上閒逛，再次看看往日常走的路線、光影、喧囂、氣味——尤其是通往于珊教長陵寢的那幾條小街，還有左拉雅下方的小巷，那些噴泉、牲畜和運水工人身上羊皮袋的氣味、噴泉周圍掛著的銅盆裡的水、幕阿亞陵寢花園裡的樹木、傍晚時分召喚眾人祈禱的喊聲。被迫離開故土，遠離家鄉，必須不休止地往日落之國前進，難道還不夠殘忍嗎？我原本相信自己終有一天能抵達目的地，之後就能回到出生長大的故鄉……但是我卻愈離愈遠，旅途上一段比一段更奇特，只能悶著頭全盤接受！

無論如何要回到慈母綠洲去，搶救回一段過去的人生……他們竟然說綠洲並不存在，我才不相信呢，沒有任何事、任何力量可以阻止我！當我決心動搖，或在這個陌生國度裡心情鬱悶時，便會用這樣的話爲自己打氣。

接下來的經歷很難確實描述，我向來生活在老實過日子的平凡百姓之間，看見蘇丹或皇宮貴人都要嚇的發抖，在開羅——現在離得多麼遙遠啊——我曾聽過一個卑微農家漢的故事，有一次蘇丹出巡剛好經過他們村子，他擋住整隊人馬，人跪在地上臉貼著地，哀求侍衛長張開眼瞧瞧百姓疾苦，停止暴政，原來他錯以爲蘇丹只是個過路的大官，侍衛長才是君主呢。

我和這個無知的農家漢差不了多少，認識的最高長官就是珈瑪利亞清眞寺的守衛長！我周遭的人又有哪一個能帶我進宮廷見識一番呢？突然，某一天早上起來，發現自己已成爲一個廣大王國之君，加在身上的稱謂不計其數，沙場上的將領、賢達、達官貴人都在我面前卑躬屈膝，國度內所有的美女都屬於我。

聽攝政的報告，我才知道自己統治的國度是什麼情景：一個廣大的國家，擁有許多大湖，國土肥沃的一半住滿居民，另一半是荒涼無人煙的貧瘠沙漠，沙漠地帶裡，許多山區飽含金礦、鑽石和諸多珍貴寶石：粉紅晶石、黑曜石、翡翠、碧玉、孔雀石、天青石、海藍寶石、瑪瑙、綠松石、金銀石……

我的宮殿裡鑲滿我不認識、相信別處也見不到的大理石：一種是綠色，鑲著棕色紋，眼睛湊進看就像有萬種圖案；一種黑色，堅硬無比的感覺，磨光的黑亮，猶如泉水沖激下的石頭那麼光滑黝亮；還有一種藍色，清朗天空的藍，嵌著乳白紋理，是我最喜歡的，我所有的住處地上都換成這種藍色大理石板，很快地，眾多首長、地方高官和富人都競相仿效。

國界圍繞著九十座堅固堡壘，東西南北以四座加強守衛的邊城捍衛邊境；往西六個月的腳程可抵達海，想當然耳就是大洋，也就是此刻我們說話時不遠處的大洋。但是，相對於大洋，國度首都的緯度到底在哪裡呢？我一直沒弄清楚。儘管與海的距離如此遙遠，本國以前受到海上而來的欺侮可不少。

國內軍隊龐大強盛，一半是騎兵一半是步兵，配備的武器很奇特，都是我以前沒見過，以後也沒在別處看到過的，而且我所見的武器只是其中幾種，都是在沙漠裡軍事演習時看見的。我這個從來沒打過任何仗的人，穿上軍服巡視演習，一襲烏鴉羽毛製的大斗篷，神氣威武；我這個對戰略一竅不通，橫豎連陣仗都沒見過的人，簽著緊急時該如何部署調度的軍令、如何包抄那些連聽都沒聽過的鄰國，我是身不由己非做不可。他們說，為了杜絕所有隱憂，在某些星子出現時就必須攻擊某地某國，當然，我剛開始時並不照做如儀，會詢問情報，詳細研究和部下討論之後才蓋下攻擊令的大印，印上我還特別命人刻了一行大字：「審慎行事」。

這些是我在國度內度過的歡樂時光：騎著駿馬到演練區，觀看模擬作戰。披掛華麗軍服，昂著頭挺著胸，神色威嚴，臉上雖然帶著永恆的微笑，依然嚴肅。有時我用手一指，詢問軍事詳情，只見各級高級將領走上前，躬身行禮，掏出身上的部署地圖展開來，拿著棒子爲我解釋圖上的紅點藍點。

時間一久，雖然他們解釋的戰略我大都聽不懂，也學會了天馬行空來上一句評論，只要我一張口，各將領無不低頭敬聽，點頭如搗蒜，一付聽從指令的模樣。我經常回憶這些愉快的時光，可以和將領們切磋，大張旗鼓地返回宮廷，還可以看見作戰的大象，這些戰象和散步或節慶時看見的大象模樣大不相同。

第三次和攝政會談時，他告訴我宮廷中收藏著一個本國所有地區、城鎮的模型，既逼眞又詳細，簡直是眞的縮小版，街道、巷弄、房屋的門窗，所有細節都忠實呈現。

按照古法規定，君主可以在每個月月初造訪一個城市、每兩個禮拜造訪一個鄉鎮、每三個月造訪一個綠洲，以便了解自己所統治的國土。這個歷史悠久的國度，猶如一個奠基穩固、無法搖撼的大建築，放眼古今，只有建造金字塔的法老王帝國可與之相比：國內不但知道金字塔的建造，甚至還擁有金字塔地面上與地下宮殿的詳細介紹，在國度南部，就屹立著一座和埃及一模一樣的金字塔，如此相像，你會以爲自己就站在埃及金字塔之前，然而，雖然外形一樣，建造的材料卻不同。國內還有一個和消失的巴比倫花園一樣的園子，園子中央豎立著古代巴比倫帶星相塔的廟塔；此外，還有撒馬利亞清眞寺高塔、古佛寺、波斯風格的清眞寺、波斯克羅斯王宮殿、耶路撒冷伊斯蘭清眞寺、耶穌古墓、藏著珍寶的猶太教堂，以及其他諸多古代和現今的知名建築古蹟。每一個都如此相像，讓人以爲就是在原地的眞跡。

「那本國呢，有什麼別處沒有的驚奇寶物呢？」我問道。

攝政開懷一笑。「別處沒有的，世間絕無僅有的才多呢，是一位埃及來的建築師留下的曠世之作。」

「埃及來的？」

他點點頭。

是的，一個遊走全世界、以建築藝術爲理想的埃及人，在太陽星進入金牛座星群時來到本國，金牛星是被本國視爲最吉祥的星群，民間都有特別的儀式慶祝。

他一到來立刻引起百姓驚異：建築師立刻被各種各類的鳥類圍繞——沙雞、罕見的北非海鳥、啄木鳥、雞冠鳥、夜鶯……以及諸多該時節根本不會出現的鳥類，牠們成群比翼飛翔，簡直讓人不敢相信自己的眼睛！鳥兒們不時飛來停在他肩膀上，貼著他臉頰，在他耳邊呢喃，或是順理他旅途間髮上的風塵。消息傳開，他才抵達國度，所有的事蹟就一傳十，十傳百。「鳥類研究部」的學者們下令吹起號角，這是只有在發布最重大消息的時候才用的，例如：發現一種罕見鳥類的形跡——或是還未記入鳥譜或是等待好久終見其蹤、發佈鳥類致死傳染病的消息、某種世上瀕臨絕種鳥類的死亡消息。

然而，那天下午號角響起，不是爲了以上幾個原因，而是爲了歡迎這位偉大建築師的到來，向創造他生命的父親致敬——他父親從未來過本國，似乎也從未離開家鄉之島，大名卻遠播至本國。雖然本國人無緣見其面，有一件事卻不容懷疑：他就像肉身之神，對鳥類的認識連古老所羅門王國的智者都得甘拜下風。他的名聲享譽四方，過世那一天，所有鳥類爭相以告，不論在無人荒野或繁華市井上的鳥，一群群同時間振翅飛起，在天上形成一個巨大的日晷。所有通常不可能相與的鳥，此時比翼齊飛，這是前所未見的景象，直到他兒子來到國度……

一聽到他來到的消息，全國大禮歡迎，先帶到緬懷他父親的陵墓上拜見，碑上刻著「啓發鳥類神秘世界的埃及大師」。他在國內這段時間之內，白鴿、沙雞、燕子們沒有一刻離開他身邊，替他遮陽、守護他安寢、不論到哪裡鳥兒們都守在入口處、替他啣去風吹落在他衣襟上的小蟲。

他和眾人說起從父親死後，行走天涯以來，在沙漠在城鎮建砌的建築物：一座容船隻停靠的漂浮港口——可停繫任何地方卻又不屬於任何陸地，在海上暴風無法停靠港口的時候，它就是個救生圈；一個奇特的房屋屋頂，架在無形的樑櫞上，就像一座隨著太陽運轉的房屋。但是他最想達到的目標，最大的野心，就是在大洋中央建一座巨大的燈塔，不論在海中陸地上哪一個角落都看得見它的光芒。

在這個自己父親受到如此崇高景仰，所有居民對他無上歡迎的國度，他又留下了什麼樣的建築瑰寶呢？

據攝政說，「啓發鳥類神秘世界大師」的建築師之子，在本國留下令人驚歎、前無古人後無來者的瑰寶：他建造了一座漂亮的空中城池，完全置於土地和海洋的高處，從未見過的景觀，在任何時刻、任何地方，不論是在荒蕪的沙漠或繁華市井、在河上或海上，從任何一個方向都看得到這座空中之城：不論你的眼睛轉到哪個方向，只要心想，它立刻出現眼前，你也可以進城逛逛，逗留些許時日。但是，不是人人都有這種機會，你必須要對鳥類有一定程度的認識了解才行，這裡所說的「認識」並不是從書上看來一堆鳥的名字，而是能知道鳥類的習性，洞察牠們的秘密。

所有人都在談論這個奇妙的空中之城，無論在何方都可讓人見到、甚至進去玩玩，居民們聽過曾進去過的人親口描述城裡令人眼花撩亂、無法想像的景緻。但是這裡篇幅有限，無法詳述所有細節，只好簡而言之……建築了這座絕無僅有的空中之城，建築師便離開本國，繼續旅程。從他離開後，突然現身的鳥類也都失去蹤影。

一邊聽攝政所言，雅馬·阿德巴拉——願真主佑他平安，免他旅途艱辛——接著說：我不停偷眼看他，又擔心又驚訝：擔心，是怕他猜測到這位神奇的建築師和我之間稍有關聯，沒錯，我從來沒跟他提過我知道這位建築師的事，也沒說過我曾和建築師的兄弟一起旅行，就是那商隊隊長，我們在絲路上分手，是我第一個旅行同伴，第一個共患難的朋友……驚訝，是爲了許多原因，首先是這座空中城市委實讓人吃驚，我先不表示想進去參觀的意願，過一段時日再說吧，以免被拒絕而尷尬，若被拒絕對我的身分和崇高地位有損。要有什麼樣的資格方能進入這座城市？我還沒完全弄清楚。

我低吟不語，心裡想著下回一定要問個明白。

我清楚記得商隊隊長的容貌，現在他往哪個方向前進呢？是否在絲路上的哪一站？是往南下還是往北上？貝督因人呢……他現在離我那麼遙遠，那麼遙遠，就好像他傳授星象學和其他智慧的不是我而另有其人。商隊隊長的另外兩個兄弟，我會碰到他們嗎？大哥要擁有千萬處女，旅途上認識了哪些女子呢？又擁有了多少個？二哥呢，造訪所有聖者陵寢的願望是否已達成？

我眼前走馬燈似的出現往日所知的臉孔，心中越來越清楚，自己想念綠洲妻子的次數越來越少，也沒擔心她的近況關心她的下落，心裡充滿悔恨的罪惡感。我緩緩回想起她的樣子、她的眼神、我們在深夜裡的輕聲交談。

我突然瞥見攝政順著我眼神的方向望去，既然我未發一語，他自然不敢開口問，我當然閉口不談，不想讓他知道我的心事，只是點了三下頭，心中只想著肚裡懷著我子嗣的妻子，暗下決心只要四十天隔離期一過，立刻動身回綠洲。

此時，攝政鞠了三個躬，開始以下的發言。

永恆的微笑

「太陽之子」，「神靈之氣之主」，「沙漠王爺」，必須有不凡的容貌，從身邊臣子到平民百姓之前，都應該隨時展現與眾不同的樣子，必須知道，眾百姓在他出巡的日子苦等在路邊好幾天，只爲了將君王出現的樣子深深印記在腦海裡。

攝政跟他說，最重要的是一切審愼行事：他金口裡說出的話要緩慢持重，音調要高低起伏，咬字要淸楚明確。這是一門說話的藝術，只要他一招手，身邊的朝臣百官隨時可以傳授這門官腔學。

依據前朝受愛戴景仰的君主們的慣例，至高無上的統治者絕不能說話慌慌張張，不能失了身分，就算遇到發動戰事或是剷平反叛活動這種緊急事件時，也要八風吹不動——當然，國內反叛活動極爲罕見，甚至可以說是不可能的事：政府軍隊如此強大，難以抗衡，而且傳統的力量極大，人民根本不會起反動的念頭；雖然也發生過異端份子或邪教挑唆造反的事件，三兩下就被擺平，不值得一提……攝政建議「沙漠王爺」多注意說話的藝術：語音的高低、言辭之流暢，什麼時候該聲如洪鐘，什麼時候又該低聲細語，用什麼口氣警告，以什麼音調威脅，當然，還有隨著言語如何做加強手勢，增強效果……

我點點頭表示同意，既然想了解國度內的所有事情，攝政的話不可不聽。可不是他為我解釋所有內情嗎？可不是他傳授本國度的悠久傳統嗎？

他接著說，按照傳統，本國的君主們出現在子民之前——不管是人、鳥還是獸——臉上都要帶著永恆的微笑：一個誠懇從容的微笑，使整張臉容光煥發，就算是熟睡中或盛怒下都掛在臉上，這個微笑代表統治者的完美高貴。

他接著問我是否願意撥冗看看在我之前幾位高貴君主的畫像，看看國度歷史中的統治者有什麼共通之處。

他態度極為謙恭地提出這個建議，就算他的樣子不是如此尊敬，我也不可能拒絕或是搪塞拖延，尤其在這個學習摸索國度內大小事的階段，一切都那麼神秘難捉摸。加之，在他謙卑的語音中，我可以聽出建議是不得不從，更何況我非常好奇，就下令立刻帶我前去。

他站起身來，深深一鞠躬，要我尾隨他前往宮殿中一間密室，這間密室只有朝中最高階官員能進入，而且還必須有我本人親自下的旨令才行。甚至他自己，雖然是伴著我來，也必須徵求我的允許方能入內，不必說，我自然是允許了。

我們穿過一條光線詭異的長廊，兩邊是一道道門，門上覆蓋著金孔雀羽毛製的簾子，金孔雀是一種世上已絕跡的鳥，只在本國內還偶見其蹤，歷史上一位君主曾下令保護，禁止獵殺金孔雀，所以牠們在國內北部存活，自由飛翔玩耍。從廳堂到房間，甚至最不起眼的角落，到處瀰漫一種神秘詭異的光線，像金鐘罩一樣，我忍住不問攝政，不想讓自己發出太多疑問，露出無知的憨相！他走到一道拱門前停下，說沒有任何一個人進這道門能不彎腰弓背。

一聽他這麼說，我玩心大起，決定抬頭挺胸進這道門。腦中想起在開羅時聽到的故事，據說有一位受百姓愛戴的蘇丹，一次被叛軍俘虜，流放到敍利亞，監禁在死海東邊的卡拉克大牢。為了羞辱他，牢裡所有的出入口都故意弄低，讓他進出都必須低著頭，然而蘇丹沒有一次低頭：只要碰到出入之門，他微屈膝蓋，讓身子矮下一截，但頭永不低下，雙手交叉胸前，威嚴通過。

我也模仿那位蘇丹的做法，抬頭挺胸地通過拱門，攝政的反應讓我大吃一驚，他驚恐地望著我，恐懼以極，跪倒在我腳邊不敢起來，直到我命令他站起。他跟我說，本國歷史中從來沒有任何一個人能不彎腰低頭走進這道門，史無前例。自此之後，我察覺攝政對我的態度完全改變，既存戒心又懷恐懼。

進了門之後是一個長方形廳堂，大得無法形容，甚至天花板都高得像頂到了天，雕樑畫棟，觸目所見都是白玉石精雕細琢的花朶和鳥類圖案。廳堂內充塞一股濃郁香味，混合傳統香精和香花香草的味道，整個氛圍濃厚沉重，好像幾百年來都沒有人進來過。

牆上掛著的正是一排君主圖像，第一眼看過去，所有圖像都灰撲撲黯淡無光，但是一旦仔細看來，眉目五官都顯現出來了。是眞的五官眉目都浮現出來了，還是只是我的想像力促成的？這我可不知道。

廳裡一共掛著十四幀圖像，剛開始看起來每一幀都是同樣風格，但是耐心仔細一看，就會看出每一幀都不太一樣，各有其特殊之處。

第一幀圖像上，紅色搶盡所有的注意，圖像上方畫著一個枝葉纏繞而成的簾幕，漸漸地，人像才浮出，眼神平穩，好像眺望眼方，頭上纏著一條白色厚絲帶，呈玫瑰花瓣的螺旋狀，上面插著羽飾，他盤腿坐著，一隻手伸出，另一隻手放在膝蓋上。在所有這些人像中，最令人好奇的是他們的手，這第一幀上，手上拿著長長一塊三角形布；第二幀上，雙手舉到胸前，握著一條光禿禿的樹枝；第三幀，雙手攤開，大拇指朝天，中指微微揚起，無名指則看起來好像和其他手指分開了似的；第四幀圖像上畫著一朵巨大的黃花，一抹紫色使之更爲突顯，畫上其他東西都失色，也使以下所有圖畫都被奪了光彩——甚至到最後一幀，我的前一位君主的畫像都顯得模糊黯淡，我對之前那位君主一無所知，甚至連他是在哪個時代統治國度都不瞭解：攝政惜話如金，對我提出的問題也三兩句簡短回答。每次回想起這些圖像，這些充滿神秘力量的手立刻出現眼前，每一雙手都有其特殊的樣子……以及那莊嚴的眼光，將來也會在我臉上出現！上半部簾幕部分是每張畫像都相同，臉部旁的裝飾圖案卻每一幀都不一樣，但都是以不知名的花朵枝葉爲主題，圍繞著奇珍異鳥。但是一言以蔽之，所有畫像上的人都有完全相同的一個特徵，讓人難以記住每個人各自的長相，就是那抹永恆的微笑，也是現在掛在我臉上的微笑，永遠不變，不管我的心情好壞、情緒高低，它無時無刻不在我嘴邊。回想起畫像上列位君主，我就像看到自己的模樣。這些君主也都是來自日出方向，其中一位膚色是黑的，另一位長著中國人的鳳眼，但是這抹永恆的微笑把所有個人的特徵都抹煞；這些君主來自不同的國家，前進的腳步將他們帶到這個日落方向的國度，賦予他們突如其來的權力，如同我遭遇的事一樣，當然，彼時我還完全不知道這個權力到底有多大。

攝政如此強調：雖然這抹永恆的微笑是強加在臉上的，久而久之自然成為君主臉上的一部分，永遠龍顏悅色，只需要一個簡單的臉部手術，由國內最有名氣、所有醫學方面的權威的外科醫師執刀。手術之後，新君主才登基，現身在廣大百姓之前，接受各行政機關首長、各省省長、地方代表、詩人、歷史學家、工藝匠和商人的拜見。

這抹獨特的微笑，將置「太陽之子」，「神靈之氣之主」，「沙漠王爺」於所有凡人之上，使他在徬徨猶豫、遇到棘手問題、眼露兇光之時仍保持完美的氣定神閒，立刻引起好感和信賴。一旦手術完成，就可以開始進行畫像事宜。國內各地區各城鎮選出繪畫天份卓越的藝術家，至少七百位，每人各自畫一張君主肖像，之後上呈給我，我從中選出一張自己的官方肖像，它將會被掛在大街上、廣場上、家家戶戶大門上、宮殿裡、工廠商店、所有行政機關、百姓家裡，甚至家家戶戶的寢室牆上：政府規定，不管百姓身在何處，都必須看到君主容顏。至於流傳後世的圖像，非常費工，必須特殊的作畫技巧。畫這圖像的畫家不能知道自己是如何被選上的，一旦被選上就立刻著手創作，他的名字將被牢牢保密，決不洩漏。

我詢問永恆微笑手術的細節，攝政回答說手術時間大約一小時，君主絕不會有任何痛處，因爲會先上麻藥。

一聽到這句話，我舉起食指——這個手勢成爲我的正字標記，甚至百姓們還編了俚語，例如「像王爺的指頭那麼見效」，或「像君主那麼指著」之類的。老實說，這只是一個無心做出的手勢，不過我後來漸漸發覺，我所有隨便一個動作、毫無意義的一句低語都會被衍化成極爲重要的跡象，和我原來的意圖八竿子打不到一塊兒——再重拾剛才的話頭：麻藥？我絕不接受。

我無法忍受一秒鐘和現實脫離，就連墜入夢鄉遠離現實時也教我難受，除非真得累得不支才睡，擔憂著不知自己或不會由這短暫的死亡狀態中甦醒。這輩子我從來沒吸過毒，和商隊一起旅行時，雖然喝過中國的美酒，在綠洲時也嚐過棕櫚酒，但從來沒醉到不醒人事的地步。沒錯，我是見識到微醺的感受，也藉著酒和大夥兒打成一片，但是完全沒有失去對周遭人與事的知覺。

想到墜入無意識的的狀態，就算是短短幾分鐘的時間，都令我無法忍受，更何況，在這種放逐千里，身旁旣無家人也無友伴的情勢之下。誠然，我完全沒有料想到自己將受到無上禮遇，但是再怎麼說，我是個外來客，治理一個完全不認識的國度，統領一個陌生的民族。面前那麼多無解的謎團……當然，我會把這些謎團一一釐清。

攝政神情慌亂地看著我，或許他從來沒遇見過，甚至在史書上也沒讀到過這樣的情況。他一定心裡盤算，怎麼做才能把永恆的微笑掛到君主的臉上呢？

我打破沉寂，說道：「我挨得住痛。」

「可是會極端痛楚！」他驚愕地回答。

我一言不發看著他，他只好躬身答應。貝督因人的話在腦中響起，當我和他獨自兩人併肩坐著，學習他的智慧，聆聽他的教誨。「不論多麼難忍的痛楚，總是有極限」，這是一次被火燒傷之後得到的感想，他說：「超過了某個限度，忍受痛楚的能力便無邊無界了。你自己不是敍述過那個不幸男人的故事嗎，在沙漠中迷了路，胸口流溢出乳汁，解救垂死的嬰孩？牢記這個故事，好好思考，你就會懂得我說的話！」

聽從貝督因人的話語，我要求不被綁在手術台上，躺在台上，交出自己，盡量不去想週邊的事——手術準備工作、手術器具、藥瓶、鉗子、繃帶、藥劑、敷傷油膏……我回想著在埃及的歲月，一切歷歷如昨，奇怪的是，腦中浮現一些我當時並沒有注意到的人與事：當時並不在意的人車喧囂、顏色、氣味、言語，突然在此時清晰浮現，好像眞的回到過去。喔！說起那些歲月，怎麼也說不完呢！

手術醫師們圍在我周圍，他們在我臉上罩上一層面具，執刀外科醫師靠近，我可以感覺他的氣息呼到我臉上，切開臉部好幾個地方的頭幾刀已經是忍受的極限，當手術刀進到鼻腔和眼皮內部時，我幾乎痛得要跳起來，心生一計，我死命咬住嘴唇，以痛治痛，超越時間空間、肉體與精神的極限之後，我才能忍受身上感受的痛楚，就好像是發生在另外一個人身上，與我無關。我看著伸進我眼皮下的手術刀，沉著望著執刀醫師把我前排牙齒一一拔下，磨光之後嵌在人工牙齦上，再裝回我口中。如此一來，舊的雅馬．阿德巴拉消失不見，出現的是一張我將一輩子都無法擺脫的面容。

只有一個人，唯一一個，在我拜見他之後，立刻重新看見我原來的面目，那就是宗教長阿卡巴契——願主讓我能隨伺在他身邊直到生命最後一刻！

我絕對忘不了在鏡中看見自己的那一刻，鏡中人當然和我多多少少有相似之處，但已經差之遠矣。我被整容變大的眼睛閃著神秘的光芒，眼神自此變得銳利。斜掛在臉上的微笑把其他五官都蓋住，劃開的皮膚使我額頭和兩頰出現一些細小皺紋，腦筋好像也運作比較遲緩。我盡量不轉頭，避免抬起或低下眼睛，盡量注視著前方一個定點，百姓都說，就連最冷酷最大膽的人也不敢迎視我的目光。

這個審慎威嚴的外表逐漸影響我的個性：甚至對寢宮內伺候我，早上柔聲喚醒替我穿衣寬衣的美麗女侍們都視如不見。伺候的女侍每天替換，晚上看見的和早上看到的也不同人，只有一次我動了心，那是一個纖細的亞洲女子，晨浴前替我按摩。早晨我都要泡一缸滴了東方山巒產的薄荷香油精的澡，自從我選上這個香味之後，這個植物就被禁止販賣，專門御用，而且我週遭所有的東西從此飄著這個香味：飲料、菜餚、靠墊、衣物……

在此之前，我從來沒見識過按摩，到了這裡卻領受了各式各樣的按摩術，浴前浴後、睡前、打獵歸來、巡行或慶典這些必須長時間騎在馬上或是端坐的場合之後，剛開始我覺得有點窘，但當我做完永恆的微笑手術之後，就不再感到羞澀。當然，我不敢斷言手術和羞澀之間有直接的關聯，但整體說來，我面對情況的確變得比較大膽果決。

那是個之前從沒見過的少女，如此纖細，充滿溫柔與青春氣息，只要一招手就可以完全佔有。她靠著我，挑動我的慾火，手指愛撫著我，直到今天我似乎還感受到她的手拂在我皮膚上。她似乎知道如何喚醒我各種感官，如何取悅，我渾身輕顫，再也無法按耐，一手撕破她金絲雀羽毛織成的透明長袍。

我知道這件風流事會讓攝政和那些負責我健康、性事的人員們大感興趣，因爲他們都急欲知道我對女人的偏好，卻一點看不出苗頭。攝政每次都只能旁敲側擊，說起有一位君主專愛蘇丹來的女子，另一位偏好高頭大馬的女人，還有一位只要看到牙齒長得開開的美女微笑就神魂顚倒，我很清楚他想套我的話，只簡短的回他：「實在愚蠢！」這樣都只是注重外表某個特徵，而不是情愛的整體，對我來說，我愛所有的女人，每個女子都有獨特的美，自成一個宇宙。啊！倘若能一窺全體，又能品嘗她們各自的獨特，該多好！

所有人都很欣賞我的見解。老實說，這個感想與其說是經驗之談，應該是來自在綠洲之前那些年來的孤寂和匱乏女人的痛苦。一旦貴爲君主權力在握，我便猴急地滿足飢渴，不理睬攝政拐彎抹角提醒我神靈之氣不可濫用於卑微女子身上的話。

我的飢渴隨著時日逐漸減低，和眾多貼身女侍翻雲覆雨，擁有諸多宮廷藝妓之後——我發現攝政經常安排藝妓出現在我眼前，好讓她們領受我神靈之氣的恩澤——我的胃口當然被養刁了，不再飢不擇食：自此之後，我的精力只花在那些眞正讓我神魂顚倒的女人，不再降服於純粹的感官反應。很難解釋……有時候只是女子不經意的點點頭，就能讓我回想起遙遠的某個時刻；一個燦爛的眼神就能喚起我舊日的愛情創傷，這種時刻，我就無法抵抗亢奮的慾火！

隔離的四十天期滿之後，我天翻地覆嚐盡所有魚水之歡，國內四方的貢禮潮水般送到，當然也包括眾多從未被男子近身的處女。有一次我同時召來兩個同年同月同日生的處女，一個生於北方一個南方，兩個都才十三歲上下，但是第一個是豪放女，身材發育之好，像二十五歲，另一個則像個小男生，她們倆的潛力實在驚人！

儘管嚐盡女人香，一次又一次新的刺激與快感，我腦中一直纏繞那個我剛抵達時前來迎接的如花少女：琥珀色的肌膚，青春氣息、跪在我腳邊顯現渾圓豐滿屁股的那一刻，每回想起都讓我不由自主發出讚美的呻吟。然而，我並不想那麼輕易治癒我的相思病，要知道她在何方的話，一聲令下把她召到面前不是輕鬆容易嗎？她不是就在迎接新君主的隊伍當中嗎？但是我決定自己尋到她，內心相信有一天會不期而遇，或許在慶典場合？或許在集合大會之上？或許在我策馬出巡之時？不論是在什麼情況下，我暗下決心，只要一看到她立刻衝上去相認。

很奇怪，要找到她、立刻讓她出現在我眼前，對我的權力來說實在易如反掌，但是在我內心深處，一點都不想這麼做，不是因爲謹愼，而是不願意……

爲什麼呢？

你可能會不解，但是在我內心深處，希望能有一些得不到的東西，就像追求一個夢一樣的感覺。當我所有的欲求都被滿足，所有的命令都毫無差錯被遵守，嚐盡男歡女愛的滋味，就算最誘人、最秀色可餐的麗人在我面前擺出最撩人的姿態、最性感的動作，我也不爲所動。想撩起慾望時，我就回想那個美麗少女，如水中之蓮，充滿女性溫柔，一雙妙目盯著我。這個得不到的女子纏繞我腦際，對身旁垂手可得的女子卻視若無睹，很奇怪吧！

喔！針對這件事我可以講個沒完沒了……但是不行，沒那麼多時間呢，我現在要敘述的是關於「白鳥麗人」的故事。

你知道嗎，日落之國的兄弟啊，嚐盡各式各樣女人之後，我滿腦子只想追求女人世界之中最得不到的、被保護最周全的、最被崇拜的一個。之前聽到所有關於「白鳥麗人」無法置信的事，是我從來沒遇見過的，現在是解開謎團的時候了，以前聽到的傳說加上追求無法得到女子的心態，我決定會一會這位「白鳥麗人」，攝政雖然是現在最親近我的人，也當然不明瞭其中曲折。

他聽到我說想會見「白鳥麗人」，立刻顯出困窘不安的神情，鞠躬又哈腰，說這是史無前例的事，勸我三思而後行。我直截了當問他：這個要求不包含在君主權限之內嗎？這隻老狐狸一句不吭，低下頭緊閉著嘴。我就裝作沒聽見他的建言，下令把「白鳥麗人」帶到我跟前。

老實說，想見「白鳥麗人」的原因有好幾個，其中之一，就是有關她身世的奇異傳說，據說她父親是人類，母親是鳥，但是父母從未相見，超越時空相戀，藉著各類候鳥代傳相思，他們的結合是靠一大群沙雞，用特殊的方法千里迢迢互相接遞捎來父親的精子，在牠們出發前，父親以鳥類語言吟誦咒語，祈求精子平安抵達。至於雌鳥呢，一旦受孕就遠離其他雌鳥，躲在一個安全之地，躲避惡梟獵鷹的攻擊。

但是「白鳥麗人」是怎麼生出來呢？

這是我一直沒有釐清的謎團，而且我也不確定她的父親到底是誰，從國度的人獲得的資訊是，全天下對鳥類知識如此豐富的人只有兩個，兩個都被稱爲「不出差錯者」，兩個都住在某個島上，但彼此從未見過面。聽到這裡，我想不必再有疑慮：「白鳥麗人」的父親就是帝尼斯島上的那個鳥類專家，毋庸置疑。倘若我的直覺沒錯的話，我將藉由「白鳥麗人」找到她的哥哥，也就是駱駝商隊隊長，自從分別之後，我就再也沒遇上這個商隊，以後可能也永遠不會再遇到。

喔，我的兄弟，當我看見她時多麼驚訝啊！她被四十四條絲巾緊緊裹著，從遙遠的神廟送到皇宮中的「落日廳」，這個廳叫這個名字，是因爲裡面所有的裝飾都是像落日的紅色，廳中央立著一棵奇特的樹——樹幹、枝葉、果子都是紅珊瑚，據攝政所說，它是在印度洋海底打撈出，自然生成，完全沒經過人工雕刻或磨光。

「白鳥麗人」身上的絲巾一條條解開，我仔細觀察她，剛開始是好奇，漸漸變成訝異與擔憂：很顯然，以前我從沒看過這樣的人，以後也不可能再看到。

她算是人嗎？

應該是，雖然不是我們所認知的人類，介於人與獸的邊緣地帶：纖細、高䠷、天鵝般的長脖子、鳥喙形狀的鼻子、艷紅的雙唇像鑲嵌著紅寶石、羽毛狀的長髮、修長得像沒有止境的手交叉在渾圓毛絨的胸口。

此時此刻，一種莫名的哀愁充斥我心，然而我很快就能駕馭內心情感，這時我才知道永恆的微笑的妙用：無論心緒如何，我的外表永遠不露痕跡。我才不想立刻遣走「白鳥麗人」呢，你想想，這可是一個神聖的生靈，整個國度最大的秘密呢！我走向她，要她在皇親國戚的特權位置上坐下，她像隻膽怯的淋濕小雞似的，渾身警戒，緩緩走向鮮紅色的沙發。我在她下首，通常是賢達人士面對君主的位置坐下，我既沒道歉也沒解釋爲什麼讓她遠來讓我會上一面的原因，只問她想要什麼、我該怎麼做才能讓她覺得不那麼拘束，她一句話也沒回答。我死盯著她，想看出她和商隊隊長有什麼相似之處，徒勞……我完全被她的本質蠱惑，亦非人類亦非鳥類，在這個前提下，怎麼可能把她和任何人相比呢？她毋寧比較像是我生命中所有碰見的人的結合，之後，我不停想將她的影像從我腦中除去，因爲一想到她的樣子就讓我恐懼不安，也不知何以如此，唉！要是從來沒見過她就好了！

驟變

四十天的隔離快結束了，雅馬・阿德巴拉——顧眞主引領他——說他開始感到惶恐不安。我揣測自己將要面對的：眼前有什麼要克服？什麼樣的命運等待著我？面對無知的未來令人形銷骨毀，再加上，身在皇宮內無法分辨日與夜，或許是因爲窗簾都緊閉，很少向外的開口，光線不知從何而來。有一些窗子對著大花園，但若不是攝政告知的話，我會以爲是對著一片雜草叢生的荒地，一旦他告訴了我，我仔細一看，立刻目眩神移，花園的規劃、整理、色彩的和諧實在令人讚嘆！樹木、花草、大理石或黑色花崗岩的小雕像，讓人不得不承認花園的純淨完美！

或許是時間的進程不對勁了？

我並沒有特別擔心，除非碰到難題或是眞的無法解釋的事情，我不太想問別人，寧可靠自己慢慢釐清。唯一一個問題糾纏著我，想擺脫都擺脫不了，那就是：

如果召喚又出現，我該怎麼辦？

倘若突然聽到它迴盪耳際，我該如何自處？

剛剛才感受到些許的寧靜又被攪亂，剛剛才穩定的狀況又動搖，我崇高的地位又要瓦解，這是我這一生以來頭一次大權在握，只要做個手勢就可以得到所有想要的東西：如此的驟變，就像從陰暗的山谷走向炫目的陽光。

我擔心那句糾纏不去的召喚又會冒出，折磨我直到我乖乖遵從，我只是它的掌上玩物。按照以前的經驗，愈是忘記它的存在、不再擔憂的時刻，它就會突如其來，爲了避免它的出現，我只好一直不停心驚擔憂，這眞是折磨人！這就是我的命運嗎，無論眼光朝向何方，心中永遠想著那聲音，被它無休止地追逐？

在半夢半醒之際它也在旁窺伺嗎？面對群眾時我又該如何自處？在我花盡心力想搞

清楚所處的狀況，看清周圍一切謎團的時候，召喚仍然糾纏不去，唉，罷了……歷經這麼多艱難，我決定好好扮演我的君主角色，排除任何威脅，不管是可預知的危險，或是察覺不出的隱憂。

我，負責記錄雅馬・阿德巴拉敍述的珈瑪・阿部達蘭，看見此時他的神情黯然，若有所思，就連永恆的微笑也難以掩飾他臉上的表情。他說想在城裡走走看看，到目前爲止，他只到過大清眞寺、皇宮，看到幾個街角而已。「想要眞正認識一個地方，必須造訪它的古蹟，以及看看居民生活。」他這麼說。

他的提議讓我鬆一口氣，如此一來我們就可以休息一下、喘口氣了，雖然我迫不及待想知道他旅程上奇特的遭遇，但是不能催促逼迫他，要讓他隨著自己心意想說什麼就說什麼，只在必要時把話引入正題或是央求解釋某些細節而已。我提議伴他同行，當他的嚮導，並不是我對本城以及堡壘的認識比別人來的多，而是想藉此機會和他更接近，觀察他對事物的反應。

我們一大早就出發，我早就提醒僱來的挑夫要順應客人的步伐，不要走太快把他丟在後面，也不要落後太多。他非常體貼，不時回過頭看看我，看看我會不會太吃力，這樣的關心讓我相當感動。

我和他提起城牆，厚實的牆上開了許多箭眼，四個城門朝向四個方位，他仔細詢問城牆的長度厚度、各個牆垛，尤其是三個朝向陸地的城門上的牆垛，但是我注意到，他獨獨漏掉朝著海洋的西城門。

自古到今，海洋代表的就是危險：在本國歷史裡，浪裡來的海盜、遠方來的匪徒已不知道多少次攻擊首都——外海地區和南方各國都聽聞本國首都，稱它「瑪莎嘉荷布」。兩個世紀以前，一群盜匪從西北方險峻的沿岸登陸進攻，破了護城牆，大舉進攻，燒殺擄掠，佔據首都，他們肆虐的時間才久呢，直到二十年之後，我軍才將他們完全撤除，盡數丟進海浬。

這裡不是詳盡敘述這段歷史的時候，所有的細節都記錄在史冊或歷史學家的著作裡……經過這些爭亂，本國更加高城牆，堅固堡壘，並且在各方位角上——只除了西方那一角之外——興建以聖者爲名的清眞寺。因此，三位神的使者供奉在翠綠的清眞寺圓頂之下，據遠航冒險的水手説，這幾座圓頂無處不可見，甚至在海洋中央。

我們在東城門前停下，雅馬・阿德巴拉仰望城門的高度，門前的砌石地，兩扇鑲著鐵、雕刻著銅飾的厚重城門，之後，我們前往左近的阿布得・卡蝶陵寢——一個從東方遠道而來的聖者。在月圓之夜，經過陵寢祈禱的人，都會聽到他從墓裡升起的聲音爲信者祈福。

我們走進陵寢廟堂，四下一片寂靜，堂中的光線、氣氛、靜肅的信徒臉孔都湧現一股祥和。我跪在大門右邊，如同我到每一座祠堂廟宇一樣，開始祈禱靜思，反省過去思考未來。

我們的朋友則好像常來這裡一樣，對廟堂裡的神柱、壁飾、綠色地毯看也沒看，大步直走到聖骨處前，跪下祈禱。之後他盤腿坐下，神情欣喜，完全沉浸在另一個世界，好像遠離所有人世的眼光，讓自己變的渺小，他的頭深深低埋，一動也不動，閉著眼睛，從正午的祈禱一直坐到下午。

走出陵寢後，他問我爲什麼這麼多人躺在廟堂外北邊方向，我告訴他那是四處前來的信徒，從山區或谷地蜂擁而來，在這裡躺三天三夜，希望在夢中能和死去的親人相見。

我察覺到他臉上出現平和的表情，全身像充滿寧靜喜樂。他說想回去了，晚上我們又相聚時，是我開講他傾聽的時候到了。我描述本城歡樂的喜慶節日活動：齋戒月出現新月時、齋戒結束那日、撒班月月半的那一夜等等全城歡慶的節日。還有，朝聖者前來追悼在本城四周安息的聖者，其中最出名的，甚至遠方島嶼都花上七天前來朝聖，是莫義丁大聖者，又被稱爲「海洋教主」，他的陵寢有最高最大的圓頂，位於海邊高處。

我也提到蘇丹出巡時的隊伍、出齋日和獻祭日的祈禱、天降甘霖或外國使者到來——有時候是遠來自東方的使節呢，整個城歡欣鼓舞以示歡迎——此外還有割禮、訂婚、結婚等各家各户的喜慶，每一個都有其特殊的禮俗儀式。但是有一個其他地方都沒有的儀式，在本國卻每天進行，那就是日落之禮。每天日落時分，除了病患、牢犯、執勤公務者之外，所有人攜老扶幼都往西城門走，坐在城垣上特別築砌的懸空走道上，最寬的一條走道正好和莫義丁大聖者的陵寢相連：根據民間傳說，這位聖者可眞是水上眞神，掌管陸海兩方，父親是一個虔誠教徒，和游淺到海岸邊的一條美人魚結合，之後產下一兒，嬰兒就誕生在大岩石之間，之後，沒有人知道是什麼原因，她把嬰兒棄置在海邊一個半被海水淹沒的洞穴裡，洞穴上方有著像廟堂一樣的圓頂。

有人說，和我們風俗相反，人魚的習慣是產下子嗣就棄置；也有人說，美人魚之所以棄置嬰兒，是因爲無法帶他到深海去，嬰孩繼承一大半父親的特徵，比較像人類，無法活在海中；南部山區一位宗教長卻說，美人魚瘋狂愛戀她陸地上的情人，所以把孩子留給他，好讓他永遠記得孩子的母親。反正，關於莫義丁大聖者身世的傳說可多了……

嬰孩在虔誠父親的悉心照顧下長大，在大清眞寺學習伊斯蘭教義之後，出發前往東方，在聖地麥加進修之後，又到敍利亞，返回故土的旅途上，又在開羅的亞仕紮宗教大學學習了一段時間。當他歸返故國，已經習得所有古聖先賢流傳下的教義，並著作專書注釋講解經文。人們知道他鍾情海洋，從東方歸來後，他經常到海上泛輕舟，往往一去良久，大家都擔心他滅頂身亡時才又冒出頭來。有時候，海上風暴或是起大霧，無人能躲過海難時，他卻從大浪中出現，令人嘖嘖驚奇。

他的名聲遍傳國內，首都裡的人都相信他到海裡去找他母親，陪伴母親，和她敍述他的遠遊經歷、他的未來計畫，也要求母親守護首都居民。這就是爲什麼於人們都視他爲守護神，揚帆出海前一定會到他陵寢前，手掌舉向天祈禱誦經。有哪個人出海前沒這麼做，會被視爲自尋死路的瘋子。

這是眾所皆知的一件事，眞實的案例也曾發生過……

婦女們也受他的福澤，日出前的某一刻，想懷孕但都無法如願的婦女會來到海邊洞穴前，脫去長褲，把長袍撩起，浸在海水中。她們不全部沉入海水裡，而是讓浪花打在身上，這個儀式重複七次，七次讓身體受到浪花拍擊的洗禮，上天垂憐，她們就會受孕，而且通常一舉得男。

雅馬．阿德巴拉非常注意聆聽我的敍述，之後我們去造訪莫義丁大聖者的陵寢時，他問我：

「是因爲這樣，所以他的陵寢位在海邊？」

「正是，」我回答。

「依你認爲，他是凝視海洋，還是落日？」

「呃，兩者都是吧……」我有點驚訝這個問題，回答說：「天候惡劣時，沒出海的漁人聚在咖啡館裡聊天，他們說其實大聖有兩個陵寢，兩個安息地：一個在陸地上，護城牆旁，另一個則在海洋深處，他一個禮拜在這裡，一個禮拜在那裡。遇到災難時，海上漁夫都能聽見他的祈禱，祈求上天澤佑漁人。」

雅馬．阿德巴拉極爲專注聆聽，我幾乎覺得他的微笑都消失了，雖然這永恆的微笑通常連睡夢裡都掛在他臉上。

我永遠無法忘記我們到達城最西端時他的樣子，我們穿過城裡的小巷，有些巷子小得沒辦法讓兩個人擦身，經過百姓緊閉或半開的大門，千門萬户緊掩的窗子；走過一個個廣場、市集，穿越蘇丹雄偉皇宮前的大街。他停下來注視皇宮，內心想必湧上許多回憶，沉浸在過去那段奇遇裡……但是，這和到達城最西邊，其中又有什麼關聯呢？城西端城牆綿延，橫亙城市和海洋之間，但是與其說阻隔這兩者，其實是相連。城垣上是一條巡查道，寬可容兩名士兵並行，一旁是築有雉堞的護牆，高低的城齒上開著箭眼，如此一來，軍隊可以掌握進攻者的行動，又可以躲在安全處向外攻擊。每隔一段距離，就有一座樓塔，在漆黑的夜哩，樓塔上會架上火炬，引領遲歸的船隻：沿著城牆的岸邊諸多懸崖暗礁，可阻擋敵船登陸，所以夜歸的漁人們需要燈塔引航。漁港位於城西北方，城垣上築砌的懸空走道就建在大岩石上，自古到今屹立不搖，庇護這塊受主恩賜的土地。最寬最長的一條懸空走道與莫義丁大聖者的陵寢相通，危急時刻，只有蘇丹和軍隊最高將領得以退到陵寢裡避難。通常，就算在深夜無人之時，也總會有幾個落寞寡人在這裡，想和大聖獨自相處，但是到了落日時分，這裡擠滿整個城的男女老少！

我跟他說到本國的日落之禮，全城百姓靜肅來到海岸，臉上帶著介於恐懼和希望的表情，只怕落下的太陽明日不再昇起。他仔細詢問這個習俗的來由，也問到那七個出海探險的兄弟的消息。但是他對其他聖者陵寢一點都沒興趣：在薩伊達．阿希拉陵墓前他只默誦了一段經文，並沒有詢問任何細節；在哈斐斯陵墓前他也簡短停留，只問我這位聖者來自安達魯西亞哪一個城鎮。

我向他描述齋戒月新月出現時，人潮洶湧擠上護城牆，簇擁著宗教長賞月的情景：月牙才剛冒出，第一聲長嘯便衝破空中，緊隨著一聲又一聲長嘯，從城牆到家家户户的陽台，整個城裡迴響不停，喔！當四周充斥著這種古老的吟嘯聲時，心中震撼無法言語，這自古流傳的長嘯裡，混合著悲傷與歡愉！

本城熟悉的聲音是什麼呢？海洋的低語、浪花拍岸激濺的水聲、秋日神秘細語般的風、冬季不間斷漸行漸遠的冷風、時而斷斷續續時而綿長不絕的雨聲。

城市裡永恆或偶發的聲音，在建築物的間隙與轉角，在拱廊間迴盪，被牆壁阻擋，我都一一辨認，仔細傾聽，久而久之能分辨任何一種城市裡的聲音。我把這些心得寫成一本書，今日被視爲辨識季節風的參考書籍，因爲我在各季節的風之中發現有一種規律的循環輪轉。

雅馬．阿德巴拉説他非常想聽新月下女人們的吟嘯聲，聽這些回音綿延在山谷中，朝著海洋的方向消失而去……

聽到他這句話，我突然想到齋戒月快到了，再四個月就是了，四個月的時光過的飛快，到時候他就能親自參與日落之國首府最重大的節慶了。

他一言不發看著我，眼光露著嘲弄，心中的疑慮使他的微笑黯淡。之後我多少次回想起他此時的表情！那是因爲後來我才了解當時並未領悟到的許多事。

接下來幾天，他都沒提到要出去逛逛的事，很顯然地，在我爲他開啓了這個城市的道路之後，他現在想自己獨自閒逛。

當時他就想把和綠洲女子結爲夫妻的奇遇詳述給我聽，但在多次獨自閒逛之中思考後，他將之下筆爲文交給我。

稍後，他交給我的文字我會一字不改地呈現在書中，但是現在我還要繼續記錄他的口述，這是我們在城裡閒逛的次日他的敘述。

外表的重要

我的一舉一動都注重莊嚴審慎，不論是走動、轉頭、說話、交談或是處理事務。在四十天的隔離期間，我會見了一個中年奇人，他學人語或鳥獸聲都唯妙唯肖，不只如此，他還能模仿風聲、樹葉抖動、流水、昆蟲鳴叫各種聲音，他可以同時模仿五個南轅北轍，說著不同語言的人，聽了會以爲這五個人就活生生站在面前，彼此正在聊天暢談。加上他的歌聲美妙無比，所有的音調唱腔都難不倒他，他悠揚的歌聲可以輕易牽動聽者的欣喜或悲傷，他在我身邊爲我上了兩堂課。

在攝政的陪伴下，我練習各種走路的方式、致意的手勢、面對代表團或使節時該有的目光。

攝政強調，王爺的舉手投足都會深深印在子民心中，有時儘管只是看到很簡短的一瞬，尤其在舉行正式禮慶儀式之時。每年國內最重要的儀式是兩次效忠宣示，一個叫「小宣示」，日期固定，就是我出現在東方的那一天；另一個叫「大宣示」，日期不定，目的是要慶祝我離開的那一日，祈禱全國子民將我放在他們記憶之中，雖然我的名字終究會漸漸被遺忘。

當時我還不太清楚這些人的風俗信仰，只好隱藏心中的氣惱與不快，我必須承認，想到自己有一天必須離開這個世界，必須死去，心裡實在不怎麼受用。爲了不出錯，我還是得多了解自己統治的這個廣大國度才對。

弄臣小丑表演的節目相當精采，我大大稱讚他的天份，並邀請他常到宮廷來表演他的技倆爲我解憂。

我決定面對子民時表現出一付內斂、嚴肅的樣子，同時又顯得平易近人。而且我也選定了和群眾致意的手勢：與其伸出或高舉雙臂，我只是把手臂呈直角，手緩緩由右到左揮動。

攝政說這是嶄新的一個手勢，本國史書中從未記載的。搭配上永恆的微笑，這個簡單的手勢顯出王者風範，一見難忘。

我也提出親民的想法：到百姓家裡、逗弄孩童，撫摸他們的頭髮，和子民一起進餐共飲。（其實，回憶起之後我曾聽到談起我的歷史，我只是學習哈金蘇丹的做法罷了——願主眷顧他的安息！願主賜我有朝一日能在他陵寢前誦一段經的恩寵！）

對我這樣的做法，我很清楚攝政相當不以爲然，他覺得這樣做不妥當，而且表現非常明顯。我傾身朝向他，瞇起雙眼，感受到自己臉上那抹永遠去除不掉的微笑，我的怒氣中預告著一場狂怒或責難，使臉上的表情顯的神秘不可測，據說這個表情讓任何面對的人都恐懼顫抖。之後我又用過多少次這種表情！一作出這種表情，我就愉快地觀察對方的反應，就像在魚水之歡時，我注視女子高潮淫悅的臉得到的滿足。

「我想要做一件事……，」我平靜地宣布。

相反於他的習慣，攝政直視著我的眼睛，我命令他召來國內最高明的先知，因爲我自己也具備察雲觀天的本事，想試試他們的能耐，原因爲何呢？因爲一過隔離期，我第一件想做的事就是回慈母綠洲一趟。

「在我之後，還有人從那個方向來嗎？」我又問。

他用力搖頭，表示絕無可能。他突然跪倒，額頭觸地，語音顫抖，他再次重複，我來的那個方向絕無任何綠洲的影子。他雙手交叉胸前接著問，我說的到底是哪個綠洲，哪道泉水？那個人數不增不減的民族又是什麼？他求我絕不能和任何人提起這件事。

「太陽升起的方向的確存在一個綠洲，我的妻子和我或許已出世的孩子就住在那裡。再說，如果綠洲不存在，我又是從何方而來呢？」

他半難過半驚恐地點點頭：

「喔，沙漠王子，喔，本國之君，喔，子民之王，你知道自己前來的路途比你所認爲的三個小時長得多：事實上，你走了一段永恆之路才來到我們這裡。你能否認自己是從父親的血脈，又是從祖父的血脈、以致於再往上的祖先相承下來的嗎？你不是來自東方嗎？喔，神靈之氣之主，喔，你不是不喪失意識就承受手術的痛楚嗎？你來自東方，太陽升起之處，從東方出發，就是走上一條不歸路，只能一路朝日落方向前進，你曾經看過日晷往反方向移動嗎？」

攝政的辭語撲朔難解，他提到日落的話尤其令我覺得奇怪，他是否對那聲迫使我離開故鄉開羅、讓我生命完全改觀的召喚有所聽聞？他是否意指我已經抵達召喚的目的地了呢？雖然我不敢確定，但衷心希望如此，因爲那就表示我終於可以安定下來，不再漂泊了。

我不肯屈服於攝政的責備之語，然而心裡卻覺得鬆了一口氣，甚至開始懷疑是不是自己妄想：一心想回去的綠洲到底是哪一個？眞是一個綠洲嗎？又是哪一個呢？當然，這個疑慮我不會透露給攝政知道，反而更信誓旦旦說自己在綠洲度過一段時日，並且最後是被迫離開。

攝政反駁說，我聲稱來到時走的那條路，根本不通到任何有人居住的地區，往那個方向去，沒有任何水源，也沒有任何農作物，這是眾所皆知的事實。事實上，我走的那段路不能以凡人的腳程時間來計算：感覺以爲只不過三、四個小時的路程，其實應該算凡間的四十、甚至八十年。

從國度東邊到西邊，北邊到南邊，騎駱駝必須花上十八天，騎馬十四天，但是國境內七個省分、七十個城市、七百個鄉鎮、八個綠洲以極特殊的調度聯繫，從國土一端發出的信息瞬間就可抵達另一端。

這是本國技術上的秘密之一，倘若王爺想知道這些技術，只要一聲令下，便能全盤皆知。

他又再次強調，往東去絕無任何綠洲的影子：國內有幾位傾心研究全世界綠洲的專家，沙漠裡的每一粒沙子都一清二楚。聽到此話，我既驚訝又歡喜，不只如此，每一棵樹、每個枝幹、每一朵雲、每次閃電、每聲雷都有各自的名字，在他們相仿的外表之下，其實都是各自獨立存在，國內的科學家們對這方面的研究非常先進。此時，攝政靠近過來，臉上帶著微笑：

「喔，沙漠王子，你是世界上這個獨一無二的國家的君主，這塊土地上有汲取不盡的寶藏，吸引各地前來的觀光客，再說，這些各種各類的鳥選擇本國為棲身之地，絕不是一個偶然，每天，所有叫聲各異的鳥兒們都會一起鳴唱，就像告知世人牠們選擇這裡是其原因。喔，偉大的神靈之氣之主啊，請好好認識你的子民，並愛護他們吧！」

說完這段話，他傾身行禮，又說：

「雖然太陽每天從地平線上升起，但是針對一個人，太陽只會升起一次，一旦西沉就再也不會出現了。」

王者之言

我永遠忘不了自己騎在馬上第一次正式出巡的那天，我一直自問，在離開人世進入永生之時，出現在眼前的最後一個影像會是什麼。

當然無從得知，但我預想了以下三個：

是我年少歲月時走過的街巷，清眞寺後方以及它那長方形的大門，這個場景出現在冬日清晨，空氣中還留存著夜雨的濕潤。

或者是我被迫和駱駝商隊分離的那一刻，獨自面對遼闊的沙漠，頭一次了解什麼叫做虛無。

再不然，就是那獨一無二，無法比擬，以一人之姿出現在萬人之上的那一刻……

走出皇宮大門時我不自禁地顫慄，天知道看到那麼一大群洶湧人潮靜止不動是多麼壯觀的景象……尤其當他們全都跪在地上時，該怎麼形容！我剛現身時還聽到人聲嗡嗡，一陣低聲的嘈雜，但很快全都肅靜下來。我的座騎，一匹柔順、細緻的良駒，緩緩踱步向前……雖然，牠屬於專門馴養給國內皇宮貴族騎用的純種馬，自從出生以來就被細心照顧，從未接近過市井。我第一次靠近牠，不必任何人拉緊韁繩，牠就立刻停下，嘶叫一聲然後低下頭，就像認識我一樣。我只要一翻上馬背，牠就低下頸，然後頭往後一抬開始向前走，頭部左右搖擺，神情傲然，尊貴以極。

我和座騎踏出七步之後，一陣低語響起，逐漸高漲成喊叫聲，剛開始我還聽不清楚人聲叫喊些什麼，後來才聽出大家重複著三句口號：

「君主萬歲。」

「願君主恩慈，令天降恩賜於你的子民。」

「喔，偉大的神靈之氣之主，我們的身軀靈魂都奉獻於你。」

現在我又成爲一個無名小卒，回想起來，我當時突然湧起一股奇怪的慾望：很想放聲大笑。就這樣，我成了「太陽之子」、「崇敬的偶像」、「人民的光芒」！所有這些揮舞的小旗、眾人的躬身作揖，都是爲了我？就這樣，我說的每一句話都被拿來好好研究！我強忍著才沒放聲大笑出來。

這種情形曾經發生過一次，那是我在開羅的時候，參加一場哀悼告別式，氣氛隆重哀悽，突然我像痙攣一樣，狂笑出來，笑得整個身體抖動，不知是誰走上來摑了我一耳光，打得我眼冒金星！

這一次，大家只能看見我臉上那抹永恆的微笑。我一踏出皇宮，舉起手上的權杖，軍樂震天響起，一千名樂手分奏十種不同樂器，大地顫動……鼓聲、喇叭、風中拍動的旗幟……還有那成群的飛鳥，以令人訝異的秩序在低空盤旋，這群鳥各種種類都有，沒有兩隻是一樣的，如此多種、來自各地的鳥類群聚，被視爲奇事一椿，鳥群之首是一隻極罕見的金色孔雀，雙翼一展，可以庇護五十個人以上。

當我又舉起手臂，所有人一齊站起，排列在我面前。我腦中突然浮起那個在我到來時跪在身前的少女，我對她的身影如此著迷，像喝醉的陶然，我注視眼前這些面孔，內心竊竊希望發現她。

銅管軍樂停止，此時就表示子民們可以抬起頭瞻仰我的微笑和面容，木樂聲敲響時，就表示可以和君主面對面眼睛直視，當然，人群必須歪著頭、踮著腳尖才能窺見我半點容貌，藉此想像我這個君主的模樣。

看見眼前這麼大一群人，的確讓人興奮迷醉，倘若是什麼暴動場面的話，這樣的陣仗……只能以恐怖來形容吧！我親臨了一場壯麗的景觀，這在我內心激起很大的漣漪，搖撼許多我舊有的信念想法，令我產生一些連自己都不敢想像的新思想。

我盡量貼近觀察城市百態，本城是國內的首都，沙漠的中心點。城中有極古老的高聳建築，有石砌的橋拱和巨大的門，地面上鋪的是精美的鑲嵌圖案，那條宏偉的大道，是世界上任何其他城市都比不上的：寬廣、兩旁種著行道樹，枝幹優雅如同女子身姿，並且散發細緻的幽香，聞來讓人如登仙境，這條大道是舉行國家大典或喜慶時宮廷隊伍取道之處，兩旁高聳巍峨的建築門面、圓塔、空中花園至今還歷歷在目……彼時，我盡量不去注意花草植物的豐盛奧秘，只注意那些面孔，那些人……他們的命運操縱在我手中，我可以施恩或懲處，可以抬舉或貶抑，可以隨我高興改變他們的命運，只要我一句話就可以判一個人生死。但這一切怎麼會和我產生關係呢？我何曾敢妄想？我想像童年或青少年時期的友伴們看到我現在的模樣，一定不敢相信自己的眼睛吧！

這一切都屬於我嗎？

我內心充滿對這些人的愛，眞想和所有子民一一握手，我暗下決心要讓他們平安快樂，讓他們過以前君主統治下都沒有過的富足康樂生活。

我注意到大街小巷掛著的標語旗幟，每個字幅上都寫著以下這些形式的標語：

「萬民受天佑。」

「人創造歷史。」

「你將通往另一個世界。」

這些字句之前都加了一個簡潔的「他說」。

是誰呢？這個「他」是誰？回到宮殿，當國宴結束時，所有賓客——軍方高級將領、各大商行頭目、各工會代表以及一些高階仕女——都站起來排成一列，其中一個雙手交叉胸前，走上來行禮，親吻我短袍的肩膀。第一次大典結束，我詢問攝政有關那些標語的事。

據他所說，那些都是我親口說出的話。

我親口說出的話？

是的，一名行政官專門負責這個工作，他是偉大的神靈之氣之主和百姓之間、是沙漠王子和子民之間的橋樑，他的工作重點就是掌管君主肖像的製作、推廣並將君主的命令或箴言發布到國內每個角落。發布的方法以一種特殊的傳播系統進行，和舊式的管道不同：他運用成組的鏡子，以固定的間距設置，使每一面鏡子可以照到前一面鏡子的影像，以這種方法傳達口信，快速無比，這就是國內各地區互相連通的先進技術之一。這名行政官也負責記錄君主說的每一句話，挖掘其中意涵，以掛布條寫標語的方式，或是經由各學校教育體系，將之公布全民。書寫工匠以書法精心寫下這些話語，並負責到中小學校、孤兒院爲學童解釋其內容。之後，行政官必須蒐集這些話語，按主題分門別類編收，製作指引，並將其翻譯成鳥的語言，以便傳布給鴿子、麻雀或狂鳥們知道。「這名行政官的職稱是什麼？」我問。攝政回答：「每名行政官都以他負責的職務加上一個職稱，只有這一名，只被稱爲行政官，不必加任何解釋！」

我表示希望多了解各種行政官的職務，並審閱他們對我言行做的闡釋，以及記錄下的標語，因爲我自己也對書法略有研究。這麼一說，攝政崇拜地說我眞是一位不折不扣的智者，超凡出眾的修辭學家，我隨口說出的每一句話都帶著神靈之氣，絕不能只聽到表面的意思而已，所有我說的話都被記錄下來，再由專家學者決定哪些話要廣布大眾，哪些話要傳布到某些特殊的領域。

這時我伸出手打斷他的話，他明瞭我想多了解子民的意圖，知道我是眞正想統領國事，我也不是初生之犢，想按照自己的意願治理國家，不想——套句慈母綠洲首領的用詞——「和我的子民中間隔著一層紗網」……但是，我眞的在慈母綠洲住過一段時日嗎？先把這個疑問放在一邊，暫且不去想慈母綠洲的泉水和「敵對營地」吧。

親近子民的意願讓我想簡化一些成規儀式，這麼多的障礙阻絕我和外面的世界！某位顯貴或是遠方國度派來的使者想到我的會客室來，從進入皇宮大門直到我面前，必須穿過七十道門、四十條長廊、三十個攔障、八個檢查哨，檢查哨由精壯守衛把關，手腕上棲著罕見品種的獵鷹，專門訓練找出來者身上或衣服下藏匿的東西。之後，還要通過三個詢問崗哨，詳細解釋來訪原因，並被告知在我面前該怎麼說怎麼做，一舉一動都有規矩。我覺得這一切太繁瑣了，但這是本國傳統規矩，意思就是牢不可破、不能變更。攝政提醒我，不管訪客來自何方，是遠是近，想要看到我的龍顏，當然必須跋涉一段路、突破重重困難才對。一旦進到會客室裡，來者還必須走上二十多公尺才能到我面前，倘若是個達官顯要，我只需上前三步以示迎接；倘若是位智者或賢達，我走到距離的一半上前迎接，扶著他的手臂，以手勢邀請他坐到我身邊。每一步、每個舉動都得遵守嚴格的禮儀規範，老實說，直等到四十天隔離期結束，我才體會我舉手投足的重要，也因此發現自己身上先前從未注意到的事，自此我以各種不同的角度觀察自己，有時覺得是以另外一個人的眼光審視自己。我經常想起在綠洲時，每次伸出手指舉在空中的這個手勢，尤其當我發火，聲音突然變得冷酷時，往往讓妻子嚇得動都不敢動。這是我之後習慣做的手勢，發覺它有種懾服人的效果。

我的妻子……第一次闖進女性世界……隨著時日，隨著我的地位逐漸穩固，內心的恐懼驚惶逐漸消失，又再次回想起她的容貌，心中懷念不已。我眼前浮現她平靜的臉龐、溫和的眼神、在我少數祥和安寧的時刻對我表現出的溫柔，想起她在夜裡獨處時，靠著我的身軀，呼吸搔得我身體微微發癢，引動我體內深處長久以來平息的慾望！當侍者都退下，門窗緊掩，我感到孤獨，多希望她在我身邊，讓她享受眼前這些奢華排場，和她一起躺在這水銀滾邊的豪華暖床上！

有一次，半夢半醒之際，我發現自己朝東出發，身旁帶著一隊手臂長成鳥翼形狀的怪異隨從，循著來時的路，穿過細沙與石礫，終於到了那時抵達綠洲時登上的山丘，當時慈母綠洲所有居民前來迎接我的地方。

但是，山丘頂端……沒有任何人影，沒有樹木也沒有棕櫚，沒有泉水，也沒有任何日落之國還是日升之國使者的陵寢，「啓示者」住的地方什麼痕跡也不存……藉著他傳授給我的本事，我找到一個消失民族的蛛絲馬跡：突然，我看到身旁全是死人，全身用年代已久的布條綑綁著，這種布是我在綠洲時從來沒見過的。他們的頭髮都還完好，有些張著嘴，露出排列整齊完美無缺的牙齒，他們無神的眼珠以駭異的方式盯著我。

我的頭突然開始左右搖擺，一邊掙扎著往後退，這個動作我只在母親身上看到過，當我還是少年，難過、悲傷、痛苦時她就會做出這樣的動作。身旁許多手試著把我推開，我反抗著，想投身向前抱著母親的脖子，然而，身旁只見墳塚。我從床上站起，呼吸紊亂，腳步蹣跚，不知如何是好，這個恐怖的時刻來自另一個時空，過了好久我才回過神恢復知覺。

我不知該如何解釋這些死人的樣子和我母親的動作之間有什麼關聯，這個夢後來又出現好幾次，總是在最意想不到的時刻纏繞著我。奇怪的是，從那一夜之後，我開始懷疑自己的感知，自己的秘密。

欲滴之淚

當我提到旅途中的奇遇——雅馬・阿德巴拉說，就像說的是另外一個人，我好像什麼也沒看到、什麼也沒聽到、從未感受到欣喜或是悲傷，是的，我覺得好像在敍述另一個人的故事，和我毫不相干，留下的也只是一些模糊的影像。至於召喚出現之前我在開羅的歲月，現在更是虛無一片。之前，我是一個連貫融合的個體，但朝向日落的每一段旅行都讓我覺得自己被拆解，被分割成兩半，此時此刻的這一半是光亮清晰，之前的另一半則沉入遺忘深淵，再怎麼努力都無法想起。就好像我從來沒有過親情友誼的牽絆……我不是在家人羽翼下成長嗎？父親晚歸時我不曾心焦嗎？母親沉默不語時不是令我擔憂嗎？節日快到時我不是雀躍萬分，想著全家團聚過節嗎？就像這些感情聯繫都不存在，就像我的過去成了過眼雲煙。喔，人的命運如此悲傷！

我當然很想聽他繼續敘述旅行奇遇，尤其他莫名其妙被命運偶然賜予連自己想都沒想過的權杖之後，後續一定非常精采，但是我不想打斷他，干擾他的思緒，加之，他沉默的時候，其實吐露的心思更多。多少次我從他眼神裡領悟到那些可感知但難以言傳的意思！特別令我感動，使我想親近他的原因，就是他懸掛眼皮上那顆欲滴之淚，這顆淚珠從未真正成形，也從未掉落，但似乎隨時就會，有時候它好像就要滴落，有時又好像隱而不見，但是最常是一層濛濛淚霧，罩著他的雙眼。不過，最令我動容的莫過於他面對大海的眼神。

他像融入向晚的暮色之中，沉浸在一股巨大的痛楚、無法言喻的憂傷中，我從來沒看過任何人如此呆坐在海邊城牆上，他好像把這裡當成避難療傷之地，不想離開半步。他可以坐在海邊好幾個鐘頭注視著無垠大海，對我敘述旅途的時間相對減少……對我來說，記錄他所言已經不是全部，我不停地觀察他，希望探測他靈魂深處的世界。

除了那抹永恆的微笑之外，那顆欲滴之淚又是什麼時候出現在他臉上呢？

他並沒有說明這一點。不論如何，當我想到這顆淚，心中總是浮起一股悲傷。

鞏固王權

雅馬．阿德巴拉敍述：我想了解更深入，想更鞏固我的地位。我沉穩果決的行事態度連自己都嚇一跳，好像我從小就被調教要擔任這個位子似的。我還決定要節制性慾，並不是怕傷身，而是已經有點膩了，每個禮拜都收到各省、各城、各區挑選出來最美麗的少女，清純處女，有些我幫她們開了苞，其他的就要耐心等待。現在，我不再因爲某個美人兒引起我的性慾就衝鋒上陣，尤其在我得知那兩個年輕女侍只因受過我的恩寵，現在竟被視爲貴妃之後……我身上吐露出的可不是神靈之氣嗎？來自日升方向的我，正是太陽之子，匯集它的光芒。

我的性慾逐漸平息……我所有的慾望都會被滿足，最古怪的奇想都會被實現……但是不要爲這些多費心力，現在最重要的是鞏固我的地位，首要工作就是大大小小的事都要弄個清楚透徹。我的外表顯得威嚴——不是光走路不急不徐，動作不急躁這些攝政教導的要點，而是盡量回想我年輕歲月時聽到對蘇丹、王子們的描述，努力模仿他們的舉止，譬如生氣時伸出手指舉在空中，說話聲音變得激烈，就是模仿他們，這個手勢我經常做，漸漸成了我的正字標記，就和我的臉、說話的聲音一樣。最讓我驚訝的，手握大權，人人聽命於我以來，自己越來越有蘇丹的架式，當然有時候我會不得體或出錯，倘若不是我至高無上的地位，很可能傳遍全國成爲笑柄，我也會被視爲無用的君主。有時話說出口之後才驚覺不該這麼說，正應了那句「江山易改，本性難移」，不過沒有人敢糾正或指明。所有我說的話都被傾聽、被記錄，行政官還眞有一手，常常我說了一句毫不重要、完全不含深意的話，不多久就被製成標語，粗體字書寫，前面加上一些固定格式，諸如「君主之眞知灼見」、「王者之言」、「箴言集」、「太陽之子如是說」，隨後是我說過的某句話。突然，我開始注意自己說的話，練習選擇詞彙和語句，仔細注意說的話引起高官或將領們什麼反應，有時候他們臉上浮現我所預期的表情，有時又什麼都看不出來。當然，看到他們對我說的話佩服、驚訝、惶恐、讚嘆的樣子令我欣喜——我知道，我的話就和我的一舉一動一樣，具有極大的重要性——但還是讓我有點錯愕。

該怪我在埃及的父母、朋友，駱駝商隊的友伴、在綠洲的妻子、所有我之前認識的人嗎，他們怎麼都沒注重我說的話，沒好好思考我話語裡的深意？

還是該取笑國內百姓，我的子民？我隨便說句話，每個人都爭相把我嘴裡吐出的話化作珍珠象牙？

我眞的不知道。好幾次我都想放聲大笑，嘲笑他們也嘲笑自己，但都硬生生忍住，因爲現在最要緊的是鞏固權威，掌握情況，擔心這從天而降的身分地位可能如曇花一現。

還有一件我搞不懂的事：經常我認爲值得高興的，在他們眼中卻是災難，相反的，有些我擔心的，他們卻毫無戒心、欣然接受。

我的某些做法在本國前所未見，首先，我要讓全民百姓認識我的簽名，看到朝臣——尤其是攝政——張惶失措的樣子，我才知道這是以前從來沒有過的事。其次，我決定制定一個皇徽，刻在皇宮、我寢宮的牆上，印在我的衣服上，只要關係到我的人、或是王國的所有東西都必須出現這個徽章。一聲令下，侍臣拿上書寫用具，這裡人們書寫的紙張是以棕欖的葉片和樹皮製成，筆是鳥的羽毛，墨水則由一種南部地區纖細的麻雀——現在已記不起牠叫什麼名字——的唾液萃取而來。

經過幾次修改，我靈感一來，畫了一個太陽圖形，射出的光芒底端各有一個字母，形成我的本名，圖案如下：

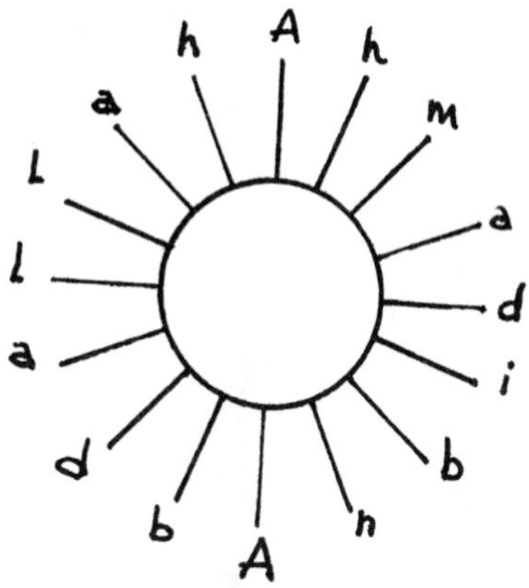

至於我的簽名，則是：

非常簡單，交叉的兩條線，看到我的完成圖，攝政顯得十分陰沉，傾身親吻我晨袍的下襬，很顯然的，我觸到他敏感的一點，不只是他，可能包括所有百姓，所有人更確信我如太陽般的性格，我的徽章和簽名就是明證。攝政宣布全國舉行爲期三天的慶典，歡慶本國前所未有的新措施。

慶典從皇宮殿內開始，各省代表和高級將領們一一前來祝賀，第一個前來道賀的是軍隊最高指揮將軍，離去時恭恭謹謹帶著一張白紙，上頭是我的簽名；接下來絡繹不絕的有警察署長、行政官首長、國內各方商業總代表、國內對日出日落最有研究的智者——他們專門負責用特殊望遠鏡觀測太陽的軌跡和變換，再下來是各大行會頭目、各工會代表。有些臉孔我雖然記得，卻忘記他們的職稱，也有的臉孔根本就記不得，幸好攝政在我耳邊一一提醒某某人擔任某某職務。最後是各外國使節晉見——也就是在埃及時稱作「大使」，有中國大使、斯拉夫王國大使、以及諸多其他國家來使，許多是遠方國家，甚至有許多是東方西方世界都不知其名的國家。

但最讓我動容的是突然聽到侍衛長宣布埃及國王特派大使晉見，一聽到這句，渾身起一陣顫抖，幸好臉上永恆的微笑掩飾了我的失態。啊！多麼泱泱大度，多麼出眾的儀表，多麼容光煥發，多麼沉穩自信！他不卑不亢地在我面前躬身致意，他的名字我以前從來沒聽過，但是他是那種就算行經開羅街頭，我連靠近都不敢靠近的大官人物；我專心注視著他，不想讓他和其他大使一樣鞠躬行禮就告退，留住他詢問一些埃及的消息，他回答說：「身負大使重任，我遊走各國已三個寒暑，能稟告的只是我國的鳥禽都活得非常好，牠們熱切等待……」

我不做任何評論，也沒接腔，暗下決心待會要好好問問攝政箇中原委，此刻我只是轉頭交代攝政好好招待埃及來使；我回轉頭的次數屈指可數，因此表示我極為重視，來使也明白了，一邊退下一邊深深鞠躬，還差點跌倒。至於我，巴不得留他愈久愈好，聞聞他身上屬於故國的氣息，喔！倘若他能把故鄉的空氣帶來給我該多好！

後來我才得知，埃及與我國之間邦交已久，兩國間最主要的連結點就是對帝尼斯島的鳥類的熱愛。我對這一點已得到詳盡的解釋和細節，必要時我會全盤傾吐。

既然全城歡慶我公布皇徽和簽名，我決定策馬出巡，攝政投來譴責的目光，我裝做沒看到。一出皇宮大門，我頭上立即聚集一群神鷹，以及同屬於鷹種的一群鳥，我相當驚訝眼前洶湧的人潮，不確定是否超過我第一次出巡的數目，但是超乎我的想像多，四處人們高舉著旗幟，不像第一次出巡時群眾都靜止不動，這次眾人都蜂擁靠向我。當然，我前面有兩排披甲武士護衛，最前方的是身材特別高的軍官，他們都來自南方山區的同一個地區，國內軍隊裡的高級軍官都是來自那個地區。

我眼神緩緩巡視四方，身體轉向右，轉向左，手半高舉著揮動。攝政注意到這又是一個前所未有的嶄新手勢，和以前所有的君主都不一樣，立即告知我將下令禁止任何人模仿，我點點頭答應，不敢坦白對他說，騎在馬上，我突然想起阿比西尼亞的一位宗教長，在阿札對埃索皮亞學生們講課時的情景：他身材精瘦，出現在劇場形的講課地點時，總會對環繞的學生做出這樣的問好手勢，這位令人景仰的宗教長，文法方面的權威大師，離我十萬八千里之遙——我甚至不知他是否尚在人世——絕對想不到他隨手作出的招牌手勢，將會出現在另一個時空另一個世界。我一作出這個手勢，整個人群像被激動鼓舞，引燃所有百姓的熱情，人們發明諺語、譜成詩歌吟詠讚美它，雕塑家、金銀工匠以他們的天份手藝刻在大理石、石頭、銅器金器上，使其永垂不朽。

在市中心的「七沙漠廣場」——也是前往各省分的出發點——我看見眼前一排排士兵，從頭到腳威武戎裝，後面則站著傾心研究太陽與鳥類科學的大學者，他們的身分可和柯普特教士、伊斯蘭教義博士平起平坐。主啊，無上的全能，寬厚的眞主！祂的恩澤廣披凡間，饒恕世人之罪！

我一走到廣場中央，神鷹就高高飛起，隨之停棲在各路口的樹上，所有的人伏身跪地，額頭貼地，整個城市迴盪著他們的歡呼：「君主千秋萬歲！」，令我震驚。

回過神來，我又恢復君臨天下的威嚴，心中不由想著，發生在我身上的事必定不是從天而降，天底下的事不可能只是單純的偶然，絕對不是！

制定新法

攝政對我提出聽起來像忠告的鑒言，他說我騎馬出巡，出現在群眾面前的次數愈來愈多，依他之見，只需要遠遠露個面：讓百姓多聽到我，比多看到我來得好，讓他們臆測我將提出的措施，不必讓他們直接聽到從我嘴裡說出，讓我維持神秘的光芒，凡夫俗子們加入自己的想像謠傳、道聽塗說。

我做個手勢打斷他的話：「倘若前朝君主都是這樣，我呢，我要做一個特立獨行，與前人不同的君主，我的方法、做法不同，或許你覺得奇怪或不尋常，但是我自知，每天從日出到日落，都身負百姓命運的重責。」

我又緩緩加上一句：

「就算一個出身低微的老嫗三更半夜前來向我申冤，我當下立刻爲她討回公道。」

這只是一句隨口說出的簡單話語……令我大吃一驚的是，下一次策馬出巡時，看見這句話出現在橫掛建築物上的大幅標語海報上，樹上懸掛著、窗戶上張貼著、旅店商隊休憩處的門口、大型建築物牆上——那些高大的建築都設有測量太陽軌跡、溫度的設備——甚至出現在小學生頸間繫著的白領巾上。全國群眾得知有一團博學之士，歷史、哲學、法學、語言、鳥類語言各方面的專家群聚首都，共同研究這句我所說的高深句子，甚至還延請鄰國學者共襄盛舉，每位學者只領取一筆微薄酬勞，閉關苦思，各寫一篇論文討論這句箴言外在與內含的深意。

我說的某些話被拿來當做學校考試題目、謀事求職面談時的論題、或是少數想離開本國遊走他方的旅行者必須通過的考試主題。我還聽說有些女人把我的話刺在身上！這讓我想到從前聽過的一位埃及蘇丹的故事，據說有一次他和一名寵妃獨處，驚訝地發現她的私處刺了一些神秘圖案，一問之下，寵妃坦承招來一位對咒語、星相極有研究的老巫師，替她刺了一些挑起情慾、刺激性趣的咒語。聽到這些話，蘇丹自然怒火沖天，一個男人跑到私密的後宮來？什麼時候、又是怎麼把咒語刺到寵妃身上的？一聲令下，蘇丹把老巫師驅逐到沙漠裡去。這個有名的故事所有埃及人都聽過，我呢，仔細檢查了妃子們的身體，幸好什麼都沒發現。

不必否認，我非常高興看到所有書信、官方文件上，抬頭都印著「英明君主的觀察精選」、「光芒四射的君主箴言選粹」之類的文字，下面接著一句我曾說過的話。其中有些我記得是自己說出的話，其他則一點都不記得了。攝政呈給我看一整列洋洋灑灑三百六十六個我的稱號，每一個都把我和太陽的關係、我對太陽的了解、我對太陽每日白晝或夜晚不同的表象的見解……呈現的淋漓盡致，所有這些稱號都出現在本國官方信件上，不過只有守夜衛兵閑極無聊才會有時間把它們全部看一遍！

國境內各地以舉世無雙的特殊管道傳達我所說的話，同時也呈報所有國內消息給我，而且是在最短時間之內。除了上述的鏡子方法之外，還有信鴿，國內各地固定間隔都築有鴿棚，信鴿羽翅下夾著或嘴上啣著信件，從一個鴿棚飛到下一個鴿棚，交給另一隻鴿子，接續下一段路程。其他還有許多相似的令人訝異的傳訊方法。再加上國內交通發達，道路四通八達，穿越山巔、河流、湖泊都不是問題。我若想知道某個旅人的路徑，測知某個駱駝商隊的位置，只需隨時查看道路圖的模型表——「本國的樞紐，權力之支杜」，攝政帶著驕傲如是說。我問道：「邊境的防禦呢？」他回答：「固若金湯，無人能越雷池一步！除了無數面巨大的鏡子可立即呈現國內各地區最微小的動靜之外，還有無數空中偵測的鳥，」他接著說：「本國和空中子民維持一種微妙的關係，不管是哪一個季節都有鳥類防禦我國，有些品種甚至來自半年白晝半年黑夜的北國極地。」

倘若國家有立即的危險，也有自古相傳下來的各種靈咒保衛著國土，隨著情況一一發揮神力，譬如說第一道靈咒就是讓國土突然整個在敵人眼前消失，使敵人丈二金剛摸不著頭腦，讓軍隊將領藉此時間運兵遣將，之後才出其不意殺得敵軍落花流水。

我要全盤皆知，不放過任何細節。隨著時日，我對各種情況都比較了解，可以按照我自己的意思處理，但心裡總帶著一絲警戒：當然，在許多方面我都能掌握大權，但對這個國家還是很陌生，處境很怪異，和任何我所聽聞或能讀到的治理情況都不同。

我邀請軍隊裡的軍官們一起野餐，去他們住的地方拜訪，經常和國內學者、賢達、各工會人士、少數民族代表會面。我把皇宮森嚴的大門敞開，讓那些連想都不敢夢想能見識宮廷模樣的人進來，並下令開放一些外人從沒踏進的廳堂。我微服出巡的機會愈來愈多，出現在大街小巷中，和市井小民交談（甚至和水泥匠、菜販聊天）。我傾聽子民的話，和他們談話，以賜福的手勢觸摸他們，乃至於勸和吵架的夫妻，責罵叛逆的兒子，教導孩童愛護動物。此外，我宣布北方地區爲綠蚱蜢保護區，也就是說，在牠們大舉入侵的時節，嚴禁任何人捕捉撲殺！相反的，倘若是蝗蟲的話，立刻消滅！我也禁止捕捉彩蝶，發布公文將它們的地位拉高到如同鳥類，雖然蝴蝶的階級還是比鳥類差一截。

我親自查驗貨品重量，以便檢查行市上的秤有沒有做手腳，我經常翻身下馬，詢問子民的消息。有一次，我甚至訓斥一個把想靠近我的小販推開的隨身護衛。我不定時出現，白天夜晚不管幾點都可能。每天只有兩次出宮時間固定：一是日出，一是日落時。

多少次我靜止不動地站著，凝視太陽由黃轉紅，沉入地平線，那是它消失的地方，至少從這裡看是如此！又有多少次我思索日落和童年之間的關係，記起父親——願眞主讓他安息——把我放在肩膀上，手指著落日跟我說：「你看，現在它回家了，但同時又是正在出門。」我問：「怎麼會這樣？」「呃，它不休止地升起落下，在我們這裡升起的時候，就是正從另一個地方落下，反之亦然。」

我想當時他那些話一定是說給自己聽，而不是對我這樣個小孩解釋，但是那些話卻深印在我腦海裡，旅途上不斷回想起，越想就越清楚其中涵義。如同他辭世那天最後說的遺言，以及許多其他事情，都是在我離開綠洲，或是抵達本國，或是身在浩瀚沙漠中才突然明白的。

要我舉個例子嗎？

我年紀還小時，有時看見母親一言不發地坐著，手掌撐著臉頰，我跑到她身邊玩耍，想替她解悶，但她輕輕把我推開，當時我不明白爲什麼。直到她過世，我離開故土，告別年輕歲月之後，才明白了：那是我生平頭一次面對大海，她那熟悉的臉出現在遙遠的邊際，我突然明瞭她心中的苦澀和沉重，她一言不發，是因爲不想讓我擔心，我怎麼會沒看出來？怎麼會到現在才懂呢？爲什麼我得歷經那麼多挫折苦難，到達世界的另一端之後，才終於明白？

不論什麼時刻，召喚都可能出現，命令我繼續往西前行，直到太陽落下的地方，那時我沒有任何選擇，只能服從，無法反抗地往深淵裡去。

我也才弄懂在大清眞寺裡，阿卡巴契宗教長注意聆聽我所言之後對我說的箴言，當時我還有許多無法明瞭之處。他曾對我說：「人的一生是個圓：從原點出發，順著圓周弧線，到高點時一切顯得光明，之後又回到和原點相同的位置。那時，就是日落。」

「眾鳥之國」有個古老的諺語不是如此說：「行裝整妥，駱駝就該上路了」？沒錯，當我們開始明瞭過往歲月、撥開一些雲霧，突然好想有朝一日可以回到往日時光，在我之前，這也是多少前人的企盼！

迷離的眼光

本城居民現在都已習慣看見他在海邊留連。清晨晨霧露珠還潮濕的時候，他就前往護城牆邊的「水手咖啡屋」，一到咖啡屋他就坐在一張棕櫚編織的椅子上，專心望著海洋無盡的藍色波濤。大霧升起的日子，他還是牢牢望著海洋，瞇著眼，誰叫他都不應，整個人封閉。他每天準時出現，咖啡屋、附近居民、水手們、想遠離城市喧囂，到此清靜一下的閒人、生命遲暮等待前往人生最後日落的老年人，大家都很習慣看見他了。

咖啡屋裡一個服務生告訴我，每天太陽一升起他就來了，大家都覺得在清晨看見他的身影和那永恆的微笑是個好兆頭，甚至有些漁人沒看見他之前不出海，好像他的出現是個護身符。每天早上這名侍應生在咖啡館門口招呼他，送上一枚新鮮採摘的無花果，覆滿小絨毛、熟的恰好、柔軟的綠色外皮一打開露出紅色的小籽，隨後送上茶，漂著薄荷香葉，這是他最喜歡的飲料，一杯接一杯。

當然，他沒和任何人說起，在他當君主的時候，隨身所有事物都散發著薄荷香味，咖啡屋裡的顧客，看到眼前低著頭、或是眼光迷離望著波浪、整個人包圍在沉默裡的他，決不會猜想到他曾是萬人之上的君主。那不重要，重要的是他習慣了這個地方，不只經常來，也和這裡的老顧客熟起來，其中大多是手工匠、製作漁網或漁具的師父、或是討海人。他可以和他們一聊好幾個小時，什麼都好奇：什麼時候會起風暴，通常是在什麼時節，之前有什麼徵兆？海上突起的颶風呢？從海底深處冒出來的濃霧呢？船隻航行範圍可以到多遠？那具一手高舉，身上刻著「無人能越此界」警語的人像呢？海鳥能飛到的界線在哪裡？有沒有人在過往或最近，曾在大洋西邊看見過鳥群，甚或只是一隻鳥的影子？出海最適合的時刻是什麼？回航返港呢？在海洋上，星辰的羅列是否和陸地上見到的不同？魚呢？某種某種魚叫什麼名字？大家吃最多的是哪一種魚？不過他不會一口氣問個不停，而是在閒談中提出，他注意聽他們的話，上半身傾向前，臉上帶著微笑。

通常他會面對著大海，穿過像棕櫚葉交織一般的晨霧，注視浪濤；有時突然想打個小盹時，就躺在石頭長椅上，蓋著一條羊毛氈，把頭上的纏布拉下來蓋住眼睛，看到這樣，大家都以爲他睡熟了，其實他從來沒睡著過。

有一次，在親密、交心的氣氛中，雅馬．阿德巴拉跟我說，依他之見，眞正的城門應該是「水手咖啡屋」：因爲如果不知道它的位置，不熟悉它的老顧客，絕對無法眞正認識本城。他在那裡消磨了多少時間！然而他絕不待到日落之後，通常都很早離開，之後前往大清眞寺，或是直接走到面對大海的懸空走道上，就在那裡，凝視著無邊無際。大家知道後，再也沒有人敢接近他坐的地方，倘若有孩童或新來的外地人佔住這個地方，會有人來請他們離開，因爲這是「過路人」的位置。在這裡，他的眼睛憂慮地注視太陽落下的每一寸軌跡，甚至臉上的微笑都流露悲傷悔恨的影子，無法掩蓋臉上失落的表情。

這是本國古老的傳統，日落時分，大人小孩都走出家門，前往西城牆，有的站到城牆上，有的在沿著城牆下方的道路上來回走，海象不好的時候這條路往往被海浪吞噬。從前，當太陽落下海平線的那幾秒鐘，所有人都噤口不語，整城一片寂靜，甚至鳥雀都棲息，聽不到任何展翅的聲音。不久之前，老人們都還談到這種完全的寂靜，今日的情景已不同，只有專程到城牆上，或是在塔上駐守的衛兵才會如此靜默地注視海洋。

雅馬．阿德巴拉——願主剷除他路途上的障礙，在遊走四方或最後一趟旅行的旅途上得到些許安寧，當最終時刻來臨時，主原諒他，也原諒我們——跟我提起那位舉世無雙的建築師——也就是帝尼斯島「群鳥之王」的兒子，商隊隊長的兄弟——所設計的空中城市。他說在靜坐海邊觀看日落的同時，曾神遊過這座空中城市。不論我是否眞的相信，他說的斬釘截鐵，並寫下一些其中描述。

長話短說，還是回到他的奇幻之旅吧……在空中之城裡的漫遊他會親筆記錄，之後交給我，我當然會在後面交代給讀者知道。

革新

雅馬．阿德巴拉接著說，無論走到哪裡，我都看見我所說的話製成的標語旗幟，或是我的肖像，有大有小，張貼懸掛各建築物上。

我覺得很奇怪，埃及君主、蘇丹、親王、省長們怎麼從沒想到這個做法呢……埃及大使回去後一定會詳細稟報在本國所見所聞，提及我熱忱的招待，或許會談到和我握手時感受到的奇怪感覺。兩個血統、根源一樣的人，彼此一定會感到特別親切吧？我多麼希望能和他單獨聊聊，但不敢說出這個想法，因爲身分有別，不能亂了本國禮法。但是一段時日之後，我說想召見他共進晚宴，攝政才告訴我他已經離開本國，眞教我愕然。

我怒火沖天。攝政用平板的官腔語氣稟報，外國使節不能待超過二十一次落日，這是規定。不過我的交代都被仔細遵守，埃及使者在各方面都受到非常熱忱的招待，他本人以及隨從都被照顧的好好的，絕無怠慢。

我以一個生氣的手勢要他閉嘴，他就噤聲不語。我開始回想這位來自我國家的大使，就某方面來說，他代表我的祖國，但同時又是前來朝見我的使者，面對他，我好像同時是主子又是屬下，這個想法不斷在我腦中出現！我詢問下次外國使節前來朝見的時間，攝政回答：「本國地處偏遠，前來的路途既長且險阻，使節前來的次數並不多。」他又說本國和世界所有國家都維持非常好的外交關係，從未和任何國家發生衝突或戰爭，最多是有時候，一些國家遠征遊牧民族的軍隊會出現在沙漠中，大舉掃蕩。本國和其他國家的友好關係最主要維繫於鳥類。

我強忍怒火，我必須在這裡強調一下，從那個時期開始，我就開始難以忍受攝政出現在我面前。尤其是從一件小事發生以來：我因自己的肖像沾沾自得，想讓它出現在家家戶戶所有的房間裡，包括臥室在內。事實上，我的目的就是要出現在各家各戶的臥室裡，原因很怪異，我現在可以不覺羞愧地說，大權在握的我，又變回一個尋常凡人！

是的，我想要知道家家戶戶裡的情況，在每個人獨處或和家人同處時是什麼樣子，既之潛入夫妻臥房一窺其秘。我經常會抬頭望著人家的牆壁或緊閉的窗戶，猜想屋裡是什麼情景，我確信一個人在面對外在世界時——他的孩子、朋友、白天裡碰見的人、同事、祈禱時、甚至走來走去時——都多少帶著一層面具。什麼時候才是眞正的自我呢？這個問題讓我很好奇。

在獨處的時候嗎？我本來是這麼想。但是，有時候雖然獨自一人，腦中卻被諸多想法佔據。肉體的結合也不見得是兩個眞實自我的結合，有時翻雲覆雨之時，腦子裡想的是別的事，何況，有時候懷裡抱著一個女人，腦子裡卻正懷念遠方一個倩影。這是我親身經驗，在我變規矩之前，不知猴急上過多少個國內各地上貢的美女，心裡想的卻是那個跪在我身前的溫柔少女——在迎接我出現的隊伍中，七位女子最中央、年紀最輕的那個。

每個男人都是個特異的個體，沒有兩個人會完全一樣。當然女人也是如此，我對她們認識愈多就愈確信，從放縱情慾、狂喜、不知所以、直到達到高潮……每個女人都有自己的風格，滿足之後看著我的眼神都包含一個不同的宇宙。

那麼，這些不得其門而入的宅院裡，都有什麼故事呢？

我認識一個皇宮裡的高官，專門掌管信鴿，這是個非常高階的職位，職位和我的秘書長相當——職責是在我進食之前先嚐過所有的飲食。我發現每個週末，這位高官都會回到他在城另一端的一棟私人小住屋，屋外圍著一個大花園，裡面養著許多罕見的北方鳥類。他都是獨自一個人回去，一旦鎖上家門，就把身上衣服脫光，連續兩天就這樣光溜溜的，房子牆壁上全鑲滿鏡子，他就顧影自憐，擺出許多怪異的姿勢。

我眞想跟他一樣，隨心所欲，但是我確信自己的一舉一動都受到窺探監視，以什麼方法監視我卻不得而知，反正，皇宮內還有好多佈置設計都是我弄不明白的，拿宮內的照明燈光來說好了……我好容易才搞清楚！它是受我眼皮所控制：當我張開眼睛，燈光就逐漸在所有廳堂裡大放光明，當我眼睛閉上，燈光就隱暗下來，譬如說我睡覺時自然就一片黑暗。有時硬撐著不讓眼皮落下還眞辛苦，尤其是在接見官員代表，或是處理棘手的朝政之時！

我剛下令讓自己的肖像出現在各戶百姓家裡，坊間就開始出現肖像的各種尺寸，有的大到蓋滿寢室整面牆壁。爲了張貼的工作，我召來兩名勤快的工人，這兩個人是專門照顧罕見的暹羅大象的馭象人，我告知他們職責範圍之後，賜給他們一人一件用伊拉克夜鶯羽毛織成的華麗長袍，這種鳥是國內找不到的，極爲珍貴。

這種鳥的交合方式引起我非常大的興趣：公鳥雌鳥各自舉翅飛騰，在飛得最高的那一瞬間在空中交合，時間非常短暫，四翅交疊，兩體合一，下一代就在高空開始繁衍，有什麼比這個更美妙呢？

我要求欣賞兩鳥交合的那一刻，但是攝政回說無法滿足我這個好奇心，無法預測這一刻什麼時候會發生，加上，倘若在森林、小溪、河流上方還有可能，在皇宮上空是絕對不可能發生！皇宮上方或周圍從沒有任何鳥盤旋的蹤跡……若是一群鳥、一隻白鴿、或是一隻鷺絲不小心靠近，一看到皇宮也會立刻在宮前花園裡停下，據說這是一個咒語的威力。

話再說回來……人人立刻聽聞了受到欽賜華袍的這兩名工人，所有人爭先恐後買我的肖像到處掛，尤其一定掛在他們的臥室裡，因此我按照期望讓自己出現在最想出現的地方，雖然眼睛不能眞看，耳朵不能眞聽，又有何妨，我現在無處不在。南部省份一名手藝匠甚至把我的像刻在金手環、銀項鍊、祖母綠、紅寶石、珊瑚飾物上，從此我環繞在女人們的頸間，垂掛在男人胸前或在他們額頭的頭巾中央。

這一切都讓我龍心大悅。

我洋洋自得，這表示我成功地親近子民，獲得百姓愛戴……在我所有讀到、知道的君王當中，沒有一個在如此短時間裡達成目標。

藝術家們訂單接不完，視我的來到爲天賜恩寵，對他們來說，我在位時是一段黃金時期。

攝政顯得陰沉氣惱，話愈來愈少，當他坐在我面前時，總是低著頭，眼睛盯著金黃色天鵝羽毛織成的地毯圖案。很顯然，跟之前我在隔離期間只有他一個人得以靠近我以來，他改變了很多。

老實說，他什麼都管的做法讓我難以忍受，然而，雖然我對周圍情勢愈來愈了解，還是不敢顯示出受不了他的樣子，我還有用得著他的地方，還有那麼多我不明瞭的事：許多象徵代表的意義、各種鳥類在國內的地位、喜慶節日、星辰天象的觀察等等……還有那些半人半鳥的動物呢？那些走起路來婀娜多姿的男人呢？感謝老天我對雞姦並沒有任何興趣，所以對那些男人心存懷疑。我又不想一看到什麼就東問西問，有失面子，所以就把這件事擱下，下回自然會提起。我對攝政雖然很受不了，外表還是不露聲色，但是我知道他對我的感覺瞭然於心，我們之間的關係不會再像以前一樣。對我來說，我覺得是因爲從我策馬出巡以來和他之間發生的種種爭執，就他那方面，卻只有各種言外之意或含沙射影。當然，他也曾好言相勸，明白勸我少出現在公眾百姓面前，傳統的做法是要子民多聽到君王的傳言，而不是親眼瞧見，讓想像力塑造君主的形象，而非看到他本人的模樣。

我回答他說，我並不是想推翻傳統做法，但在我的做法背後，或許也隱藏了某種深意？事實上，我也不想一直重複出現在平民百姓之間，就這樣維持和市井小民的關係，我還有新的點子……

人人覬覦的轎子

是啊，我不想只是在首都城內出巡遊走，決定查巡得更遠，出走七個省分，直至偏遠的綠洲，到那些只有軍隊的分支或收稅的行政官會到的地區，因爲那些地方的人大多生於斯長於斯，到死都不會踏出家園一步。

我頒發一份公文，召喚各省各偏遠地區的代表前來，一來讓首都中央官員認識他們，二來藉機讓他們參加紀念我出現的節慶活動。他們停留在首都的時日裡，就是我的上賓，皇宮裡的御廚招待他們食膳，回返家園時，還有豐厚的飲食讓他們帶上路。

決定這麼做的時候，我完全沒想到會收到各式各樣的禮物，實在令人嘆爲觀止！綠色的金子、一整塊綠寶石雕成，十個壯漢都抬不動的扶手椅、裝著我聽都沒聽過的動物的籠子——一隻人頭蜥蜴、一隻會彈奏音樂的長尾猴之類的——還有一開十年都不凋謝的花朵、一隻可負載十幾二十人的巨龜、一些黑石小塑像，只有手掌般大但如此沉重……連大力士都舉不起來。至於美艷處女，一個個令人垂涎愈滴！

除了這些珍奇之外，我還親眼見到兩個肩膀相連的連體兄弟，兩邊各自站著老婆，對我的問話有問必有答。種種這些令人驚歎的事！

我本來打算開創先河，往後每年紀念我出現的慶典都選在不同一省舉行，唉！事與願違……但是這裡先不談……先描述我到各省遊訪的事情吧。

看了皇宮中這麼多珍奇異獸——獅子、獵豹、熊、長頸鹿、羚羊，最讓我驚奇的是那七隻從印度來的大象，你跟我忠實描述自己曾經擁有的那個少女的國度……喔，我確信，雖然身隔兩地，對她的回憶永遠糾纏你的腦際！

我下令訓練這些大象，全副武裝配備，裡面最聰明的一隻專門留給我乘坐，是隻母象，大家叫她「君主之象」，這隻象專門配備，只有我能坐：牠背上設置了一乘四方形轎子，簾幕可開可閉，是用蠶絲製的紗帳，裡面縫了只有手指大小的野椋鳥的羽毛，掛在一把輕盈透明的陽傘下，這把傘風一吹就波瀾搖動，卻抵得住最猛烈的風沙暴。

轎子下面，大象身軀兩邊垂掛著一層厚氈帳，縫有八個袋子，每個袋子裡面都有精美的坐墊，這是讓有幸和我共騎的人的座椅：當然，包括攝政、行政官首長、還有我兩個貼身護衛。至於剩下的四個位置，天知道被覬覦到什麼程度，被搶成什麼樣子。多少人運籌帷幄、處心積慮，爲了得到這個從屬的小位置，只因爲它代表受我寵信！實在匪夷所思！不過敍述這些枝微末節的小事沒什麼意思……不說也罷……

一開始，攝政就明白告訴我，這個做法有違傳統。

我回答他，在我統治之下，一切都是空前未有、未聞的。

他還是堅持：一隻大象載他和各級高官，另一隻載侍衛，我自己騎一隻，這樣不是比較妥當嗎？我聽都不聽，腦子早不知想到什麼其他的事。他顯然瞭解我的決定，就此閉口不語。我忍住不說出口，就是想看到他們在我身邊擠成一堆，而我一人高高在上，這可不是偶然的想法，而是我的心機。

老實說，我的兄弟，眞主主宰我做出自己絕對不敢想的事。經常當我反省時，幾乎不能相信這些事是我做出來的，就好像我從小生長在宮廷裡，而不是迷迷糊糊突然被賜與這個權位。

很快地，被邀請坐到這八個袋子——空間如此之小，坐起來整個人得折成兩半，手腳都會痲掉——被視爲受到君主寵幸、信賴的表徵。當袋子裡出現一個新面孔，整個人折成一半縮著，只堪露出一個腦門讓大家看到，就代表他是顆竄起的星星，將大放光芒；相反的：想要警告某人的話，只要讓他先出現一兩次，之後再讓他消失，那就表示打入地獄，沒有人會再注意他。我也讓一些被放逐的人出現在身邊，這是攝政相當讚賞的做法。必須先解釋一下：有一天我詢問本國各地區不同民族，驚訝地發現有一些少數民族被流放在國土偏遠的邊境地區，不許他們靠近首都、各大城或各地宮殿，各種藉口都有，從說他們崇拜異教，直到他們個性粗野、習慣太差等等。

因此，南部地區就住著一群少數民族，全國都知道有這麼一群人，但都只是聽說，因爲他們根本不能接近內地安全區。這個少數民族崇拜的不是太陽本體，而是它的熱力與光芒，換句話說，他們相信的是次要的事實，而非事實本身。在只有君主才能參閱的本國誌裡，我讀到一些關於他們的資料，不可思議的是，他們一生都不見天日——住屋、市場、道路全都在地底下，只由接收器吸取太陽光。他們唯一的作物是散沫花，種在地底深處品質極佳的散沫花。他們族裡的處女必須先在肩膀上刺了青才能出門，刺的是細緻的幾何圖案，在妃子裡我曾仔細觀察過她們身上的刺青，當我解盡她們的衣衫，或是嚐盡春風後，由怔憧逐漸轉醒時，曾想弄清這些圖案的意義，但從來沒弄懂過。

他們和鄰近幾個城市保持商業往來，由少數幾個被允許和他們交往的中間商負責，用他們的散沫花交換麵粉、油、肉、醫療偏方……

更奇怪的是，他們「神化」死者的方式，就是把他們抬到地面上，讓屍體自然腐化，化爲塵土。

北方邊境還有一些群聚的小族，擅長諷刺挖苦，不但君主常是他們插科打諢的目標，連太陽也逃不過他們的毒嘴批評。第一次我聽到他們喃喃說話而心生疑慮時，看見攝政臉上掛滿恐懼，我逼問許久，他才鬆口，說那些人正在挖苦嘲弄我，以及其他人。

我警告攝政：國內不管任何地區都不能受到排擠孤立，或是受到限制禁令，因爲這樣的做法最容易引起衝突與叛亂，就好比身體一樣，把某個部位隔離開的話，它就會腐敗，尤其是離心臟最遠的末端部位！要保障邊境安全，軍隊就需要深入駐紮所有最偏遠的地區。而且我還更近一步……我甚至邀請這些少數民族的酋長、頭目前來首都。

這是前所未見的景觀，大家頭一次看見「小臉族」，他們身材高大，頭髮濃密蓬鬆，皮膚是藍色的，眼睛像水晶一樣純淨。至於「諷刺族」，他們在街上到處遊走，但是很快大家就受不了他們的挖苦嘲弄。

南方部族——就是活在地底的那一族——倒是很棘手，因爲他們不能見天日！我只好允許他們晚上才進城。這些人都是頭一次坐大象散步，一個「諷刺族」的族人竟然還心臟痲痺而死。

享有特權坐上大象的人先要站遠一點，讓我的僕人在他們身上噴灑七種對身心有益的香水。架上君主專用的純金梯子之後，我緩緩登上象背，轉向左右，用我招牌手勢向周遭群眾揮手，上了象背之後坐進轎子，此時，兩隻腳、四隻腳的都鞠躬在地，歡呼聲響起：「主子光芒永不滅，太陽之子！」

群鳥也齊聲歡唱。現在，普通的檀香木梯子才架起，攝政第一個爬上，之後跟著其他人，大家都低頭坐進袋子裡。下了象背之後，有時我會召來共騎的賓客之一，對他露出一個大大的微笑、看他一眼、或是熱切握握手。據說，受到我特別待遇的人，趾高氣昂，走起路來都有風，連對親人好友都開始擺出高傲的神態。

爲什麼呢？

只因爲無上的君主、尊貴的君王和他閒聊幾句話，或是對他表現出親近的樣子，立刻謠言耳語滿天飛……喔，這傢伙馬上就要升官發財了！事實上，八字都還沒一撇呢！

當然，每次得以坐進君主象背上剩下的四個位置的人，必定經過精挑細選，挑選的條件當然也只取決於我一人，連攝政也無從得知。其他隨行的大象上也載有賓客，都是一些高官、賢達……還有兩隻大象專門載女賓客，出巡國內的旅途上，我通常會帶上幾個上貢的年輕佳麗。

說到少女，我忘不了那個十三歲的小女孩……喔，人間尤物！儘管那時我要什麼女人都有，想到她時還是免不了一陣顫抖，她那排列整齊的牙齒，性感豐厚的嘴唇……我一看見她，就命令她到我轎子裡來，一觸摸到她的皮膚，我就慾火焚身，她顯出吃驚的樣子。我一脫掉內衣，看見她半開的嘴唇之間泌出一道口水，立刻撲上前去，想到我那些愛妃就近在咫呎，旁邊圍繞著兵士和高官，性慾更提高百倍。少女的反應讓我覺得怪異，久了才漸漸習慣：當我一摸她，她就像昏厥一樣不省人事，過一陣子才醒轉過來，激情如火一波又一波。她成了我的寵妃之一，不管是打獵，或是到水銀湖上浮游，走到哪裡都會帶著。無可避免地，我對美女，尤其是年輕處女的興致，引發了許多行政官的想像力，大肆張揚誇大我的性生活：譬如說我一夜可以來個至少三十度春宵；我如此驍勇善戰，所有女人都被我操得求饒，只有這個奇特的少女例外，這句話倒也有一半是眞的：她眞有本事吸住我的身體，讓我沉溺其中難以抽身，直到我完全飽足，命她鳴金收兵爲止。這名少女就是被驅逐到國境邊區、被重重禁令壓迫的少數民族。

這當然不是我出巡查訪全國的唯一收穫。這些偏遠荒蕪地區原本是反叛行動頻仍之地，經過我的拉攏整合，一切趨於平靜，平息衝突的出兵次數愈來愈少。自從我加強溝通往來以來，最勢不兩立的敵人也都開始鬆動，他們現在只想被邀請到我大象背上來散散步，最好是能坐上君主騎的那頭象的坐袋裡。

然而——這是隔了很久之後我才得知的消息——有些人知道被邀坐上大象坐袋，竟嚇得渾身發抖，其中兩個人作了反抗詩文之後，逃往沙漠，連獵鳥都找不到蹤跡。聽到這個消息，我氣極敗壞，把這兩個傢伙和同黨人斥爲愚蠢的瘋子，並下令務必追查到他們的蹤跡，因爲星星之火，可以燎原。

這只不過是一個遲來的小插曲，只不過是讓我氣惱的諸事之一。當我巡視完國境各地區之後，煩惱才開始接踵而來。

各處訪察周遊國內之後，我突然察覺到一件連懷疑都不曾懷疑過的事，事實上，我開始改變，不管是外在還是內在……

秘密揭曉

一切都開始於此：有一天，我發現一位妃子有點怪異，她是個嗓音讓我迷醉的少女，語音溫柔如蜜糖，不是流到你耳朵裡，而是愛撫著你的手臂腳彎，順著背脊下到慾火生起處，她的聲音就像魔術，挑起所有慾望，平息所有反抗。我常常隔著一層薄紗聽著她性感的嗓音，和她聊天，直到再也把持不住，一把撕開中間隔的薄紗。

突然，我逐漸聽到她聲音裡出現某種變化，摻雜一點嘶啞，難以想像的黯啞低沉，自此之後，每次親密都好像讓她很痛楚。一天早晨，天剛亮，我才呑下一杯老鷹精液，宮女長要求和我談話。

「她開始變身了。」宮女長對我說。

變什麼身？

聽宮女長的語氣，那名愛妃只不過是全國子民中的一個，所以理所當然受到和所有人一樣的命運，沒有一個逃得掉。

那麼，事情比我想像得還要糟囉。我做個手勢要她住嘴，我受不了她那解說詳情的口吻，我才不想露出不知情的樣子呢，連詢問攝政都是不得已才爲之。我召來攝政，請他解釋詳情，他翻身跪倒，頭觸著地，這表示他要和我說明一件非常重要的事。

他發誓從未隱瞞我任何事：有些祕密他可以對我直言，有些必須以書信呈交，但是遵照傳統有些必須讓君主自己去感受去發現，例如男人變身爲女，女人變身爲男這件事。國內所有居民都必須變身，生來是男孩就會變身爲女人，反之亦然，變身的年紀視個人而定，有的在小時候，有的在青少年期，但絕不會超過五十歲。還沒有變身就死了的人，被視爲受到詛咒，因爲他無福深入太陽的光芒裡：所有本國居民都是這樣，但是途經本地的外來者享受不到這個恩典。

恩典？

當然，這是只有本國國民才有的特權。

我嚇呆了，手指頭指著他，向他質問。對啊，沒錯，他本身是在十七歲變的身。之前，他可是一名標緻可人的少女，女人味十足。她生是女兒身，而且早熟，八歲時初潮就來了——這是罕見的情形；但直到十二歲才懷孕，生了三個孩子——本國是母系社會，孩子歸她，變身之後，他又和一名女子生下一個女嬰，那名女子本是宮中侍衛，變身女兒身後，所有男性特徵完全消失。通常，之前愈是勇猛壯碩的男人，搖身一變反倒成為最妖饒的女子。

我驚訝地說不出一句話，他當然知道我的想法，儘管臉上掛著永恆的微笑，我確信他明白我的恐懼、我的急躁。所以我故意轉開話題，不想讓他看見我張惶失措的模樣。

「還有一件很奇特的事，為什麼這些鳥明明知道本國會擒拿牠們，拿牠們珍貴的羽毛和皮膚製作衣服、地毯、帷幔，卻還把這裡當作休憩港灣呢？」

他深深鞠了三次躬之後才開始說話。他非常願意為我解釋原因，但是話先說在前頭，他請求我不要讓他失望，聽完解釋之後不要做出過度的反應。

我點點頭表示同意。

他請求我把這個秘密視為本國祖先留下的傳統，這個做法是為了尊重所有的鳥類。

我靜若磐石，不動聲色，他把我的反應視為默許，又鞠躬致謝，之後才開始解釋。

從來沒有一隻鳥在本國境內被獵殺，從來沒有任何一個人——不管是大人、小孩、或是神經失常的人——曾拿石頭丟擲過麻雀或老鷹，從來沒有，以前沒有，以後也不會發生這樣的事。國內到處都設有餵鳥的飼料盒，蓋新房打地基石時，絕對小心注意鳥類築巢產卵或是棲息的角落，不論在山區平原，不論是偏遠的綠洲或是沙漠，農人們關心鳥類就和關心他們自己的命運一樣，境內所有地區都有適合該地氣候的鳥類前來棲息，無論誰栽墾種植作物，哪怕地再小，也必定會種上幾棵小灌木，好讓鳥前來玩耍覓食。

中國皇帝派來的使者曾帶來一些果樹苗，種在君主的領地上，有的是從來沒見過的果樹，有些長得和國內可見的水果一樣，只是大小不同。嘿，鳥兒們精得很，就算有些中國果樹和果子的外表明明一模一樣，牠們只靠近本國土生土長的果樹。說到這個，就像本國成篇累牘的歷史故事中的一章，這些故事和信仰都深印在所有居民心中。

那麼，國內哪裡找來那些珍貴鳥羽毛和皮膚呢？

國內共設有七十個鳥類墳場，鳥類感知死期不遠的時候，就會自動到墳場去，有些在墳場待了很長時間才闔上眼睛不再掙扎。之後，用祖先代代相傳下的技術，人們把牠們的羽毛拔下皮膚剝下，送到作坊去，這就是爲什麼空氣中總是散發鳥的氣味的原因。

在全世界人居住的土地上，只有一個地方，會見到雞冠鳥和鷺鷥兩種鳥來到同一個鳥墳場等死，遠離天上族群。

是什麼地方？

帝尼斯島。

說完這句話，攝政低下頭，良久，表示報告完畢。然而我一點都不想叫他退下，我當然內心擔憂，憂的不是鳥墳場，而是那個不可思議的「變身」之事。

「還有好多事情你沒有講明白……」

「那是因爲天下的知識廣闊無邊，每件事有它彰顯的時候，淸晨我們所認知的事實，很可能在日正當中時被推翻，到了日暮時分又以另一個表象出現。」

我內心激動，急著想多探知一些變身的事，所以對他說的這句話並沒有多注意，之後想想，心理掙扎於兩種情緒之間，一是多希望自己命令他繼續待著，把事情完全說淸楚，二則是後悔沒有斥責他，膽敢對我隱瞞事實，不全盤托出。

他就只是以隱晦的字眼在那裡故弄玄虛，我急著想知道所有細節的那個話題，他卻連提都不提！但是我既不顯出急躁也沒強迫，不，雖然面對的是這麼大一個謎團，我還是保持冷靜，好讓自己表現無動於衷的沉穩模樣，所以我令他退下。

獨自一人時，突然感到自己被幽暗的謎團籠罩著，就像我每段旅程都會出現的情形一樣。我反覆思考……想澄清腦中紛亂的想法。該如何詢問攝政才好呢？所有在我之前的君主都是男人，我看過他們的畫像，只不過……他們本來就生作男人嗎？後來又發生了什麼變化呢？只有一件是不爭的事實：所有的君主都從東方來。他們也和國內居民一樣必須變身嗎？還是一出現變身徵兆，就被踢到一邊去了？

但是，我記得攝政說過，國內曾經出現過一位女王，後來被視作叛君的那一個啊。幾天之後，他回答了我的問題：沒錯，這名女子來自於東方——這是不能更改的原則——但是她做出不可原諒的事，所以國人日夜祈禱，希望將來出現的都是男人。

倘若又出現女人呢？

「眞是這種情形，我們也必須順服上天的旨意。」他毫無表情地回答。

我在他眼光中看到令我不安的一股光芒，他很清楚我想知道的是什麼，卻故意不談及，就算我明白地問，他也只會迂迴說幾句含混不清的話來搪塞。我開始憎恨這個傢伙，應該要說明白的事他卻隱瞞，他的職責不就是告知我，明白說出這個變身的法則是否會應在我身上嗎？

這個憂慮吞噬我，我的命運會是什麼？連自己都不知道。我會被屏除在男人的行列之外嗎？不，我不會和國內子民遭受同樣的命運，要不然，誰來統治他們呢？我們之間存在著一條鴻溝，他們確信的事卻是我陌生的。

我一有機會就照著鏡子，看看有沒有任何跡象，任何徵兆。看到出現在我面前的人，腦中第一個疑問就是他的性別，是個男人？我腦中不自主就想像他以前是女人、或之後會變成女人的影像。至於我的性慾，那更是生鏽不聽使喚了。

許多年之前，一位朋友曾跟我描述一則故事，他朋友舉辦一個性遊戲之夜，同時邀來三名女孩子，當他把其中一個女孩子拉到旁邊親熱時，愕然發現她原來是個雙性人，心裡湧起一股無名恐懼，連和這名陰陽人共處一室的勇氣都沒有。

有一天，入浴時分，等著玫瑰花露水蒸發出香氣的時候，我開始檢視自己的身體，伸開一隻手臂、另一隻手臂，查看腋下：我發現胸部變大了，用手一摸就察覺得出來！之後又恐懼地發現我的腰身變細、臀部變圓，嚇得心臟砰砰加速。儘管如此，我還是盡量維持挺胸的姿勢，不要顯得猥瑣。

不知如何是好，我內心湧出對妻子、對綠洲生活抹不去的回憶。喔！多想回到綠洲泉水畔，喝一口清甜的水！我反覆回想各個細節片段，不管是在鑲著七面鏡子的廳房、波斯風格的花園，或是在東方風情的房間裡——這房間設計的方式，使得太陽一升起光芒就可照進，直到日落時分柔和的光線湧進——不管身在何處，我經常好幾個小時獨自沉思默想。

我現在憂心難眠，養成早起習慣，起床後就站到半圓形陽台上，俯視花園，以及那些只有夜鶯和班鳩前來棲息的樹木。我迎著從地平線緩緩升起的旭日，靜止不動，直到太陽升至天空後才離開。群眾以為我發明新的崇拜太陽的方式，也忠實地紛紛效法——甚至到我離開之後他們還維持這個做法呢。所以，他們以為我在崇拜太陽！事實上，我的眼神遊移，希望在遙遠的某一處找到身上失去的那部份，迷失在時間之流裡的那部份。隨著我每段旅程走得愈來愈遠，連回去我年少時期的家園看一眼都不可能，反而讓我更陷入過去，每當煩憂恐懼之時，我就躲入回憶之中，回想遙遠過往的點點滴滴。

對在埃及的年歲、對父親的懷念縈繞著我。我父親早逝，是他為我開啓城市探險之門，孩童時期，我跟著他身邊跑遍開羅的大街小巷。城裡他到處都有朋友，不論走到哪裡，都會去和某個相識之人打招呼，這裡一個裁縫、那裡一個替人拔火罐的理髮師傅、一個屠夫、一個專門製作絲質窗簾下襬流蘇的工匠、一個接收郵件的、什麼樣的人都有，從市中心到城邊緣，甚至到墓園，我記得有一次和父親一起到墓園去，四周圍著高牆，直到今日我似乎還聞到那裡種的樹木的味道。

只有在父親身邊，我才感到安全，我的腳步就是他腳步的影子和回音，我們兩個在一起時，我覺得幸福溫暖。每一次當世界變的晦暗，心情憂慮，我就回想過往，不停在回憶中尋找安慰，回想起父親的樣子，就讓我增加信心勇氣面對眼前的困難，但同時，就好像逃避在虛無之中一樣。我一路的旅程都是這樣……就算年歲漸增，經歷的困難不幸愈來愈多，我還是維持著這個習慣……

一旦回憶縈繞腦際時，我閉上眼睛，僕侍們都不敢靠近。人們很快在我一長串名號上又增加一個：「凝視者」，因爲我會不由自主走到落日之前，凝視良久，更激起心中懷想。我也會凝視日出，回想貝督因人傳授給我的星象學，那是在我旅程的最初……我思索著空間和時間的問題，經常一想就是好幾個小時！

要記起生命中某個時段，一定要和某個地點連結；相同的，要回想某個地點，也必須和某個現在還記得起的一段時光連結，就這個主題，我反覆深思良久。但在這裡不能再多說，否則怕要離題了。

我被迫旅行，而且不知哪一秒鐘召喚又會出現，又必須上路，繼續朝向同一個方向前進，所以只能在腦中回想自己遺留在身後的。看著太陽升起，我想計算時間，但是都得不到一個準確的結果，這個國度的位置如此怪異，離所有人跡都那麼遙遠！天象的排列也如此詭異！我從來沒看過天上羅列這麼多星子，排列成這個圖案！別處常見的星子這裡找都找不到，我還特別注意到一顆星，我之前不認識的一顆星子，出現在子午線附近，直到破曉時分還垂掛在天際，肉眼可見。千百次我集中精神，專心回想貝督因人教我的，徒勞，不知這顆星子叫什麼名字。

太陽在開羅城升起，出現在整個埃及上空，之後才在我們這裡升起，這點我知道，愈往西行，太陽升起的時間就愈遲。但我們出發渡過冥海的時刻，只有眞主知道。

倘若是這裡的話，時差很容易計算，太陽在我故鄉出現的時間比起貴國，夏季早兩個鐘頭，冬季早三個鐘頭。貴國這裡還是黑夜時，那裡已經是破曉，當這裡太陽開始下沉，那裡已經入夜。可不是嗎，就如同空間阻隔兩個地方，時間阻隔的兩點也無法相遇，每個地方有各自的時差時，又怎能讓所有人同時感受到同一件事呢？出現在這裡的，並沒有同時出現在彼地，兩者一定不會相同，絕不是同一個東西。但是想來想去，我心思猶疑並不能確定：夜復一夜，我的思緒愈來愈困窘，精神也愈來愈頹喪。

明白的指示

爲雅馬．阿德巴拉旅途做記錄的珈瑪．阿部達蘭——日落之國的秘書長——加注如下：

眼見他如此疲憊、氣餒，我著實替他擔心。他陷入一段沉寂，下巴緊閉，咬得緊緊的，我從來沒見過他這個樣子。他現在常常好幾個鐘頭一句話也不說，眼神陷入未知的深處。

我跟他說起我自己，我這一輩子束縛在城市之中的生命。

我對他坦白：「我這一生到過最遠的地方，就是首都出護城牆的第一個驛站，也就是騎馬兩個鐘頭的路程。但是城內所有的地方我都瞭若指掌，不管是看得見或看不見的角落。在君主眼裡，我是熟知本城歷史的權威，城裡哪一棟建築、哪一幢房子的奠基人我都清楚，人口的出生死亡、何時搬遷何日離開，只要問我就行了。

不只是住屋、裡面的居民、他們的家族，就連所有往生的居民我都一清二楚，我還著作了一本史無前例的書，叫做《朝拜往生者最明白的指示》，靠著記憶，我可以按照入土順序，一一說出哪個過逝者安葬在哪個位置，身後又遺留下多少子嗣之類。我的一生都待在我出生的地方，就一些經歷旅途中種種起伏的遠行人，譬如說你，可能會說：只有遠離一個地方，才能眞正認識它。

那麼，怎麼做才可以不離開一個地方卻能眞正認識它呢？長久觀察一個東西並不表示明瞭了它，這是眾所皆知的事實，但是，長久下來、從每個角度、拉開一點距離，我想還是可以達成這個目標的。就我來說，這個目標是經過人生好幾個過程才達到的，請容我稍做解釋：

你知道嗎，朋友——喔！我覺得和你相識已久，事實上我們相處的時間並不長，但是你我之間產生了某種默契——我從小、從青少年以來，就對一些無解的事感到好奇。很小的時候，我就想知道昨天到哪兒去了，對，這個『之前』去哪裡了。你看……假設我們預定在空間裡的一個點相會合，將會在時間座標上的同一點相遇嗎？

在你的國家，太陽升起的時間早於這裡，這是你剛才提起的。倘若你、我、或是任何一個人擁有能看見無限遠的能力，那麼此地，清晨的此刻，我們便可以看見開羅清眞寺圓塔上宣示祈禱時間的人已經出現。

這麼說來，望見未來是可能的，不是嗎？

現在再反過來想……倘若現在你站的地方是阿薩宮的屋頂上，眼光轉向本國，就會看見我們這裡正在等待日出。

因此，望見過去也是可能的。那麼，當我們到達空間中極端的一點，遙遠遙遠的一端，到大洋的彼端，或是到那顆懸掛在天空的星子那裡，很可能就看得見『之前的之前』或是『之後的之後』……我這些胡言亂語你一定曾經聽過，我猜得出來，但請別問我爲何這麼猜想，我也不需要你回答我任何事，但我希望你勇敢一試，或許我們兩個都會找到解答。喔，你是東方之子，今日到達極西之境……過了此線，往後再也沒有界線了，直到太陽落下的那一點。希望你旅途終點會抵達那裡！

你知道嗎，尊貴的兄弟，這些問題從小就困擾著我，但直到二十歲以後我才眞正體會到過往的意思，小時候、青少年時期，大多時候意識到的只是現在，和過去未來都没有關聯，但一年接一年過去，人類的神秘漸漸顯現，每個人有自己神秘的領域，但大多數人並没有顯示出這些相異性，直到有一天，人生幾乎已經到了身後了，人才回頭審視過往，後悔一些没把握的機會，但大限到時，再多後悔已成枉然……喔！有時候我也嘲弄自己……當我懷念一個失去的友人或是以前某個習慣，甚至連自己也不清楚懷念的意義是什麼，一切都好像我活過很多個童年：因爲在每個階段，我都發現童年的另一個面目。年輕的歲月和垂危遲暮相會合之時，我還是會發現許多之前没注意到的事。我現在住的就是我出生時的房子，但是，眞還是同一棟房子嗎……你認爲呢？」

至於他，他從來没有和任何地方有深切的關聯，一旦覺得和某個地方滋生出情感，召喚就會出現，所以他被迫離開所有他熟悉或將要熟悉的地方，對於一個人和故居、祖國之間緊密相連的情愫，他根本無從得知。

「不，我確信已經不是同一棟房子了，」我揮動食指繼續說道：「拿花園來說吧，孩提時我覺得它好大，還記得在我的腿還能動時，多少次跑著穿越它，現在呢，它卻像縮小了一樣……我出生的那個房間，絲毫引不起我任何感覺，我經常出入其中，內心卻毫無所動。當我回想起，感覺就像和我無關，是另外一個人的故事。隨著失去親近的家人、改變以前某些習慣，屋內的牆壁門窗也好像跟著改變，儘管牆壁依舊在，門窗絲毫未改。某些房間顯得陌生，某些房間變得比較熟悉，雖然它們並無任何改變。我不知如何用言語形容，但心裡隱約相信一個地方在不變中隨時在改變，就算你從頭到尾都沒離開，就算一輩子都待在同一個地方，它會拋棄你，你也會漸漸拋棄它。街道、路口、廣場、房屋入口……對像你這樣的陌生人來說，它們或許都大同小異，對我來說卻不然。喔！這個話題我可以說上好幾個鐘頭，直到令人厭煩……但是我就此打住，胡言亂語太久了，而且我急著想聽你繼續敘述……

然而，我還想告訴你一件奇怪的事……我突然懷疑自己是否眞的和那個印度少女單獨相處、眞的在皇宮花園中相愛過。我命人抬我到那片虞美人花叢去，希冀尋找心上人的回憶。我拼命回想她的容顏，多少次在腦中與她纏綿！所有我對她、對女人的慾望，都在想像裡經歷過，但事實上，我眞正認識過她嗎？

天可憐見，聽你敍述的同時，我想通了多少神秘無解的事！現在，內心的懷疑不停滋生……我眞的曾和她滾倒在草地上，聞到她體香與大地發出的清新氣味融合嗎？

繼續吧，尊貴的兄弟，繼續敍述吧，我已準備好記錄你將面臨的情況，在那個男人變作女人，女人變作男人的那個國度。」

慾望燃燒

雅馬・阿德巴拉對我說：現在我腦子完全被變身的事纏繞，並開始思考我的處境。我沒明白問出口的那些問題或許都不會有解答。攝政這個老傢伙，完全沒有做任何解釋，完全沒有助我解開謎團。

當我得知國內最高首長中的七個——例如專司接待鳥類大使和使者的「海鷗廳」的典禮長——都曾是女兒身，我的憂慮更加劇了；一個是十歲就變身，但大部分都是在二十四歲左右，已經生兒育女之後才改變性別。此外，宮中許多女人之前也都是男兒身，其餘的，有的已經開始變身階段，有的還在等待之中……

就這一點，我還記得一個刺激的小插曲。有一天，我詢問那位典禮長——他是少數幾個有資格在我面前坐下的高級官員——關於男性與女性高潮的事。據他所言，之前當女人的時候，達到高潮時感覺比較強烈，尤其在琴瑟和鳴的狀況下，快感無法言喻；變成男人之後，他卻可以吸取「前身」的經驗，知道如何取悅對方。幸而，他變身的過程很快，有的人得等兩、三年，介於兩性之間，這是最痛苦的階段，雖然諸多名醫正傾力研究改進變身過程的妙方藥品……剛開始，我拒絕詢問那些床上功夫特別好的妃子是否曾經有過「前身」，但終究得知原來她們之前都是男兒身，只不過年紀很小就變身了。

我害怕發現自己身上出現任何徵兆，必須面對完全陌生的情況，失去所有舊有的價值觀。一開始，我的性慾完全冷卻，就算面對純潔的處女也提不起勁——處女在國內算是罕見，因爲家長並不在乎孩子在婚前有性關係，青春期的男孩子大可以在家人、朋友面前和一個女孩子發生關係。國內所有居民、族人必須花盡心思用盡辦法，才能保衛女孩子的貞操，以便將之上貢給朝廷，讓無上君主、太陽之子享用！

一旦被開苞之後，經過我允許，女子便獲准返回到她的故鄉。一返故里，她額前便畫下一個紅色印記，彰顯她的身分，因和君主結合而獲得的尊貴階級。之後，是她挑選自己的丈夫，沒有人能勉強她，她們之中有些人決定守貞，專心觀察太陽以度餘生，每天虔心等待日出日落，百姓視她們作聖母娘娘，前來祈求恩典，老遠攜來久病不癒的人，只求她在病患耳邊說幾句話，吹幾口仙氣——這一切，只不過因爲她曾受我寵幸，哪怕僅是一次而已。

我還仔細計算過——不知道是害怕還是噁心——我整整一個多月沒近女色。我們對異性產生衝動，應該是因爲想「合而爲一」，當你想到懷裡的女人很可能以前是、或者以後是個男人，何來衝動之有？對女人喪失興趣，也可視作我變身的徵兆之一，幸好這種情形並未持續，反而還來個大迴轉。

也不知什麼原因，一天我正策馬出巡，走一趟我經常走的路徑，突然想起我抵達國境的那天，那七個女人當中的少女。她那美麗的身影已經很久沒浮現我腦海，我也從來沒懷疑那個少女可能會變成男人，或是以前是男兒身……不，那跪在我身前的軀體，飽滿、蠱惑、挑逗，只可能永遠屬於一個女子。

突然，慾火焚身，身體的反應使我必須調整馬鞍上的坐姿才行，體內醺然湧起……我決定好好彌補浪費的時光。就在此時，令我驚訝地，旗幟飛揚，樂聲迴盪，群鳥在我頭上盤旋飛舞……攝政上前拉住我座騎的馬韁，身後跟著軍官、高級首長和賢達智者。

你絕對想像不到發生了什麼事……

所有人都上前不斷向我祝賀，恭賀我的勃起。

我感到內心的訝異溢於言表，眼光中露出笑意。他們怎麼猜到的？他們有辦法知道我最隱私的憂慮，還是看到我剛才在馬鞍上換姿勢時捂著重要部位的手勢？

攝政高聲說：所有人都爲我這突然的勃起，這重振的雄風欣喜萬分。

我凝視著他良久，心裡又充滿擔憂恐懼，他瞞著我的事還多著呢，守得眞緊。

接下來發生的事立刻讓我忘了心中煩憂，我勃起的好消息傳遍國內四處，次日開始，從最受崇敬的日出時分開始，全國大肆慶祝。倘若眞要遵守傳統的話，從我勃起的那一刻開始全國就該歡聲雷動，張燈結綵！

我不知道從我離開之後，這個慶典依舊維持，或是已不再沿用。或許現在成了一個人們不知來由的慶典，就像我所參與過那些已不知源頭原因的規律節慶一樣？（喔！有時候我參加那些無法想像的慶典，簡直爆笑！別多說了……）

經過這段時間的沉寂休養，我的慾望火力加倍。可以告訴各位，我有的女人一籮筐，這麼多容顏、性愛姿勢、床上反應……光記住她們的樣子、不時緬懷一下，怕就得好幾年功夫呢……我沉浸在她們的宇宙裡，一來是被性慾衝動所帶領，二來也是害怕自己不再是勇猛男子漢，害怕自己一直好好扮演的角色被改掉，必須面對未知的命運……

另一方面，我積極鞏固自己的地位，什麼都要掌握，最小的細節都要瞭若指掌……一段時日以來，所有人對我視若神明，所有我說的話都被解析、研究、評論，甚至翻譯為孩童能懂的簡化兒語；我不管有意或隨口說出的每一句話，都被恭謹地記錄下來傳世。子民都想接近我，我的命令或詔書都被嚴格執行，各地上貢數不盡小心保護維持處女身的少女，希冀能接近我，得到我的恩寵——不管是地位身分上或是實質金錢上。我注意觀察這一切，我的話可以呼風喚雨，改變一個人的命運！

有一天，擔心自己變身的憂慮讓我情緒低落，一個子民前來拜見，我心情不好就把頭轉開，擺擺手命他退下，他一言不發回轉家中，神情悲傷，把自己關在家裡，直到屍體被抬出家門。這個事件警惕我，自此更謹言慎行，盡量不再做出動怒時伸出食指的手勢，想到我的子民這樣無緣無故死去，讓我難以忍受。我知道自己聲勢愈來愈大，決定成爲天下獨一無二的主子，洞悉東西各方神秘的審判者，我將擁有無盡的智慧，所有眞理的源頭與結果……所有人的身分地位、心思情緒都在我掌握中，視我的心情決定，由我的喜怒決定。當我獨處時，連自己都驚訝有本事讓最受尊崇的智者懾服於我的見解，有辦法對最棘手的情況做下英明的決定，這是我以前連想像都無法想像的……

現在是我揭露心底秘密籌畫的時候了，事關一個很早就讓我看不順眼的傢伙，老實說，我決定除去那個光會隱瞞事實，不肯對我開誠布公的那個人。

沒錯，就是攝政。

執行計畫

我開始仔細地觀察他。現在他的眼光都躲躲閃閃，不知在想什麼，話愈來愈少，就算說話的時候，音調也很緩慢，樣子簡直讓我無法忍受，痛恨至極。我決定施用詭計，並窺測他任何最微小的反應。雖然現在我的地位已鞏固，心裡還是擺脫不掉自己是外來者的陰影，我和他之間橫著一道鴻溝，這是我怎麼也忘不了的。雖然我被視爲太陽之子，前來治理國事統治子民，但沒有一個人和我親近到可以全心信賴。我的職務頂多是對最重要的國事方面下幾個決定，對任何人都沒有特別的情誼，我知道自己的地位並不會長久，卻不停攬權壯聲勢，好像會待下來永遠不走似的。經過這些艱辛的旅程，有時眞想就此停下來落地生根，永遠擺脫召喚的糾纏。從被迫離開我的埃及故土以來，從沒停下喘口氣的機會，我疲憊不堪，被放逐的痛苦折磨。在這裡待的時日已算久，是沒錯，但是還可以繼續待多久呢？

我迫不及待，立刻對各種藥物、混合藥劑產生濃厚興趣，在宮廷藏藥室裡發現琳瑯滿目的香油膏、藥水、眼藥劑、藥丸、栓劑……以及各種毒藥。

我詢問藥劑師各種藥的療效、是否對人體有害等等，據他所言，一個藥方裡有多種成分，它們能醫病，就表示能去除前來侵害身體的壞東西。

他拿了一種紫色的藥水給我看，只要滴幾滴在食物裡，六個月之後就會發揮威力……還有一種粉紅色像護手霜的膏狀物，塗在陰道裡，這個毒藥對女人一點作用都沒有，一旦她的性伴侶接觸到了，就會侵蝕全身：掉頭髮、皮膚潰爛、性無能，然後痛苦地死去……另外還有一種藥膏，塗在紙上，只要手接觸到紙，它就會經由皮膚毛孔進入人體。

我命令他給我一瓶可以把水染成彩虹顏色的液體，一瓶薄荷香精——只要一滴就可以把一整個大廳薰香，一瓶春藥，滴在水裡喝了之後，女人就會像叫春的母貓一樣飢渴，伸出爪子摳抓，在妃子裡我就曾見識到這種火熱，以及兩小瓶毒藥：一種是立刻致命，另一種是慢性但無解藥。

當然，我在乎的其實只是這兩瓶毒藥，拿其他那些藥只不過爲了掩飾我的毒計。一天晚上，我召來郵政長，問他鴿舍改建的進度，以及是否可能加快境內訊息、郵件傳達的速度，達到全世界最頂尖的程度。郵政不是國家的命脈、政治的基石之一嗎？我表現出對這個問題特別重視。當會談結束，攝政走上前來，我跟他說明天在俯瞰銀孔雀花園的藍色陽台上，邀他共進早膳。

他點點頭，眼中露著一點逆來順受的神情。之後他這個表情多少次重新出現在我眼前！就像所有退一步來看才會顯現，一旦永遠消失才能明瞭的東西一樣。

那一夜我都沒闔眼，回想過去的影像、想像之後會面對的情形……當我必須當眾宣告攝政死亡消息的時候，喔，他是我的良師，我的益友，假裝滿心悲悽，下令籌備莊嚴肅穆的葬禮，下令將之厚葬在聖者墓園，命人將他的一生、他的話語記錄流傳。我不知道什麼時候才開始迷迷糊糊半睡去，但總是無法眞正沉睡。在綠洲時，有一次聽一個男人說起——到底是誰呢？我已記不得了——當他睡不著時，就摸摸老婆做個愛，之後筋疲力盡就會心滿意足地沉沉睡去。但我呢，那夜我一點興致都沒有，只想一個人靜一靜，躺在水銀滾邊的床上，在這個牆上掛滿絲布的房間，光線隨著我眼皮變換，張開時燈光通明，閉上時一片漆黑。

我親自選好早膳的菜餚，眼睛緩緩巡視花園，看著那些任何其他地方都沒有的珍貴罕見的孔雀。不同以往喜歡獨自一人呆坐的習慣——人們不是在我的稱號上又加了個「凝視者」嗎？這次我沒有遣退兩旁侍衛……

我從緞紋腰帶中抽出毒藥瓶，滴一小滴在裝著凝乳的透明陶瓷杯中，又立刻把小瓶塞回腰間，拿木湯匙小心攪拌一下，大功告成，我往後退一步，雀躍萬分。有一次我曾聽到有人說：「我覺得攪拌，手指是最好用的。」但此時可不是講究烹調技術的時候！

我簽署了兩份文件，一是下令整裝君主專騎的大象，準備數日之後的打獵出遊；二是準備橢圓形廳裡每個禮拜舉辦的晚宴，各部首長和國家元老都會參與盛宴。

我檢查桌上所有的菜餚，確定山區特產的白蜂蜜也在桌上，等待攝政到來。

怎麼還不來……我看著下了毒藥的杯子，焦心等待。

既然他一直都沒來，我決定開始進膳，下令伺候餐點之後，我雙臂交叉胸前站著，命令下午替我準備音樂泡澡。那是在一個綠色岩石中鑿的浴缸，我全身赤裸地橫躺進去，金翅烏鶺開始吱喳，皮膚的毛細孔開始舒展開，水中全是充滿各種香氣的泡泡。

次日早晨，我詢問攝政的消息，聽大法官的回報，仔細注意他聲音裡有沒有什麼高低變化，一度我還想派他到處尋找攝政蹤跡。

大法官報告說，攝政永遠消失不見了。

是死了嗎？

大法官低著頭沒回答，我命他退下，這下我又是獨自一人了。怪異的是，沒有人訝異攝政不見了，所有的痕跡像一筆抹消，朝中顧問沒有一個人再提到他，也沒有任何人問起他的消息，他的位置就這樣空著。

我的反應其實也很奇怪，我曾說自己多麼討厭他，乃至於安排這個死亡約會，我想過他的死，也想過如何在他身後報償他的功勳，甚至，我還想過他死後，我面容哀悽該演說的哀悼致詞。但是，心中突然一片空洞，誇張一點甚至還有點想念起他來。他不是給過我許多忠告嗎？他不是爲我解釋了諸多疑慮嗎？在我隔離期中，倘若不是他一一指導、幫助、建議，我連登基之後該做什麼都不知道呢。

在任何時候，我都不會忘記一件事：我是個外來者，注定一生漂泊流浪，我不會奢望永保地位。就算在權勢最顯赫、心情最寧適的時候，我也很清楚自己不穩定的情況：遲早有一天，我會被迫離開這片國土。我不能停下腳步，一直不停奔走，不停改變，艱困的旅途把我帶到這個國家，但有一天也會迫使我離開。事情會怎樣呢？我也不知道。

喔！我還眞想念他！我還是照著他指導我的方式，維持各種儀式禮節，按照他所說的作出適當反應，遵守他教我的各種行事方法，連原因都沒問就照做如儀。不管是白天還是晚上，我隨傳他隨到，突發狀況時，只有他一個人能進入我的寢宮。他對我照顧無微不至！吃的、喝的、用的，他都全力讓我滿意，甚至我對女人的突發奇想，有時幫我弄來二十歲以下的瘦長女子，有時是纖細的美人兒，有時是豐滿的大奶妹。有一次，他看見我覬覦一個高級軍官的老婆，是個牙齒排得開開的少女，你猜怎麼！第二天他就幫我找來一個一模一樣的，一笑起來，兩顆門牙中間露個大縫。是的，他到處都佈有眼線，隨著我多變的嗜好立刻提供所需。

我雖然處心積慮想擺脫他，他不在了又令我難過。我安慰自己說，他實在管我管太多，已經逾矩，而且每次他的批評都讓我怒火中燒，我不得不除去他。他不是對所有國事都要插一手嗎？我怎能忍受一個老是在旁邊出主意的人，或是一個自己的分身呢？只不過，我眞的擺脫掉他了嗎？

沒有，他溜的正是時候，他知道我對他的毒計。我怎麼沒早注意到，他怎麼會知道我勃起的反應，之後立刻就展開慶典儀式呢？被他溜走可大大不妙，不管遠近，他一定躲在什麼地方。但是他怎麼猜到我最秘密的計畫呢？到現在我還無法得知。

我第一個念頭就是在境內各處發布搜尋他的命令，但是終究放棄，選擇做出我早就知悉他失蹤原委的假象，決定自己一個人治理國政，到目前爲止，我決定的事不是都成功了嗎？有時候想想，不是連自己都訝異怎麼擁有那麼強的治國能力嗎？就好像治理國家是我一手發明出的技術似的，現在我再也不用勉強自己去扮演一個角色，我是眞的成爲另外一個人了。莊重的步伐、敏捷的答辯、舉手投足、下達命令，現在這一切對我來說都自然而然。我頒布了許多前所未見的政策，推行了許多嶄新的措施。出巡時，我習慣有時帶著面紗，有時帶著鳥面具，之前，百姓們一年一度才能看見這個鳥面具；我經常出獵，並親自篩選有幸陪我一起出獵的人，看到大家爭先恐後想坐進我大象背上那四個袋子的樣子，我心裡暗自得意。有時候我會來個出乎意料，讓一個最多只希望出現在我面前、向我報告那些權術家的陰謀詭計的小角色陪我一起去打獵。

我邀請被放逐的族人們來橢圓形餐室共餐，甚至還接見了一族異教的信徒們，這個教派相信有兩個日出，第一個是假，第二個才是眞。我專心傾聽他們的言論，並保證不對他們施壓掃蕩，他們的代表聽我這麼說，臉上露出無法置信的驚訝表情。

後來我得知，他們上京朝晉在教派內引起極大的爭議，聲音分三派：一些人認爲這是好事，另一派卻覺得萬萬不可，第三派則不置可否！

我對所有的事控管更爲嚴謹：蓋新建築我一定參加奠基儀式，落成典禮也必到場；我到處尋訪，連最小的店面也不漏掉，停在攤子前看商品，說幾句評語，這些句子就算再普通不過，立刻被記錄、流傳，這令我很得意，但又暗暗偷笑。我什麼都管、都注意，裝作一切都明白的樣子。

一個新作法很快就出現了：城內豎立起一些石版，上面標示我的名號、巡訪的年月日期、我當時穿的衣袍的顏色。不知道這些石版今日還保存著，或是這個不重視歷史的民族在我離開後已將之毀去。

攝政一定看不慣我這些做法，儘管他已不在，我還是對他存著挑釁之心，故意想一些保證會讓他生氣或評論的新作風。相反的，有時候我又想像他在某個時機、面對某種決定時可能說的話，在某種情況下他會建議我採取什麼行動……但是，既不是爲了對抗攝政，也不是想尋求他的贊同，我完全無法解釋自己創新、推行的那個措施，我現在跟你詳盡解釋……實在很精采。

我很驚訝發現本國眞的自古以來從未和任何國家發生過戰爭，明明國內軍隊一半騎兵，一半步兵，除了慶典時出來遊遊行，平日操練也十分嚴格。有時候他們會大批被派遣執行勤務，但沒有人知道是什麼任務，甚至我，儘管大權在握、呼風喚雨，也無法得知到底是什麼樣的任務。

依我所見，有必要動員軍隊，製造一種——這是我發明的語詞——「立即危機」的觀念。這個點子的來源，是我以前在開羅康卡里里市集上聽到的一段對話：一個男人對一個波斯地毯商說到他親戚的女兒，有一次聽到一個壞消息之後，變得半瘋，不停哭哭笑笑，你猜怎麼著！只要好好刮她幾個大耳刮子，她就恢復正常了。波斯商人點點頭，沒錯，當我們遇到立即的危險時，所有的精神都會振奮起來。

是啊，必須有危險的氛圍，如果沒有的話，只好自己營造。說不定危險氣氛能讓沒鬥志的百姓們鬥志高昂起來！這些男人變女人、女人變男人的子民平日眞的是顯得有點頹萎。

因此，傳令官馬不停蹄奔走於大街小巷，信鴿把命令傳遞到境內最荒僻的角落，傳達我本人親口發佈，敵軍覬覦本國富裕康樂即將來襲的消息，國人個個身負退敵重任。我多次出現在皇宮前大廣場，居高臨下站在圓塔上，對百姓訓話，警告他們，預告危險將至，形容所謂的敵軍帶來的威脅和恐怖情勢，並不停伸出我那著名的招牌食指，現在這個手勢已經成爲某種預兆。次日，我的發言就照實傳到學童耳裡，父親們急著保護孩子，免於無上主親口所說的恐怖侵略。我命令部隊帶著兇猛飛禽先在首都內閱兵遊行，之後前往各邊防地區，佈下防禦陣勢。我不斷想到慈母綠洲的居民們，永遠處於警戒狀態，崗哨上永遠輪班駐守著人，監視著「敵對營地」，隨著時日，「敵對營地」甚至成爲他們日常生活的一部分。喔！倘若有他們這些人的消息該多好！

說著說著我又離題了……

我要按照事情發生先後來說……一天——喔！我無法確定是哪一天，在那個國度，年月日的算法都很怪異，我眞的記不得了——守護國境的軍事情報首長要求晉見，我從寢宮走出到旁邊的候客室裡，只有在最危急的情況時，才容許在這種深夜時分晉見。

看到他待在房間中央，頭低垂到胸前，我立刻知道一定是有什麼不尋常的狀況發生了。但是現在危機氛圍幾乎成了普通狀態，我當然不能顯出方寸大亂的樣子，先什麼也不問，我做個手勢要他坐下，等他比較定下來之後，我命令他派人召來住在國境西部的一位解夢大師。沉寂一會兒，我對他敍述我做了一個夢，令我百思不解：我夢見自己在一個封閉的空間裡，和另外三個跟我容貌一模一樣的人在一起，第一個就像我現在這樣站著，第二個坐著，第三個躺著睡著了。聽了我說的話，他深深鞠躬，回話說解夢大師一聽到命令必定即刻上路，很快出現在我面前。

說完這話他就閉上嘴，等著我詢問他的來由。當然，如果我東拉西扯說到這個夢，就是不想顯出急著想知道他晉見的原因。

現在，我才做個手勢，讓他報告。

報告如下：兩天以來，邊防城市的消息不斷傳來……大隊人馬出現，來意不善。龐大的軍隊……漸漸靠近……駐紮在一些聖泉附近。夜裡，可以看見他們間隔的營火，幾乎把沙漠都照亮了。

「他們來自哪些方向呢？」

「南方和北方。」

「以前曾經發生過這種情形嗎？」

「沒有，從你，太陽之子照亮國度以來從沒有過。」

「我是說更早已前，在我來之前。」

他沒回話，顯然，就算之前曾發生過這種情形，他也一無所知。

「這個情況必須發動全國總動員，下令豎起上有展翅紅鷹的白色軍旗。」

說完這話我站起身，告訴他明天一早我要向全民講話。

我即刻命他退下，召見議會七位大議長，攝政的位置一直空著。

我不知道這到底是眞的威脅，還是我「立即危機」政策的效果。前幾次都是我聳動，發布全國總動員的命令，但這次呢？老實說，我眞不敢確定。然而，前幾次動員我都知道該選用那些鄭重的言詞，把大敵在前的狀況形容的旣眞且切，看到團結一心抗敵的子民一個口令跪在我身前，我內心確信所有經過的煎熬辛苦，只爲了活這一刻。我簽下一紙詔書，由信鴿傳遞到國境四方，徵召所有部族尙未變身的百名壯丁，以加強軍力。我也下詔書免除一項特殊稅收，看到引起的驚訝反應，顯然這又是前所未有的一個措施……

我登上大廣場上的圓塔，戴著金色光芒的頭巾，這是只有盛大慶典或非常時刻才戴的頭巾，眼光巡視廣場上黑壓壓的人群。當我拾階上塔時，忽然又想到那個當我抵達這個國家時前來迎接的少女，她那難忘的優雅身姿，那姣好的形體……她也在人群之中嗎？正在看著我嗎？

我準備發表一次不尋常的演說，之前從未見到這麼多人潮聚集，這表示人人都開始有危機意識。我號召全國上下爲太陽之國、鳥類之國而戰，我誇大這些敵人的威脅，惡敵正朝著我們這個空中族群的天堂而來，一整群一整群的鳥類將被迫焚毀牠們的營帳。營帳？

就在這一刻，我眼前出現「敵對營地」……那一排排的營帳、軍隊操練、每日的傳喚軍呼……

來襲的是他們嗎？他們是循哪條路徑前來？會在邊界駐紮多久？意圖又是什麼呢？我必須立刻動身到前線視察，心裡才能有個底。

我還記得「敵對營地」的旗幟、隆隆鼓聲、深夜裡兵士的叫喊聲……

我正踏上通往環形陽台的七級階梯，這是只有我一個人有權上去的地方……我頭巾中央的「火光」紅寶石耀眼奪目，百里外都看得見它的光芒……就在那時，在第三階踏上第四階的中間……

就在那時……我感到一股沉重壓到我身上，我所有君王的威嚴和穩重當下瓦解。我完全沒料到，完全沒防備，此時，沒有任何東西——詔書、動員、從頭到腳武裝的兵士、罕見的珍禽異鳥、或是隨便一個凡夫俗子——沒有任何東西可以救我。

我又聽到那個聲音，來自四方，也從我內在某個我不知道的角落湧出，我永遠不知如何抵抗、無從背叛的那個聲音。

「出發吧！」

我腳步蹣跚，召喚的聲音更迫近，四面八方響起，更堅決，更具壓迫感……

「現在就出發，前往日落的地方……」

駱駝商隊經過

如下是雅馬・阿德巴拉親手寫的片段，隻字未改：

我戒掉待在「水手咖啡屋」度過一天大半時光的習慣，現在我一天到晚在城裡閒逛，每天日暮時分，一股感覺就會湧上心頭，好像我窺知了這個城市不為人所見的神秘。我觀察這個城市不同的時段：嘿！早晨城市的景觀和傍晚完全不同，甚至天空飛過一群鳥，就會讓景觀變了一個樣。建築物、大馬路、小街道、泉水、樹木、群鳥、街角、海岸、大海的浪濤都會因光線變化而改變……在白天的烈陽下！在夜晚無盡伸展！

我在日落之國首都——就像水手們窺伺平靜的海洋，等著揚帆出海討生活——找到某種平靜，但並不是在這裡落地生根的平靜。沒錯……「水手咖啡屋」就像個庇護所，我在這個城市也領受到休憩的安逸，人們熱情好客，尤其是那個特別關心照顧我的人，耐心聽我敍述，在我突然沉默或陷入冥想時，他非常諒解，從不強迫催促。我在城內閒逛，街道裡瀰漫著一股自古以來氤蘊的恐懼懷疑，從外表看來，這個城市好像永處於備戰狀態，隨時準備反擊，那些小街小巷、小廣場，就像被包圍囚禁，到處充滿警戒。不必說，這裡是西方陸地的極點，隨時準備迎接挑戰的城池，儘管危險已經很久沒再出現，人們相信威脅隨時會冒出：你看看，一棟棟緊密相連的房屋，建築物面對面相隔甚窄，密如蛛網的小街和迂迴纏繞的小巷，海邊那一堵護城牆，阻擋岸邊住家面對大洋的視野。經過這麼多年的流浪歲月，我現在終於明瞭：所有這些道路與建築，不能只將之視爲一個固體，他們包含了多少變遷的時代、永遠流逝的歲月、沉澱的記憶。拿開羅來說吧，它遠遠不只是一個過路客讚嘆、市民喜愛的城市，而是一個歷史匯集地，呈現厚重的時代起伏與繽紛的片段。經常，遠離一地之後才發現它的眞貌，經過一段距離來看，才赫然發現以前覺得平常的事，其實很可貴。我覺得自己屬於那地方，其實它也已屬於我，所以無論我走到哪裡，它都在我心上。坐在咖啡館或是在面對海洋的迴廊上，我多少次想起在埃及、在綠洲、在「眾鳥之國」的日子！我自問，當我追憶過往時，這些影像和地點與什麼相關？是我肉身身處之地，還是我腦中回憶之處呢？

我花了多少精力思考這個問題！但問題根本是，我從沒有安身立命之處，這或許是我一路旅行以來最痛楚的事。沒有，就算在某個地方住的時間比較長，我從來都沒個定處，永遠無法安定。

我從來沒想過日落之國首都會是我旅途跋涉的終站，從不認爲有朝一日可以返轉故土，我必須一直不停往前，直到日頭落下的地方，永遠不鬆懈，等待隨時可能出現的召喚。當所有人閉目安寢，整個城市沉入夢鄉，我卻無法入眠，從來不能安穩地睡上一覺。

我心中不停縈繞著一股擔憂：日落之國已經是陸地上有人居住的最西端，那我下個目的地是哪裡呢？

如何能確切知道？我能做的只是等待一個指令或一個解釋，我注定要跟隨著太陽軌跡，不停往前再往前，直到它消失的地方，所以我很清楚意識到這裡只不過是個暫時落腳的地方，遲早必須離開。

不，這裡不是我最後的港灣。

但是……我的目的地是哪裡呢？

假設我反抗召喚的命令，反過頭回鄉，回到那個多年前某一天早晨，在開羅，和駱駝商隊相遇之前走過的那道小橋？倘若我現在就上路的話，什麼時候可以抵達那裡呢？路途上會遭遇什麼？又有什麼意想不到的事等著我？再說，我還有足夠的時間嗎？

我知道，在那個清晨離開故土的人已經慢慢消失了，成了另外一個人，一個比較豐富、比較圓滿，但被剝奪過去的個體：我已經不是過去的我，離那個開羅的雅馬・阿德巴拉已經遠之又遠，一切好像跟他有關，卻又已經脫離他了，此時我覺得心下坦然舒暢，連在當萬人之上、大權在握的君主時都沒有感受過的舒坦。

每天我都想像自己可以回到過去，重新見到在旅途初期的友伴。我坐在「水手咖啡屋」裡，陷入沉寂，背對著護城牆，猜測身後城市裡的一切活動喧囂。咖啡館裡的客人都不作聲，眼睛望著大海，隔著一層如交織的棕欖葉的霧幕，隱約望見灰撲撲、暗鬱的海洋，從海面上飛起一大群鳥，預告大雨將至，我記得在「眾鳥之國」的時候，國內北方的人民是以觀測雲裡閃電的方式：倘若閃了七十次，保證立刻會下雨。

因此，時常可以看到，就像等待什麼神秘的事揭曉，所有人都閉上嘴，眼睛盯著大海。我還聽說有些人太常來泡咖啡館、或是太愛待在海邊迴廊上，最後竟成了瘋子，被送到瘋人院去，這裡人稱瘋子爲「沒心眼的」，東方人則稱爲「被鬼附身」。這些可憐的人被關起來，拴著鍊子，敢大吼大叫的話就用皮鞭抽打。

就是在咖啡館裡，我聽到從東方來了一支駱駝商隊的消息，這是罕見的重大新聞，雖然經常有單獨的旅人經過此地，有些在這裡停留不走，有些繼續往南或往北旅行；至於那些冒險朝西渡海而去的，都成爲傳說中的人物，加油添醋衍生出許多故事，對於那些人其實大家一無所知，渡海而去的人從沒有回來過，得以敍述旅途上的所見所聞。

我立刻被一股無名的衝動驅使，急忙跑到市集附近，一看到駝著貨物跪地的駱駝，就好像一忽而回到多年以前，和那個早晨之間遙遠的時空距離立刻一筆勾銷，我往前靠近……繞了一圈，仔細看著那些臉孔，有些認出來，只是蒼老了一些，刻著旅途風霜的痕跡；有些則已不在，面孔的主人想必早已遠離塵世。我打聽最親近的友伴貝督因人的下落，直問到第四個人才告訴我他的消息。

貝督因人辭世已久，被葬在旅途上一個不知名的地方，一個土庫曼廢棄的荒城附近。他死時的情景莊重肅穆，就在他指出聖地麥加的方向，伏倒在地準備祈禱的那一刻突然過世。那個地方離知名的那吉・丁谷巴教長的陵寢只有半天腳程——這位宗教長受眾多信徒尊崇，據說他曾率領人馬參加驅逐韃靼的戰役，又唱又跳轉著圈子，後來終於在戰役中陣亡；他著作了《眞主的恩澤與神蹟》一書，是經常被拿來在眾人面前大聲誦唸的偉大著作。

我神情恍惚地聽著這個消息，好像驚愕過度，然而，我其實早已有心理準備，甚至常和自己說：「唉，此時他應該不在人世了。」但聽到這消息還是激動地哭了——我以爲自己早已流不出眼淚了。但是我是爲他的死而哭泣，抑或是爲自己的命運呢？我不知道，只覺得一股巨大的哀愁襲來，旅途中萬般艱苦都沒感受過的，一直被壓抑的悲傷充斥我全身，使我久久不能自己，耽擱了好一陣子才去找商隊隊長。隊長的模樣就和我想像中的一樣，但容顏已老，只剩下舊日依稀的影子。

他似乎猜測到我的愁緒，他一輩子旅途奔波，什麼沒見過什麼沒聽過呢？但是他沒提出任何一句疑問，我呢，也幾乎什麼都沒說……喔！我多希望能把我們的對話敍述給記錄我旅途的那位朋友聽，或者是自己親手寫下來，但是我當時如此激動，心情如此紛亂，完全記不得我們的對話了。只記得後來我陪伴他走到海岸邊，太陽開始殞落時他們就整隊上路，我待在海畔的城牆上，眼睛盯著逐漸下沉的火球。

我注視的是眞正逐漸下沉的太陽嗎，抑或只是想像？

我已經改變，但太陽永恆如昔，我不禁自問：是它自己殞落，還是我帶領著它而行？我們兩個之間，是我必須前往它落下的方向，或者它隨著我前行的腳步呢？是日，我待了良久良久，眼神堅定，耳朵凝聽……只差一點點……

情勢改觀

日落之國的秘書長珈瑪・阿部達蘭，加注如下：

記錄完以上這一段，很奇怪地，我並沒有想到要問他最後是怎麼離開那個國家，是馬上回應召喚動身，還是先睡個覺，把事情交代好才離開？我突然想起一個家喻户曉的小故事：一隻狼娶了一頭母駱駝，他對所有前來恭賀的人都説：「等她跪下（馴服）的那天才來恭喜我吧。」

我已經習慣他會突然沉默下來，就放下筆休息。他坐在那兒，嘴唇緊閉，眼睛望著遙遠的一點，我相信他凝望的是自己心底深處的某一點，而不是眼神飄去的方向。

當我看到他這樣眼睛呆滯無神，臉上毫無表情，就假裝忙著在紙上寫點什麼，或者捏捏已然麻痺的下半身。

我旁敲側擊想知道，在他突然離開之後，是否還有自己統治之國的消息，問也是白問，他完全不露口風。我很擔心他敘述完所有旅途都不會揭露這個秘密，倘若蘇丹想知道其間詳情，傳問我的話該怎麼辦呢？但是，我現在已經很了解他的個性，他若不想說的話，再問也沒用的。

有一次，蘇丹問我是否知道有誰在清眞寺祈禱壇上講道時突然死去。

我回答說，曾在雅固的書中讀到一個篇章，敘述大學者伊斯法漢尼⑦在一次講學中曾說：「我的師長們告訴我，死神無時無處不會現身，但是我倒從沒聽說過有人在祈禱壇上死去的事。」

---

⑦ 伊斯法漢尼（About-I-Faraj El-Isfqhani, 897–967）：人文學家、旅遊者，在巴格達開班授徒，桃李滿天下。最著名的著作是《詩歌之書》，研究百首以吟唱方式流傳的古詩。

說完這句話，底下一名從安達魯西亞來聽課的宗教長卻回答，在他家鄉，他親眼看到一位祈禱長正登上祈禱壇，就在踏上最後一級階梯時突然死去，一路滑到階梯下方，只好由一位信徒替代，主持星期五的祈禱、唸誦禱文。

至於我，第一次接觸到死這回事，年紀還小，還搞不清楚那是怎麼回事，我手腳靈活，跑得比許多同伴還快，有一天下午，隔壁房子裡傳來一聲淒厲的叫喊，嚇得我愣在原地。

父親帶著哀傷的神情，低聲說：「阿珊．凡薩尼教長蒙主召喚。」當時我不懂他這句話的意思，甚至在三十多歲以前，我從沒想到死這檔子事，聽到死這件事，我知道它可能會發生在所有人身上，但絕不會是我。然而，我很怕失去，每天焦急等待父親下班回家，他每天回家的時間都差不多，只要哪一天稍微遲了一點，我就跑到街上去等，心裡充滿無名的恐懼，倘若他不再出現了？倘若再也聞不到他衣服的氣味，尤其是他那件羊毛織的短袍呢？我害怕父親傍晚不回家，但從沒想過他會永遠消失。一直到進了研習可蘭經的私塾，我才知道世界上有人是孤兒，同學中有一個沒爸爸，另一個沒了媽媽。

喔！我多同情他們兩個！對他們特別和氣寬厚！然而，我完全沒辦法想像自己置身他們的情況。落日時分，父親帶我到俯瞰大海的護城牆上，太陽落下地平線的那一刻，我緊緊靠著父親，他好像了解我的心情，把我緊緊抱在懷裡，我們一起注視著火球消失的那一點，我後來才知道——那剛好是太陽升起點的相對那一點，在天際連接這兩點，將會是一條筆直的完美直線。

我記得小時候，心裡經常存著一份恐懼：倘若太陽不再出現，大地將一片黑暗，充滿鬼怪和死者的幽靈吧？事實上，逝者、魂魄並不會在夜裡到處遊移，而是出現在親近的人的夢裡。

聽到隔壁的喊叫聲愈來愈淒厲，我爬上陽台想探個究竟，此時天色開始暗下來，我看見屋裡抬出一具屍體，全身裹著麻布，但我一看那瘦乾巴的軀體就猜到是誰；自從凡薩尼老爺爺從紙市集的工作退休之後，我經常在路上碰見他，佇著手杖緩緩朝大清眞寺走去；他是全國抄寫古代可蘭經善本的好手之一，熟知古安達魯西亞筆風，這種古式筆法在東方很少人看得懂，皇宮裡還存著一份他抄寫的經文，蘇丹下令特別珍藏，在他死後命人在他墓前日夜吟誦。我有幸讀到這本經文，潛心拜讀，每個字裡似乎都看見他拿著蘆葦筆沙沙抄寫的身影。

木頭棺材一封，我心裡想：「那他要怎麼呼吸呢？」

有人問起死者是否留下遺言如何安葬，他那和他一樣乾巴巴的長子陰鬱地回答：「他什麼都沒說，但是他的習慣是到大清眞寺祈禱。」

這件事在我回憶中留下最深刻印象的是那股奇怪的氣味，不知從哪裡傳出來，我看著那口棺材的時候它就撲鼻而來，那是我之前、之後都沒聞過的氣味，在此之後只要想到或聽到死亡的事，那股氣味就會浮冒出來。

長久以來，我一直相信死亡不會降到我身上，但經常到城邊注視日薄西山的景象，看著太陽一寸一寸殞落，夜色緩緩籠罩，我漸漸體會輪迴的存在。當父親跪地朝著麥加祈禱時，突然倒地身亡，就像在我身上抽了一鞭，自此，死亡的陰影出現在我眼前，不容置疑無從反抗，從那一刻開始，我就開始等待死亡的到來，也終於明白爲什麼城裡所有的人都到海邊觀看日暮之景。

護城牆下方，一片沙灘之外，豎著一壘陡峭的岩石和日積月累被海浪沖刷形成的岩洞，船隻根本不可能在這裡定錨靠岸，這也就解釋爲什麼本城最早興起是在這裡。港口位於新興區，古城的北方，從「水手咖啡屋」就可以望見。古城區就像被海濤、懸崖、城牆防護著，並非眞的防護從落日方向海上隨時可能會冒出來的威脅侵犯——依我對歷史的了解，沒有任何城牆擋得住兇猛的敵人——而是擋得一時算一時，心存僥倖罷了。

那一壘岩石前的石頭沙灘上，是埋葬本城死者的地方，把墓園訂在這個地方眞有點奇怪……雅馬·阿德巴拉——願眞主保佑他——萬分驚訝，問了好多問題，還親自去墓園看了一下；但是當我告訴他另一件事，他就更爲驚訝了——這是地表盡頭大洋開始的本國人民才知道的一個秘密：根據古老傳統，和大洋的海水結合可以治癒不孕之症。漲潮時節，東北風吹起大浪拍打在岩石之上，不孕婦女們將裙子撩到大腿上，下半身浸到海水中，海水一浸到下身，她們就抖動承歡，如同平日和丈夫燕好的動作，有些女人甚至比在床上還猛浪！下身如此被海水沁入、淹沒，倘若上天垂憐，她們就會懷上身孕……這是自古以來的秘方，據說絶對見效！

雅馬．阿德巴拉對這個習俗，以及海邊墓園的事表現極大的好奇，他想要全盤弄清楚，詢問最微小的細節，甚至還問到這些女人什麼時辰和大海結合最有效。

我想和他親近，所以只要他問及的事，我知無不言，言無不盡。

對他所有提起問起的事，我從不顯示出訝異、歡喜、難過、懷疑的樣子，只忠實記錄他的話語。雖然我們之間建立起友誼，我還是特意保持距離，隱藏對他的親密感覺或他在我心中引起的驚恐；驚恐並不是來自他所敘述的事，而是他情緒的多變。有時他的沉默中充滿對生命的熱愛，有時他的聲音中又完全漠然，好像一個和他毫不相干的隱形人悄悄取代了他。

他臉上那抹永恆的微笑，是那個輝煌君主時期在他身上留下的唯一痕跡，然而，以我現在對他的認識，已經可以分辨出何時他是眞的在微笑，這是從來沒有人能分辨的，至少他是這麼跟我說……

那天早晨，他容光煥發，告訴我說他夢到自己回到開羅古老的小街，在一間以前常去的咖啡館裡品嚐高山薄荷茶。

覺得自己已經抵達地表的最西端，這讓他開始不停回想過去，他肩上似乎承載著所有的遺跡，有的是清晰的細節有的是模糊的片段，一些旁人眼中或許毫不重要不值一提的小事。喔！多少次他覺得自己的心在一去不返的回憶中破碎！

「你爲什麼微笑？」他問我。

我傾身看著他，回答：「因爲這也是我的感受。」

他很驚訝：「但是，你從來未曾去國離鄉，爲什麼會有如是的感慨？」

「唉！因爲逝去的日子永不回頭，」我手指著地指著牆，緩緩地說：「譬如說，如何眞正認識一個地方呢？它過去的樣子和我今日所見已然不同。」

他的眼神迷失在海浪波濤中，我頭一次催促他繼續敘述：「跟我說說『棍子族』的事吧？」

「棍子」

因此，雅馬．阿德巴拉接著敍述旅途：

他經過了五十三次的日落。直到今天，夜深人靜時，他回想起那些天在沙漠裡聽到的古怪聲音還會害怕顫抖，有些是眞實的聲音，來處可辨，另一些則如無中生有，沙子的盤旋、來自各個方向的風……

他所有的行李就是隨身小布包、幾件換洗衣服、那個可以止飢和振奮精神的神奇杯子、和那幾本書……貝督因人、啓示者、攝政三人留給他的東西。

從雲端跌到谷底裡，從萬人之上的君主，大權在握，身旁圍繞著眼巴巴得到寵幸的臣子下屬，突然又回到枯寂猙獰的沙漠，四下無聲無息，一片荒蕪，之間的痛處何需言喻？一整夜他按照星斗的圖案，朝著太陽西沉的方向前進，直到第一縷曙光出現，那時，他放慢腳步，頭轉向太陽出現的方向。

在大洋邊凝視多少次日落之後，此時他可以確定日出和日落是完全兩回事，從東方露出頭和從西方殞落，太陽呈現出完全不同的面貌，它影響的不只是人的作息生存，而就像它的本質也都改變了。

倘若不是召喚，他應該朝東而行，回到兒時居住的故土，但又何奈！他注定要聽從於召喚，這是他無法辯解、無從反抗、無須質疑的，一點餘地都沒有。聽從召喚，代表的是再次隻身一人，離故鄉開羅更遠，毫無目標。吃了多少苦！但是他並不抱怨。沙漠裡的第四十五天，日落時分，太陽快碰觸到地平線的那一剎那，他突然愣住，眼睛張得大大的：

遠方出現的是什麼？

他模仿貝督因人的做法，趴著把耳朵貼在地上，貝督因人教他——這是多久之前的事了——這麼一來，聲音會變得更清晰。

毫無疑問……

他聽到腳步聲，有的緩慢有的急促，還有奏鼓、敲鈸，以及在開羅每逢拜神慶典時在大街小巷裡聽到的吟唱、喧囂、遊行的喜慶鬧聲。

那無憂無慮的快樂時光喲，在召喚逼迫他遠行之前，在他經常玩耍的那條街上豎立著阿馬迪陵寢，他常在可以鳥瞰聖殿的窗戶前留連，望著覆蓋綠色厚布的聖壇！青少年時期，他獨自散步閑晃回來，夜色降臨時分，可以看見許多人在陵寢前，向聖者祈禱、哀求、希冀得到他的指點護佑，手掌朝向天，四周燃著不知誰點的蠟燭微弱搖曳的火光。一年一度的于珊教長誕辰日慶典剛過，緊接著就是阿馬迪聖者節……街道上滿滿都是擁擠的人潮，從邊境來朝聖的人就在城中心露營，露天席地而眠，整夜吟著眞主之名祈禱。

這是多少年前的事了！

雅馬·阿德巴拉跟我說：「所以啊，你想像一下，在荒涼的沙漠之中，突然聽到像那麼久以前聽到的吟唱、喧囂、遊行的喜慶鬧聲……」

放下所有戒心，他下定決心往前走去，不再害怕等在他眼前的是什麼——經過這麼多奇特的遭遇，還有什麼會讓他吃驚呢？往前走直到看到一大堆帳棚，有的是一大群在一起，有的是四散各處，每個帳棚門都掀開，到處散落床墊、鍋子、空的碗盤、木製輪子、魚鉤……

沙漠裡出現這些東西？

沒錯，眼前的確是這個景象。

接下來看到的是男人和女人，簇擁在一起，眼神朝著遠方，互相擁抱說話；嬰孩們在地上爬；七、八歲的孩童三五成群跳著舞；男孩子們玩跳馬遊戲；一個小女孩正試著吹起一個羊皮袋；一個男人手伸在耳朵旁傾聽，但放眼四周並沒有人跟他說話；另一個呢，頭上纏著頭巾，一臉殺氣，高舉著一根像權杖般手削的木杖；一群七、八個男子肩並肩坐著，一起注視著一個怪人，倚著一根和剛才那個男人一樣的木杖，臉上表情十足，但是一言不發。

盛在大銅盤裡的米就像沙漠的沙子一樣一望無際，炙烤羊肉，煮的、烤的、燒的各種家禽，圓的方的各式奶酪，陶瓷瓶裡裝著……葡萄酒嗎？只看你想喝紅酒還是白酒！有的人開懷大吃，大口吞著肉塊或奶油肉糰子，其中有一個，撐著一根木棍——沒錯，很怪異，這些身體勇健、步伐輕快的人都拿著一根木棍當手杖，就算不倚著也一定放在一伸手就拿得到的地方——手伸到裝滿香菜香草的缽子裡，一把一把放到嘴裡吞下，好像欲罷不能。

旁邊有一男一女，擁抱相疊，他撩起她的裙子——什麼？在大庭廣眾之下，而且根本沒有人注意？更誇張的是：一個年輕小夥子經過他們身旁，彎身在男的肩膀上拍了拍，表示讚許。

靠近中央的帳棚裡，坐著七個樂手，其中六個年紀都還很輕，像小孩一樣，六個人圍坐，坐在中間的第七個是位老者，身穿白色長袍，頭戴紅色小帽，雙眼緊閉——倘若不是眼睛緊閉的話，看起來還眞和攝政一模一樣，外型差不多，舉手投足也相像——手上拉著弓，膝蓋上架著一具張著四、五根弦的樂器；其他人則是彈奏齊特拉琴、鼓、長笛、詩琴、古琴、古雙簧管。他們的手指靈活移動，撫摸或打擊著樂器，但是沒有發出任何聲音。他們是在練習啞奏，不發出聲音嗎？那麼，遠方聽到的樂聲又是從哪裡來呢？

四處都是烤肉的營火，大量的烤肉……哎呀呀……他飢腸轆轆，從聽到召喚被迫上路以來，什麼熱食都還沒下肚呢。加之，才不多久前的君王時期，他吃的可是稀有的燕孔雀肉、魚舌頭、薄荷油炸的羚羊眼珠！

喔！他實在餓壞了！

四周沒有一個人注意到他，沒有一個男人攔下他，沒有一個孩子叫住他，他們只是看著他到來，沒有任何反應，就好像他本來就是生活在這個群體之中。他往前走向人群，又吃又喝，直到疲倦地躺下，精力逐漸恢復，在半驚愕之中時而清醒過來，仰望流星，希望得到一些啓示。

他漸漸不再懷著戒心，不再不停窺伺四周，害怕有什麼事會發生，被放逐的感覺也逐漸平息，甚至對之感到漠然。「還有什麼是我沒碰過的呢？」他心底默默這麼想，到目前為止，旅途中每一個階段、每踏上一塊新的土地，他總是心情緊繃，小心戒備。

天將破曉，他朝著日出走去，音樂在他耳中縈繞，節奏快速像漩渦而上，所有人互相擁抱，一個男人在他嘴上親了一下，一個年輕女人和他握手。當他看見那個絕美的少女，覺得整個人快溶化，又有新的冒險等在他眼前了。

「把握今朝吧，誰知道明天太陽是否還會升起呢？」

這句輕聲細語，溫柔的像朵百合，就跟她的人一樣。這是他來到之後，頭一次有人跟他說話，話中的含意正好解釋了他們這族人的生活態度，這是他之後才慢慢得知的。

在他聽我敍述和印度少女相遇故事的同時，其實眼前浮現的就是這個宛如百合的少女，但是他不敢對我明說，怕就此打斷我話頭。對這名少女的記憶埋藏在他內心最深處……一個超凡脫俗的美女，甚至在他當君主，要多少美女都有的時期也沒見過這樣的清秀佳人，當然，他無法比較，因爲這個少女應該說舉世無雙，如此脫俗，和所有其他女子都不一樣。

雖然他疲憊不堪，厭倦不停往前走，此時突然慾火焚身……那誘人的女性魅力，毫無做作，那纖細的身材，孩子般的臉孔，點頭的姿勢，像男孩般的舉止，怎麼形容呢？就好像男性與女性的細膩都集於此身，非常特殊的魅力！

他四下望望，向前朝她走，準備撲上去，但是她一伸手擋住……

「不，時辰還未到……」

那麼長時間身置萬人之上，全國上下眼巴巴獻上燕瘦環肥的女子，希冀得到聖上恩寵，突然面對這個拒絕，很難接受很難調適。但是不知道他的行動會引起什麼樣的反應，倒是不敢堅持，心中又意識到他終究是個外來者，這種「外來者」的感覺一直糾纏不去，在綠洲、在「眾鳥之國」、在沙漠裡朝著日落而行的所有旅程裡，從以前到現在，他一直都處在陌生的境地。算了，眼下既然無法可施，不如先睡上一覺再說吧……

他好奇心乍起，看著這些人的舉止行動：他們從哪裡來？往哪裡去？這些鍋碗瓢盆和食物是從哪裡得來？第一天早上，睜開眼睛，他好似聽到凝重的靜肅籠罩在他偌大如廣場的臥房裡，人還懶洋洋的，不知自己到底睡了多久。

他不知自己睡了多久，睡神就這樣突如其來，想必是因爲他長途跋涉，之後又飽餐歡飲了一陣的關係。所有人都圍著樂手而坐，年輕少女身上散發若有似無的香氣，但是他一聞就知道是什麼香水：在「眾鳥之國」，他對所有香味瞭若指掌，不管是中國的、黑人國度的、或是北方斯拉夫民族的。臉頰、臂彎、膝蓋後、手掌、私處各有不同的香水，至於頭髮，不知有多少香油香膏與香精。所以，理髮師是他最親近的寵臣，他可不是對著理髮師傅伸長脖子，一付引頸就戮的模樣嗎？

然而這一切像是已經成爲另一個人的過去了，甚至慈母綠洲、他的妻子、未曾相識的孩子，都已經是另外一個人的過去。在「眾鳥之國」呢，他又留下了多少子嗣？自他離開後，國事又如何了？但每段旅途上這些種種，他眞的都經歷過嗎？他的這些回憶都是眞的嗎？如果不是眞的，爲什麼突然一時之間，一道奇特的光線或一個僻靜的角落，就會引起心中這些感傷？又爲什麼，一股淡淡幽香就會讓他想起一個時期，一個動作就讓他自以爲平靜的心再度熱血澎湃？

他眼前看見的景象實在奇特，甚至連想去了解的念頭都沒有。看到身旁的人放浪形骸，他想擁有百合美少女的慾望更加強烈。眞正被族人接受他成爲一份子的，是舞蹈。

事情的發展是這樣：一陣幽柔的音樂不知從何處響起，他心頭多年沉積的往事緩緩浮現，片段的影像一一出現眼前。開羅、沙漠裡的日出、充滿神秘光環的日落、黑夜裡沙漠的動靜、他面對每一個新情勢的不知所措。

樂聲一陣又一陣，節奏越來越快，將他擺動在過去、現在、無知的未來之間。樂手裡的首領把弦琴放在一邊，手上拿著一個小鼓，眼睛注視著地面，在每段樂聲停歇時，他用指尖敲著鼓，告知大家換方向，所有人就朝著他指示的方向躬身行禮，就在此刻，一聲令下，所有的叫聲揚起，叫聲方歇，樂聲又再次響起。

一聽到舞蹈節奏樂聲，他就站起來左右搖擺身軀，一隻手指伸向過去，另一隻手指伸向未來，雙臂像鳥翅伸展，身體打著陀螺旋轉，本來兩隻腳支撐著，後來是一隻，轉得愈來愈快，直到既看不到自己也看不見別人的身影，他就這樣旋轉跳著舞，像發了狂。

狂舞漸歇，兩個男人走近他身旁，一個約五十來歲，另一個更年長些，旁邊還有一個有點年紀的女人，兩眼大張盯著他，一邊還模仿他跳舞的動作。

「你從哪裡學到這樣的舞蹈？」兩個男人之中一個這麼問。

這個問題其實就是在邀請他介紹自己。他回答自己從何處來，但沒說將往何處去，只說他行走天涯，沒有既定方向。他們得知他旅行過大城市、見識過大首都，是啦，在首都大城裡，他可見到末日將臨的警訊？

他好奇這到底是什麼族，一步一步，他才開始明白自己遇到的到底是些什麼人。他遇到的是「棍子族」，人稱「棍子」。

雅馬．阿德巴拉——不論在人世或在天上，願真主賜福於他——接著說，這些人原本住在一個廣大的國度，一個城市、市集雲集的大國，往西前往大洋、往南直到黑人國度的駱駝商隊都會經過。

直到有一天，從東方——沒人準確知道到底是哪裡——來了一個全身白衣的旅者，雖然看起來身手矯健，手上卻撐著一根木棍。據他所言，以凡人的時間算起來，他隱居在山裡已經超過百年，那是自從一位聞名的宗教長對他說：「盡頭已經接近了，你還睡？」「什麼盡頭？」「最後的審判啊！已經迫近眉梢了。」教長回答，並命令他告諸世人，必須把握僅存的時間，享受塵世間的快樂。

他醒過來，心中害怕，相信一個大轉變已經開始，但無法眞正知道是什麼轉變。他立刻拋棄隱士生活，走出塵世來到這個大國定居，昭告世人：「時間已不多了，世間所有將化爲塵土，大家享樂吧，主的恩惠無可測量！」

他的話立刻吸引眾人的注意，這些人開始在大街小巷傳播世界末日將至的消息。許多人躲到廟裡不停祈禱，大聲尋求神明庇護；有些人選擇逃亡，認爲在流浪途中可以獲得神蹟，有的拋妻棄子獨自出走，也有人攜家帶眷一起逃。時間緊迫，用盡這一輩子的時間都來不及享受世間的快樂，有些快樂我們已經領受過，仍有許多是還沒嘗試的，一分一秒都不能虛度，聽從棍子旅人末世宣言的人們離開國度，跑到沙漠荒野中。自此，大家恣意過日子，推翻一切既定規範，他們不再蓋房子，住在簡陋的帳棚裡，身無長物，一切依直覺行事，他們甚至要求那些想來加入他們的人，放下一切對物質的執念。因此，他們可以吃死人的肉——主要他們死，吃他們肉又有何妨？也可以眼看著自己的妻子、女兒、兒子被一個陌生人佔有，倘若可以聞風不動靜觀這個場面，所有人都會鼓掌讚許，也才有資格加入這一族。他們也揚棄了姓名的用法，孩子哭著叫媽，他媽媽連看都不看一眼。所有最奇特瘋狂的念頭只要出現在腦際，他們立刻付諸行動，沒有任何人會批評勸阻。

他們說，我們擁有今日，但明日呢，沒有人知道會怎樣。眼前的落日，誰能保證它明天早上還會升起？大家花盡擁有的，做自己想做的，完全不必違背自己的心意。

喔！他在棍子族聽到的那些言語，還是別重複的好！況且還有許多他不明白意義的事，在他短暫的停留時間裡，看到好多奇怪的事，譬如說他看到男人們穿著女人的花裙，走起路來款款生姿，手指彈出聲響，像跳舞一樣；還有的則赤精條條四處走動。怪異的新聞才多呢：例如那個以前人人望之膽寒的警官，對貧弱、窮困小民向來不假辭色，執法如山，市集大街上，只要他出現人人心驚膽顫；突然有一天，在警察署內院裡，他把配著金星的制服脫掉，一把火燒了，全身上下光得只剩下一根佇著的木棍，他回家再也不從門進去，而是翻牆攀上陽台進入，有時人們還發現他在街上搶婦女身上佩戴的珠寶，擋住人們回家的路，躲在角落，看到孩童出現就揮著棍子嚇唬，孩子們當然四下奔逃。反正到了最後，他也動身前往沙漠。

還有那個被視爲華陀再世的草藥醫生，突然開一切相反的藥方給病人，眼睜睜讓病患暴死眼前。

還有那個忽然把自己想作驢子的人，身後綁著推車，在市集裡趴在地上奔馳起來，嘴裡還發出驢聲嘶吼。

好多人都擱下店面生意，買、賣有什麼意義呢？辛苦進貨、找尋罕見的貨品是幹什麼？人們只想著吃喝玩樂。聽聽下面這個故事：在一次打鬥中，一個非常有錢的傢伙意外被打死了，他尚未娶妻亦無子嗣，全部財產都讓一個苦哈哈的親戚繼承，得了天上掉下來的一大筆財，這個親戚卻一臉愁苦，憂心忡忡。「該怎麼散盡我繼承的這些錢呢？」他非常苦惱，有一天，他召集朋友們，問道：

「有什麼方法、作什麼生意，可以讓這些錢不再滾錢進來，把它們都清光呢？」

朋友中一個建議：「都散給窮人吧。」

「可蘭經說到：你給一的善行，將會十倍收回，我這樣散錢，倘若收回十倍該怎麼辦？」

另一個說道：「要不這麼辦吧，你去買一頭駱駝，讓他載著沙從沙漠東邊到西邊。」

「不行，倘若我在掘沙子的當兒，突然掘到一個天大的寶藏……那還得了？」

第三個人建議：「再不然，你去把天下所有的針都買來，溶成兩塊鐵，那就連兩文錢也不值了。」

「不行，連兩文錢都可以白手起家啊！」

第四個人說道：「那你把全天下的玻璃都買來，再把它們通通砸爛。」

「說得有道理！」他開心地回答。

他立即雇用許多馬車，到遠近各大城收購所有玻璃器皿，從最昂貴的到最便宜的，一網打盡。他在城邊把這些玻璃器皿集成一座小山，開始打毀，一心只希望把繼承的這筆錢立刻銷毀。

喔！這些希奇古怪的事，說都說不完呢！

多少婦女，昨日還端莊保守戴著面紗，現在開始在街上拋頭露面，有一些還竟然赤身露體不著絲縷！還有個男人，居然和一棵棕欖樹結婚，據說他瘋狂愛上這棵棕欖，時時來看它，緊緊擁抱，又親又吻，他昭告所有人，已明媒正娶和棕欖樹成了婚；據他所言，棕欖樹不但會說話，還和他耳鬢私語說了許多悄悄話呢。眾人都說：「世界末日即將來臨，發生這樣的事也是尋常！」

宗教大法官開始跪地亂爬，遇到野狗他就對牠們大聲狂吠，張牙就咬手爪亂抓，連野狗都嚇得四下奔逃。

所有既定的成規四分五裂，一切都打破重來，自此，倘若有人佇著一根木棍出現，不管他之前是多麼顯要、多麼受尊崇，代表的就是：從今爾後，他可能會做出最不可思議的舉動。

雅馬·阿德巴拉對我說：我權衡了一下自己的處境，甚至擔心起我生命安危，因爲，乖乖待著遵守舊有的規範行事，很可能會惹火這些人。

他決定豁出去，做出他在綠洲、甚至在萬人之上一言決人生死的君主時期都不敢做出的事，他現在才體會，被監視的感覺壓在身上多麼沉重，沒有一刻，就連最隱私的時光，也不能確定沒有隱形的眼睛窺伺監察。

他把身上衣服全部脫光，就這樣光著身體走來走去，全身上下只有手上提著的小布包——下決心倘有人來搶他的包包，他也誓死不讓——只有沙漠夜寒時才披件衣服保暖。當他驚覺自己走路翹著屁股，心中又開始害怕，他是不是開始變身了呢？他待在「眾鳥之國」的時間也頗長，哪知道當時他們奉上的菜餚、香水、秘方有沒有什麼花樣？國內每個人都逃不掉的這條律法，會不會因爲他遠離了而在他身上失去效力呢？

在他光著身體閒晃的時間內，沒有人以譴責的眼光看他，沒有一個男人斥責他，女人們則反而欣然讚許。有一次，一個女人站在他面前，把他全身上下瞧個仔細，然後笑著走開。夜裡，她們跑來找他，但是他從不知道和他翻雲覆雨的到底是誰。他一直不停尋找那個剛到時遇見的少女，在空中嗅著，期望聞到那股百合的幽香，卻徒勞……很奇怪，每到一個國境，他都會立刻碰到一個清新美麗的少女，讓他目眩神迷，但之後少女都消失不見。他永遠忘不了剛到「眾鳥之國」時看見的少女，那優雅的身姿深印在腦海，直到今日，只要一想起她，他就慾火高漲。

他漸漸習慣看到這些人突然叫喊、手舞足蹈起來，這裡一個大吼大叫，那裡一個一言不發、一個老頭翻著筋斗、一個俊美的男孩死死盯著他；這種氣氛讓他很不自在，或許怕自己也會變成這樣，周圍所有一切都讓他起戒心。只因為和他說過話，所有族人現在都視他為同類，一個受眾人尊敬的老者甚至拿了一隻木棍給他，他們堅決相信，會出現在這個荒蕪沙漠裡的人，想必就是前來加入他們群體。在所有旅程當中，這是他唯一一次不是為召喚所迫，而是自願離開一個地方——雖然他心裡很清楚，等在眼前的是沙漠的嚴酷和全然的孤寂。離開之際，他留下的最後一個畫面，是一個腰纏皮帶的男人，舉著木棍在空中亂揮，正和隱形的敵人死戰。

他背向日出，舉步離開，心中焦慮惶恐，朝向未知前行。

雅馬·阿德巴拉的手稿

因此，受到召喚，我乖乖朝著日落而行……我隨著太陽的軌跡，但是，我們兩個之間，是我前往它落下的方向，或者它隨著我前行的腳步呢？誰知道？

有的時候，我身心疲倦想踩煞車：為什麼不放棄，為什麼不反抗，為什麼不反身走回頭路呢？我不知道為什麼做不到，是真的被迫於召喚，或者這其實是我自己內心深處的期望？

目前，我查詢這條東方之路上常走的路線，以及沿路上的城市。但是直覺告訴我：「穿過孤寂荒蕪的沙漠，你歷經的艱辛很多是你想都沒想到的，走到人煙之處，或許還更糟？要抵達目的地還需要多少時間呢？」

我愈來愈懷念過往，常常想起一些小事，當時好像沒有意義的細節，現在變得重要無比，溫柔撫過的清風、下午愈拖愈長的影子、遠方清眞寺圓塔上宣告祈禱時間到了……從小我就喜歡溫柔的光線，尤其是在開羅，日夜交接時分，夕陽日照、被雨水刷亮的青石磚神龕裡那縷燭光搖曳、一位不知名聖者墳上罩著那塊淺綠色布發出的淡淡光澤。這些回憶、景象都讓我心碎。這些回憶都鮮活著，呼吸著，上面罩的那層布鼓起又洩下，被一股神秘的氣吹拂著。喔！我瀕臨崩潰！我既不來自東方也不來自西方，眼前突然出現那個繡著金字的飾帶，工整的針腳像誠敬地宣揚所繡的經文：

「主曰：對忠誠的信徒，我不要你們任何東西，只希望你們善待身邊親近之人。」

我的憂傷如此巨大，懷念如此深，溫習過往，一再發現以前沒注意的枝微末節，那些深印在我生命中的往事卻如泡沫般，逐漸幻滅消失。

我睜大眼睛，努力想找回那些印記下的影像，只是徒勞，最多只在偶然間瞥見一點浮光掠影的片段，已然陌生。當我開始意識到這種抓不回來的失落，幾乎要嚎啕大哭起來，看到我這付哭喪德性的人，不管是舊識或是頭一次遇見，一定會以爲我死了親人，行若遊魂。在一段段旅程中，有一些東西在我內心逐漸枯竭、變冷變硬，我漸漸接受那些以前絕對無法承受的痛苦，學著不在所有突如其來的情況下退縮害怕。

因此，在世界的盡頭、海畔的日落之國的市集附近再次看見駱駝商隊時，我一點都不驚訝，好像本來就等著他們出現。得知貝督因人往生的消息，心下一陣激動，但很快就控制住情緒，雖然，日後我經常想到他，心中溢滿一片悲傷。

我的心在旅程之中變硬、麻木不仁了嗎？爲什麼那些我以爲刻印在身上永誌不忘的事也漸漸淡忘了呢？這和離日落愈來愈近有什麼關聯嗎？

然而，我聽到帝尼斯島被淹沒的消息還是不能自已，洶湧波濤呑噬島嶼，最後一棵沒藥樹也沉入海底，從此在世上絕跡，自此爾後，各方前來島上棲息的鳥類也將四散東西。

我心裡好難過……然而我從來沒到過帝尼斯島，從沒見過這個地方，以後也不可能看到，不只因爲它已經沉沒海中，也因爲它位處東方，而我呢，還繼續不停朝著日落方向而去。

有時候，我覺得撐不下去了。

喔！要是我在阿薩宮附近，可以每天去主子于珊陵寢前拜望，那該有多好！我可以唸著牆上、布幔上、燈上刻著的經文，可以聞著那裡氤氳的神祕氣息！要是我在開羅市中心該有多好，午睡時分，綠洲的妻子在甜蜜的家裡等著我回去，旁邊伴著我那未曾謀面的孩子！

要是我現在能把在旅程中每一刻所經歷的都看清楚該有多好！但我知道這是不可能的：就算我突然得到上天啓示，光是不斷遊走這個事實就把所謂「眞實的當下此刻」都抹滅掉……因此我面對一片虛無，只有當我底達最後目的地的那一刻，眞正的自我才會誕生，眞正的旅行才能展開。

爲什麼我必須不斷地失去呢？

一聽到召喚，我不是立刻聽從指示離開安祥寧適的家嗎？

我的朋友，就是那位記錄我旅途的人，似乎能了解我的心思，雖然他從未長途旅行過，似乎能體會我的經歷，此外，我在「水手咖啡屋」裡那些凝視著大海波濤的人臉上，也看見這種心有戚戚的表情。

「旅行了這麼久，你不疲憊嗎？」朋友問我。

「喔，疲憊以極！」我回答。

他驚訝地又問：「那麼，你既然已經抵達這裡了，爲什麼還要繼續上路呢？」

「爲了尋求內心眞正的安寧。」

影子

現在他的腳步加快，一日日過去，他看過多少日落？這段旅途又持續了多少天？他也說不上來，現在他對自己的回憶開始存疑。

這句話，雅馬・阿德巴拉在我們最後幾次會面時經常說。他經歷了多少歲月！這些年月現在如夢一場，有時連模糊的印象都沒留下。

或許是因爲每天坐在陸地盡頭、面對海洋的地方，望著日頭落下的原因，心中本來一些迷惘的事逐漸變得清晰。這次並非召喚迫使，他自己決定朝向西方繼續前進，不知下一站會是在哪裡。他拋在身後的是超過他所能想像的，但他一點也不想再次經歷過去所經歷的事、再活一次已度過的歲月。

在一片荒蕪的天地間，他隻身一人步行了四十天，心裡充滿不祥的預感。眼前漸漸出現棕欖樹、變種的無花果樹，金色的沙地漸漸成爲紅色，沒錯，他接近了一國的邊境，當他看見天空裡盤旋的禿鷹，就更無懷疑了。

禿鷹正等待時機攻擊他嗎？他的死期到了嗎？他知道這些惡禽可以在高空、山巔目測到地上一排螞蟻，牠們想必在等他累垮倒地，再衝上來撕他的肉。慈母綠洲的居民堅決相信，禿鷹的巢築在無垠太空裡，在天際銀河中下蛋繁殖。至於貝督因人呢，曾說到禿鷹把巢築在山巔上，在高處窺伺駱駝商隊，就像獵犬緊盯著獵物，等著他們離去時收拾遺留下的食物、殘骸。禿鷹的攻勢非常狡猾，在左邊啄一下、右邊啄一下，直到獵物頭昏腦脹，幾乎失去平衡，這時牠們先用尖爪在屁股後面輕抓，然後一把抓破腿腱，之後慢慢把尖喙刺進肉裡。

在沙漠旅途中，有多少次他腦中出現貝督因人的身影！想起他那銳如刀鋒的眼光，想起他鄭重地搖動食指的手勢，警告他就算疲憊虛脫、喪失所有希望時，也千萬不能放棄，否則就是死路一條！放棄、停下、讓自己休息、沉入睡眠便再也醒不過來——這是孤身旅者或在沙漠中迷路的步行者最容易上的當。然而，一個人愈是充滿活下去的慾望，愈能夠戰勝面對的敵人，這不是淺顯易懂的事嗎？貝督因人的這句話他永誌不忘。

多少次他想停下腳步，就地坐下休息！正想放棄的那一刻，想起走遍全世界那個瘦削的老者貝督因人，就立刻驚跳起來，不管是什麼時辰，立刻繼續動身上路。

日暮時分，他抵達一個高原，四周沙子小徑顯然都通往一個城市，再走近一些，他望見這個山谷裡的城市，一眼可見城市周圍。住戶的青石瓦屋頂，遠遠便可望見，牆壁雪白，他甚至可以看見住屋的前院和內院、狹窄的小巷、寬闊的大街。城中心豎立著像清眞寺圓塔般的高塔，頂端有三層雕花塔頂。

他覺得好像生命中第一次聞到空氣的清新，如此溫暖，如此柔和！一定距離海洋不很遠，一定是，他相信藍色的波浪就在不遠處，猛吸一口氣，心中有點傷感，又有點害怕即將到來的是什麼。

他不知道會在這個城市裡碰到什麼，不過老實說他也已不在乎。他學到不急不徐、慢慢再看的功夫。譬如說，當他和一個垂涎已久的可人兒面對面的時候，不會猴急一把剝光她的衣服，而要慢慢品嘗：這是等待換來的快樂！

他在神奇杯裡喝了三口水，振作精神，緩緩向山谷間的城市走去。這個午後寧靜宜人，撩動人心。在綠洲時，夕陽餘暉持續很久，但之後一忽兒日頭就隱沒，宇宙霎時陷入黑暗。在「眾鳥之國」，景觀殊不同：從下午以後，陽光緩緩緩緩減輕光芒，一寸寸直到黑夜籠罩。不知多少次，他站在圓形陽台上望著這個景緻，思索良久。

他真的曾看到這些嗎？

他走了之後，誰來接替王位？

繼他之後，出現的那個人是誰？

攝政會又重回陣營，站在國境邊緣，苦苦等候前來的那個人嗎？

誰會是那個前來的人？他會是什麼樣子呢？

那他自己呢？皇宮裡他的畫像會是什麼模樣呢？

這些疑問在他腦子裡不停翻攪。

但是，眼下他最擔心的是，面前這堵城牆之後是什麼呢？這段旅途到目前爲止，他沒遇見過一個人，也沒見過任何鳥獸之跡。現在眼前忽然出現的是一道城門、護城牆上一道開口，這是個入口嗎？

雅馬·阿德巴拉說他察覺到自己有些從來沒聽見過的毛病，譬如說他喪失時間的觀念。他的記憶混淆不清，視力也模糊雜亂：偶爾回想起自己被愛戴、崇敬的那段時間，以及其他各個時段，他已不知如何分辨哪些是眞實的影像。

有一晚，也是在日落時分，綠洲妻子突然出現在眼前，就在他身前，和他離開時一點也沒變，還是如此美麗。她走向他，然而眼睛卻看著別處，好像不知他就在前面，中間只隔著幾步。他向前踏出幾步……徒勞，他們中間還是維持相同的距離。他喚她的名字，也是徒勞……他放棄一切努力，只靜靜地看著她，知道他們之間隔著一道牆，對方聽不見他的聲音，也看不見他的形體。他們既不能相見，也不能對話。

他既悲且喜……心中的狂喜猶如熱戀的醺醺然……然而彼此無法溝通，只能算是孤獨的歡喜，情感上波濤洶湧，心裡卻感到一片空寂。

他眼前出現那個跪在身前的女子修長窈窕的身影，儘管他權勢如日中天，依舊沒有找到她，這個只能在夢中相見的女子，無論何時一想到就遐思無限。

還有那「棍子族」百合般的少女，走起路來搖曳生姿，突顯她凹凸有緻的身材，怎不令他心跳加速，血脈噴張？

還有那個有一天他途經一個山區小城，在一扇半掩的門邊看見的年輕女子，讓他不禁脫口而出：「喔，美人兒。」但她很快消失在門後，留下他獨自悵然懊悔。

這些女子的面容混淆，糾結，重疊在一起，已然變樣，失去原有各自的特性表徵。

有一次，在他當君主的時期，收到一個邊境上貢的禮物，是該族族長的女兒。但這名女子又瘦又乾，既不妖嬈也不溫柔，收到後過了三天他都沒召她共餐也沒寵幸。攝政婉轉地勸告：冷落這名女子有違宮中規矩，該族也會因此蒙羞，族人都等著看沾血的白被單，倘若他一直讓他們等下去，他們會在所有人面前抬不起頭。這麼一來，有可能引起該邊境部族的叛亂！

他勉為其難仔細端詳一下這名女子，才發現她被如此精心妝扮，她垂下眼睛，他一言不發將她從頭到腳好好打量。之後，他把她拉向自己，驚訝她毫不反抗。

我們愈是喜歡一個人，就會愈注意，到目前為止，他對眼前這名女子毫無意思，所以根本沒注意過她。但有時只是一個小小的動作，就會引起他的興趣，甚至撩起他的慾火：譬如說此時，她咬著嘴唇這個動作。當他聽到她如蜜糖的聲音時，當下慾火焚身。

她哀求他：「請輕一點，別弄痛我。」

令人發狂的聲音……他從此著了迷，聽著她在耳邊呢喃，呼喚著他，聲音像蜜糖滲入他的血管，直到最隱密的私處，讓他無法再克制。每一次，他把她的頭仰向後，當她閉上眼睛，他就拿薄荷香精讓她聞，等她一張開眼睛，他們就結合為一體。

這個貌似文靜的女子，身體裡藏著一口欲燃的油井，他從來沒見過這樣的女人。他不斷想起她的樣子，回想他們欲仙欲死的醺然時刻。

她也是，在這大洋邊，她的身影出現在他眼前，她似乎看見他，但臉上毫無表情……

還有那個老朋友，已經多久沒想起他了！他們以前形影不離，多少次彼此發誓一輩子都不分開！然而，時光飛逝……兩人各自分飛。這麼多年來，幾乎連他的樣子都忘了，這會兒卻突然重現他眼前……他還在人世嗎，還是已經到了永恆國度？

還有那令人尊敬的宗教長，生性沉默寡言，城裡的街頭小巷都可以看到他一把白鬍子，穿著華麗的皮裘長袍。他下午在阿薩宮的內院裡講經，每天主持日落時分的禱告，沒有人眞正認識他，也沒有人知道他的名字，大家叫他「內地人」，因爲他是從內地來的。

還有那個染有潔癖的刮鬍師父，一整天在店裡忙著打掃除塵，一但看見店門口有人走過，就忙不迭地上前擦掃。

還有那個賣乳酪的老闆……眼睛大大的，一旦把頭上的纏巾揭下，一整頭波浪濃密的頭髮落下，柔細如絲，保養得宜，仔細上了髮油。

眼前如走馬燈出現許多面孔，其中很多是他已記不得名字的，許多他往日經過的某個地方，老樹棕欖，一些他吃過的菜餚，坐過的沙發，這些影像一一走過他眼前，然而像隔著一層紗幕，狀似清晰卻又如此模糊。他驚訝地發現自己之前完全沒注意到的事，相反的，有一些他以前認爲會刻骨銘心的，現在卻連想都想不起來。

很奇怪，他現在對時間的概念全然改變，就像太陽突然循著一個速度變快的軌跡運行，或是像分分秒秒都混在一起分不清了。他不斷自問：「我是不是錯過了某一段歲月，跳過一段時日呢？」

雅馬・阿德巴拉重拾話頭：等了一段時間——只有天知道到底是多久——他感覺城門開了，回頭一看，兩扇厚重的大門果眞向兩邊開啓。

他走進城門……

他立刻覺得好像從頭到腳都被包裹在一層紗裡……在旅途中他遇見過許多不同的大霧，有的輕飄飄，有的濃厚的像奶昔一樣化不開，但這次全然不同，霧好像不停流動，圍繞周身不去。

他從沒見識過這種來自海上的大霧，這種從海洋深處冒起，在洶湧的浪濤上翻轉的水氣，瀰漫一切，如同教義一般，無處不在。

在慈母綠洲，居民對大霧深懷戒心。有一天早上，大霧瀰漫，像從地心裡冒出來，妻子驚恐萬分，說道：「不祥的預兆。」他不明白地看著她，發現她突然變得冷淡，整個人封閉起來，被不祥的預感啃噬。

老天，他覺得這些人還眞迷信！

譬如說，只要看見一棵雌性棕欖樹，他們一定熱切行禮問好；穿過一道橋或是跳過地上一道裂口，一定要先問過地神。就他們所言，我們眼見的一切，都存在另一個我們看不到的層面。

他們在吃飯前一定會喃喃唸一些話語，吃完飯也必定就地轉三圈。你想從一棟屋子到另外一棟屋子去嗎？那必得在屋前唸一段咒語，表示前一個屋子的門照應下一個屋子的門。

決不可以把椰棗核丟到路中央，不管大人小孩，吃了椰棗之後，核一定要丟在一個大家擎在手臂下形狀特別的甕子裡。喔！這些規矩他可以講個三天三夜……但是，這一切都已是過眼雲煙。

他淹沒在這古怪的大霧裡，突然腦中浮起許多清晰的回憶，細節都歷歷在目。這麼濃的大霧……就算伸手到眼前也不見五指，甚至他連自己的鼻尖都看不見——他想看看自己的樣子時，習慣性會眼睛會朝下看，盯著鼻尖。

先別忙著看自己，他現在路也看不見，盲目瞎走。本來在高原上遠遠看見的房舍、街道、青石瓦，現在進到城門裡卻都換了個樣子，更正確地說，是根本看不見樣子了：不只是物體，連人、所有動物都被大霧籠罩，整個世界好像成了一片空。

是的，就好像介於半夢半醒，什麼都不眞切。

或是，像置身一場夢中，夢見自己正在空中飛翔或在海底潛泳，這是他目前感覺的最好寫照。

這個徵兆是從哪個時期開始的呢？是在綠洲的日子，還是在「眾鳥之國」？已經記不得了。唯一確定的是，在開羅時他完全沒有這樣的煩惱，和駱駝商隊一起旅行時也沒發生過。面對這個惱人的痛苦他束手無策，往往在他毫無預料之時發生。

那就是，他會突然從沉睡中驚醒，但又無法眞正醒轉過來。

驚醒之後，他對周遭一切意識非常清醒，但四肢無法動彈，最多只能發出微弱的呻吟聲音。喔！剛開始時，他妻子嚇得不知如何是好，輕輕搖撼他，不知該說什麼。

因此這個徵兆是在綠洲開始出現的，他現在記起來了。妻子還跑去向「啓示者」求助，老人告訴她，千萬不可急躁，也不必驚惶，要溫柔相待，反正，她再怎麼也對抗不了這個潛身在她丈夫身上、想把他拉向死亡世界的惡魔。

後來他才明白，其實驚醒之後他對周遭並沒有清醒的意識。才昨天而已呀，他眞想一了百了，和「未知」纏鬥太久，他倦了。每次病情發作，他都相信聽到綠洲妻子的腳步聲，所以就放任自己處在這種半夢半醒的境地，等待她呼喚自己、希望她溫柔的手解開自己和塵世之間的結。然而，唉！他的聲音傳不到她耳裡，她的身影永遠隔著一段距離。

怎麼會這樣？

他跳起來，突然明白：她已經如此遙遠，如此遙遠了！他當時迫不得已離開她，現在已天人永隔。要不他繼續和命運纏鬥，要不就是追隨她而去。

此時，我，珈瑪．阿部達蘭，我向他靠近，心中充滿同情體諒。他的樣子如此疲憊，如此頹萎！好像旅途上所有的疲倦一剎那間壓在他肩上。我堅信他有一件心事要告訴我，他的眼光表露無疑，他往往像要脫口而出了，卻又總是忍住。他陷入沉默，呼吸急促，我建議兩人一起到海邊走走，他伸手攔下我：不，他要繼續敘述旅行，不能再延遲了，因爲他感覺自己被日落緊緊追擊在後。

那個半夢半醒的感覺雖然不會持續很久，卻在他心上頭留下陰影，「啓示者」不是曾經警告過他嗎：倘若這個壓力持續加大，他很可能因此喪命。這會兒，打從一進了城門，這個半夢半醒的感覺就一直纏繞著他，像浮沉在一個無邊無界的空虛之中，腳下沒有一寸踏實的土地，身邊沒有一棵樹幹可以依靠。他知道自己還有腳、有手、上身完好，但再也無法感受四肢的運作，整個肉身只剩下自己相信的信念，「覺得」自己在動而已。拿行動來說：他只要想到「行走」這個動作，根本不必邁開腳步，就擁有行走的感受。

他感覺自己走在一條無盡頭的大馬路上……突然想到一個拐角，它當下出現。突然想到一棟建築物的入口，眼前立刻出現和腦子裡想像完全一樣的入口。想到住戶的陽台，陽台馬上出現。出現在他眼前的各種建築物，只存在他的意識裡，下一秒便煙消雲散不見蹤影。但是，只要幾秒鐘的失神，所有的座標都消失，建築物的門面垮下來，事物的線條被抹去，飄向天際，只剩下一大片無垠、不存具體的空洞，什麼都抓不住……

就像廣闊的海洋，沒有開端，也沒有結尾……放眼一片藍色海水，而日落之下隱藏著一個表徵。海洋同時代表生命與死亡的顫動，當它發起怒時，無人能擋。

還有那些聲音！

水流的聲音……啊，一定是高處流下的泉水，或是噴泉水流注到大理石水池裡，再不然就是小溪潺潺流過小石河床，在陽光下波光粼粼。

還有混雜的人聲……其中有些聽的很清楚……

(他是誰啊？

從哪裡來？

往何處去？)

……聲音好像這麼問。

就像是審問盤查。意識朦朧之際，他不知這些聲音來自何處，也不知情況到底如何，就一五一十回答了所有問題。

他試著回想自己親近的人，讓自己覺得不那麼孤單，徒勞……眼前只出現一些模糊不清的人影。母親呢，他只想起一些回音，一些抓不著的輕聲細語；父親呢，最多只留下恐懼的陰影、以及他的腳步聲。

過了一陣子，他突然感到自己不是孤身一人，身邊有另一個人，一個女人。他覺得心下快慰，這種快慰是全新的，之前從來沒有感受過，但快慰中又摻雜著許多懷舊的惆悵，混著檀香木的氣味、散落到頸子上的長髮香味、懷中身軀私密的氣味。每個女人都有她獨特的氣味，甚至出現在回憶中的時候，那股氣味也隨著飄散而出。

他慢慢探索這座看不見的城市，現在他幾乎可以記起片段依稀的回憶……他好像擔任某個職務，又好像開了一家小店……可能是簽收一些收據，交給各式各樣的人，到底是什麼樣的人早已模糊不清……不，他應該是開了一家店……就在香料香水市集拐角口上。他店裡好像有很多器皿，實在想不起來了……還是皮件呢？他記得好像有處理過的皮革氣味……又好像不是。不，不是皮件店，只是一個小小的舖子……整面牆上釘滿了精工雕刻的古老木架子，邊緣鑲嵌著珍珠，還有好多小瓶香水，有的還上了顏色，茉莉、阿拉伯茉莉、石榴花、美人蕉、紫羅蘭、水仙、蘆薈、世界各地樹皮的香精、龍涎香。他記得自己常常盯著一個罐子看，裡頭有一隻像小型鱷魚一樣的動物浸在藥水裡。

他突然記起一句話，也不知在哪裡聽到、又是誰說的：賣香水的絕不會吃虧，就算店面倒了，他聞到的所有香味已經物超所値。

現在他突然又走在一個駱駝商隊的前端，沿著一道磚砌古城牆下的小徑前行，城牆裡面似乎搖曳著高高的棕欖樹——天知道棕欖樹對他的意義有多麼重大！他健步如飛朝著一個拐角走去。但他是從哪裡來的？又走向何方？他眞的不知道。

不，他很確定：他開了一家小咖啡館，裡面的老顧客都不多話。他站在咖啡館門口，地面稍微高起，可以一眼望盡咖啡館裡的情形……店裡面有軟墊坐椅、小圓桌、棕欖葉編織的藤椅。

這家咖啡館在哪裡呢？

他根本說不出來。甚至連那個出現在他身旁的女人是誰。怎麼會和這個女人在一起？她又是怎麼出現在他身邊呢？他只知道他們在一起時，天雷勾動地火，言語無法形容，爆炸般的快感讓他們兩個世界天搖地動，融合爲一。

時而……他知道的很清楚，這一切都只是回憶。而他的未來也只是一個不知將存在何處的模糊影子。所有的過往雖然屬於他，卻漸漸消散成稍縱即逝的迴響、變幻的雲朵、浪濤中的水滴，下一個浪打上來就會消逝無蹤。

一切都變得不眞實，浮動飄緲。那個城市就像隨著他高興成形或幻滅，所有他走過的路經歷的事，就如同那些逝去的或未來的時間，一切都只是境由心生罷了……就像大海一樣……凝視大海久了，你會在那無邊無際中看到所有想看見的幻象。

所有他想看見的幻象，他都看到了，但也隨之都流失了：開羅大街上的華美宮殿、那些清眞寺圓塔、那些所有去過或經過的地方、那些注意再三或是連看都沒注意看的角落……

還有那些學生、商人、宗教長、士兵，還有那些拜占庭人、斯拉夫人、黑人、庫爾德人、亞美尼亞人、烏茲別克人、圖克曼人、從印度中國派遣來的使者，還有農人、牧羊人、漁夫、醫生、替人拔罐的剃髫師父、接骨大夫、裝訂書匠，還有專門研究暴風雨、閃電、鳥類、地表、岩石……的專家智者，所有這些出現在過往生命裡的人，都在人生的日暮、黑夜降臨時重新出現在眼前……

還有那些店舖、廣場，還有沙漠裡的孤寂，各個奇異的國度，還有堡壘、爲信仰忠貞死守捍衛的戰士……還有友誼、兒女私情、口角之爭，這些他努力不想將之遺忘的……

還有那棵千年老樹，枝幹已被歲月壓彎，快碰到深陷入地裡的樹根。又黑又乾，它只剩一根細的像髮絲的枝幹支撐，但這就足以讓它抽新芽長新葉，這是經常出現在他腦海裡的一個景象……天知道他生命裡遇到的奇事有多少！

然而……這又有什麼奇怪的呢？

一汪大海也源起於一滴水珠，不是嗎？

我朋友雅馬・阿德巴拉的聲音極爲平靜，我不知該怎麼解讀，應該是寧靜、安詳、眞誠的喜悅吧？旅程尾端，經過大風大浪之後，最後時刻的衝勁，眼睛終於看見渴切尋覓至死方休的，在這種時刻，所有本來那麼遙遠的，突然變得近在眼前……

他還不知道自己是如何抵達我們這個城市，他心已滿溢，再無所求。

他聽到了召喚嗎？

召喚來自遠方，還是來自他內心？

召喚命令他繼續朝著日落前行嗎？

我想他現在已不需要召喚，自己向前。

他最後加了一句——願眞主保佑他：

「唯一讓我傷感的，是逝去永遠不回頭的過往。」

主啊，求你助我

日落之國的秘書長珈瑪・阿部達蘭，加注如下：

老實說，我並不驚訝……但同時，我心上像撕裂了一道傷口。我難道注定要迎接、之後永別，看著身邊的人來來去去，自己卻只能待在原處等待？先說我哥哥的兩個兒子吧：大兒子在朝聖麥加之後，人去了何方？至今已二十三個年頭了呀？或是，他是在哪個國度喪了命呢？

喔！倘若我還能活著看見小兒子回來，他在一個秋日搭船出海距今多久了？整整七個冬天過去毫無音訊！

雅馬・阿德巴拉年紀和我相當，身材也一樣，從他迷失在大海的眼神裡，我察覺到和我相同的迷惘。我視他如我從沒有過的兒子，他所有的話都深印在我心上，乃至於沉浸在他的哀傷懷舊裡，他的傷感、他對帝尼斯島淹沒，最後一棵沒藥樹永遠絕跡的悲傷、他無法回鄉的的懊悔。

他似乎絲毫沒有懷疑我所講述的印度少女故事的眞實性，雖然他一句話都沒說，我確信他懂我的意思。老實說，我自己也有點迷惑，已經無法分辨什麼是眞實發生，什麼又是我想像的，這兩者混淆不清。喔，眞主，求你助我。

我拖延著把這本記錄呈交給蘇丹的時間，它屬於我一個人：這並不只是一個東方來的陌生旅者的口述，講一些令本地鄉村父老目瞪口呆的奇遇；倘若我珍惜這些紙頁，並不只是因爲是我一字一句寫下，而是在我們相處的這段時間裡，我不只是聽，還有許多其他的交流與自省。

唉！可惜的是我並沒有問清他所有的事，譬如說他沒告訴我小布包裡到底是什麼書，這是個謎，但是還有好多其他我想搞清楚的謎。然而，我從他那裡已學到了許多，這些他對我說的秘密我必須守口如瓶，說出來的話就像揭露我自己的隱私一樣。阿卡巴契宗教長也是，並沒有顯出驚訝的樣子，好像早已猜到，我從來還沒見過他這樣的表情。

一得知雅馬・阿德巴拉失蹤的消息，因爲腿部殘障，行動不便，我只好命人抬我到護城牆上。我凝視著大海：這些浪濤從何而來？太陽又落到何處去？向大海去的人從沒一個回來過，那出海的七兄弟也只流傳下各種傳說軼聞，百姓們還希望他們有朝一日會回來。我的朋友是去和他們會合了嗎？

我心裡如此相信，他不是可以盯著無垠大海一看好幾個鐘頭嗎？我相信在遙遠的地方，那個看不清楚的遠方小點那裡，他正注視著我；而我不管眼睛望著哪個方向，我都看得見他，這一點，他必定明白。日落的地方就在我心裡、我的前方、後方、上方、下方。這個領悟，我沒有旅行就得到，而他，是在經過漫長艱辛的旅途之後。

大海的波動就如同我的生命，層層波浪捲起，前來拍打我生命的邊緣，之後消失無蹤。他其實可以留在開羅而回應召喚，但是他選擇了出發。事實上，這段追尋是在他心中，在我心中。

從日出走向日落，事實上，日出日落都在他心中，在我心中，星辰移動只不過是個徵兆，象徵終有走到盡頭的時候。每個生命都朝向最後那一點前進，所有人都以自己的方式回應召喚，到最後時刻，得以站在我此時站的這陸地盡頭的陽台上——有形或無形的——此時靈魂充滿祥和，精神自由自在，不受任何拘束，眼神裡盡是愛與瞭解。

他的旅程其實也就是我的旅程，他走過的路就是我走過的路。他誕生到世界的時間，正好是我出娘胎的時候，我們同時吸著母親的奶汁、同時開始在地上爬、同時一起長大。當召喚出現的時候，我們兩個都順從地回應了，我是個身不移動的旅者，他則是流浪跋涉的旅者。因此，他的消失也就是我的消失。

我以他的眼睛雲遊四方，觀看世界。

太陽漸漸接觸到無盡的海面，直到完全消失，看著藍色水面上暈染的黃色光芒，是太陽獻給宇宙的禮物，我心中萬分篤定：現在我所見到的，他也見到過，落日的地方，就在他心中、我心中。太陽消失了，開啓我們所未知的世界。

哪裡是我們最後的安息處呢？

國家圖書館出版品預行編目資料

落日的召喚 / 賈梅爾・吉丹尼 (Gamal Ghitany)著 ;嚴慧瑩譯. -- 初版. -- 臺北市 : 大塊文化, 2007[民96]
面 ; 公分. -- (to ; 45)
譯自 : L'appel du Couchant
ISBN 978-986-7059-84-0(平裝)

886.157 96007407

LOCUS

LOCUS

LOCUS

96.5.1X

LOCUS